KB083188

서재에
흘린 글

•

제3집

이불 잡문집(二不雜文集)

서재에 흘린 글

●

제3집

김학주 지음

明文堂

앞머리에

본인의 『잡문집 제3집』은 모두 이미 발행된 여러 책머리에 붙여졌던 글을 모아놓은 것이다. 첫째 장에서는 먼저 우리나라 최초로 조직된 최대 규모의 한국중국어문학회에서 발행하는 학보의 「창간사」를 통하여 그 학회의 창건과 학보의 창간의 어려웠던 옛날 일을 짐작할 수 있게 하기 위하여 그 글을 실었다. 그 다음에 실린 두 편의 글은 옛날 어려웠던 1960년대에 중국어문학회의 창설을 위하여 뜻있는 이들이 모여 활동하면서 낸 동인지 성격 학보의 창간호에 쓴 글이다. 한때 우리 학계 일부 구성원들의 움직임의 일면을 파악할 수가 있을 것이다. 그 뒤에 실린 『중국희곡』의 창간사는 1990년대 이후 한국중국희곡학회를 창설하고 정년퇴직을 한 뒤까지도 후배들의 희곡연구를 돕는 일에 헌신하였던 시절을 되생각해 보게 한다. 그리고 나머지 글들은 학보의 특집과 특별한 경우를 기념하기 위하여 쓴 글과, 특별한 책의 앞머리에 그 책을 내는 의의를 밝힌 글이다.

둘째 장의 글들은 모두 우리나라 출판사에서 복사(複寫) 출판한 중요한 책의 앞머리에 그 책의 해설을 겸하여 쓴 것이다. 첫머리의 것은 조선간(朝鮮刊) 육신주본(六臣註本) 『문선』의 앞머리에 실린 그 책의 특징을 해설한 내용이다. 다음 것은 중국에서 나온 『소학생규범자전(小學生規範字典)』과 『현대한어규범자전(現代漢語規範字典)』의 판권을 획득하여 우리나라 명문당 출판사에서 그 책들을 출판하면서 그 자전의 편집 목적과 특징 등을 해설하여 앞머리에 붙인 글이다. 중국의 문자정책의 중요한 일면을 이해하는 데에 큰 도움이 되리라고 믿는다. 『소학생규범자전』은 우리나라에서는 『현대상용한자규범자전(現代常用漢字規範字典)』이라 이름을 바꾸어 출판하였다.

『현대한어사전(現代漢語辭典)』은 중국 현대어인 푸퉁화(普通話) 사용의 규범이 되는 사전이어서 중국어를 공부하는 사람들을 위하여 꼭 필요한 사전이다. 우리나라 동아출판사에서 판권을 얻어 그 사전을 출판할 때 그 사전의 특징과 내용을 설명한 것이 다시 뒤에 붙인 글이다. 이 글은 중국의 언어정책의 중요한 일면을 이해하는 데에도 큰 도움이 될 것이다.

세 번째 장의 글은 좋은 연구업적과 훌륭한 번역을 한 책들 앞머리에 그 책을 추천하고 소개하는 글을 실은 것이다. 좋은 책을 널리 알리는 역할을 하게 될 것으로 믿는다.

네 번째 장과 다섯 번째 장은 본인의 저서와 역서 앞머리에 붙인 서문의 일부를 모은 것이다. 부끄럽지만 본인의 저서와 역서의 특징을 간단히 알리려는 뜻에서 나온 것이다.

모두 여러 분야에 관심이 있는 분들에게 좋은 참고자료가 되기 바라는 마음 간절하다. 끝으로 여기에서 빠진 글들과 뒤에 다시 쓴 글들로 『이불 잡문집 제4집』이 이루어질 것으로 믿는다.

2014년 4월 30일

김학주 인헌서실에서

차례

I / 창간사

Ⅱ 중요한 책 앞머리의 해제

Ⅲ 양서추천의 글

Ⅳ 저서 서문의 글

V / 역서 서문의 글

I.

창간사

1
한국중국어문학회 『중국문학(中國文學)』 창간사

은사와 선배님들의 교도(教導)를 터전으로 하여 동학들이 성의를 뭉쳐 우리 학계의 숙원이던 『중국문학(中國文學)』이란 학술지를 세상에 내놓는다. 누에가 뽕잎을 먹고 첫 실을 토할 적에는 아무도 새하얗고 고운 고치를 상견(想見)치 못할 것이다. 그러나 이 책자의 탄생을 위하여 음양으로 협력하는 이들의 흉중에는 누에의 첫 실 같은 업적들을 모으면서 아름다운 비단이 그려지고 있는 것이다.

문사철(文史哲)뿐만이 아니라 모든 분야의 학문이 한 개의 구심점(求心點)을 두고 하나로 종합되어 발전해온 중국에 있어서 중국어문학은 그 자체의 연구의 중요성은 말할 것도 없거니와 중국학 내지는 동양학 연구를 위한 기초학문으로써도 그 연구의 발전이 절실히 요망되어 왔다. 오천 년의 역사를 두고 산생(産生)된 방대한 연구자료들은 아직도 학자들의 손조차 닿지 않은 처녀지(處女地)가 무수하거니와, 한문과 중국어는 물론 문자학(文字學) · 성운학(聲韻學) · 훈고학(訓詁學) 등은 중국문화와 관계가 있는 동양학 연구의 기초가 될 것이다. 중국어문학연구가 선행되어야만 한국의 동양학도 따라서 발전할 수 있다고 말할 수 있을 것이다.

몇 년 전부터 우리나라 수 개 대학에 중국어문학과가 신설되었다. 이것은 중국어문학 연구의 필요성을 당국에서도 절감한 결과일 것이다. 이러한 학과의 급격한 증설은 우리 학계에 학문연구에다 후진양성의 책임까지도 크게 강요된 것으로 해석하여야 할 것이다. 이제는 우리 동학들의 분발과 자각이 더욱 절실해진 것이다.

이 학회지는 그러한 중하(重荷)를 짊어지고 나갈 우리 학계의 노력을 세상에 공표할 숙명(宿命)을 안고 탄생하는 것이다. 이 창간호는 짧은 기간 안에 서둘러 엮어냈기 때문에 좋은 글들을 좀 더 많이 싣지 못한데 대한 아쉬움과 함께 여러 가지 제작상의 미흡으로 부끄러움이 느껴진다. 그러나 이것은 출발 신호에 불과한 것임을 생각하면 앞으로 호수가 거듭됨에 따라 모든 부족과 불만이 해소될 것으로 확신한다. 더욱이 이 회지에 대한 동학들의 열의를 생각할 때 앞날의 발전은 기약되어 있다고 공언하고 싶다.

끝으로 이 회지의 출간을 성원해 준 학교 밖의 동창 및 유지들에게 학회를 대표하여 고마운 뜻을 전한다. 학계의 경제사정을 감안할 때 이 분들의 성의는 무엇보다도 큰 힘이 되었다. 특히 학보의 간행을 맡아준 예문관(藝文館) 최 사장의 후의에는 무어라 감사를 표해야 좋을지 모르겠다.

1973. 1. 10

한국중국어문학회 회장 김학주

2

우공(愚公)의 변(辯)

-중우회(中友會) 발족에 즈음하여-

〈중우회〉라는 깃발 아래 여기 여 남은 명의 북산(北山) 우공(愚公)들이 모였다. 『열자(列子)』의 우공처럼 태형(太形) · 왕옥(王屋)보다도 더 큰 산을 맨손으로 옮겨보자는 것이다.

우리 앞의 큰 산이란 바로 중국문학이다. 흔히 동학들로부터 우리는 현실사회로부터 외면을 당하고 있다는 불평을 하는 말을 들은 일이 있다. 사회 일반 사람들의 생각 속에서 중국문학은 별로 공부할 가치가 없는 것으로 가벼이 여겨지고 있다는 것은 부인 못할 사실이다. 그러나 우리 학계의 침체를 그러한 외부여건에만 미루고 있다는 것은 수주대토(守株待兎)의 어리석음을 범하는 짓이다. 침체의 요인이 무엇이던 간에 우리는 선구자라는 자각 아래 엄숙한 자성(自省)과 자책(自責)이 있어야 하겠다.

우리는 외부여건이 우리를 밀어주기만을 기다리지 말고 우리들 스스로가 불씨를 일으키어 외부까지 활활 그 불길이 타오르도록 불을 붙여야 할 것이다. 우리 앞을 가로막고 있는 산을 맨손으로라도 달려들어 따른 곳으로 옮겨놓아야 한다. 하곡(河曲) 지수(智叟)의 눈에는 어리석고 무력해 보이는 우리의 힘으로 우리 앞을 가로막고 있는 큰 산을 없애버린다는 것은 무척 어리석은 일일 것이다. 사실 지금의 우공들 몇 명만을 놓고 본다면 이러한 거창한 일에 도전한다는 것은 상식적으로는 어리석고 무모한 일이라 할 것이다.

지금의 우공들의 힘만으로는 미치지 못할 바램인지도 모른다. 그러나 우리에게는 해마다 배출되는 믿음직한 후진들이 끊임없이 이어지고 있다. 우리의 노력 여하에 따라 후진은 날로 강해지고 영원히 다할 날이 없을 것인데 산은 더 늘어날 수가 없는 것이니 뜻대로 안 될 일이 있겠는가?

우공들은 못 다해도 좋다. 후진들을 잘 사계(斯界)로 인도해주기만 하면 틀림없이 그들이 언젠가는 이루어줄 것이다. 우공들은 불씨만 제대로 일으켜 놓으면 되는 것이다.

중국문학뿐만이 아니라 중국학은 옛날 사대주의(事大主義)에서 오는 선입관 때문에 특히 그릇 이해되고 있는 경향이 짙다. 옛사람들이 중국학을 대할 적에는 사대사상이 작용했을는

지 모르지만 지금 우리의 중국학 연구는 사대주의와는 전혀 무관한 것이다. 오히려 구미(歐美)의 사상과 풍조에 휩쓸리어 제정신도 차리지 못하는 현대의 사대적인 사상에 대하여 각성제가 될 것이다.

중국은 우리와 역사적, 지리적, 정치적, 문화적 여러 면에 걸친 밀접한 관계 때문에 우리의 옛것 중에는 중국의 영향은 지울래야 지울 수가 없는 형편이다. 따라서 중국문화나 중국문학에 대한 올바른 이해 없이 올바른 우리의 것을 찾기란 거의 불가능한 일인 것이다. 따라서 우리 것을 찾고 우리의 것을 발전시키기 위하여도 중국학이나 중국문학은 반드시 연구되어야만 할 분야인 것이다.

우리의 것이건 무엇이건 간에 옛것은 들추어내어 무엇 하느냐고 하는 방식의 생각을 지닌 이들도 많다. 지금 우리나라의 유명한 문학평론가의 글 속에서도 우리의 현대문학을 논함에 있어서 우리 문학의 전통 같은 것은 무시해버리는 태도를 쉽사리 발견하게 된다. 이런 사람들에게 언제나 꼭 소개해주고 싶은 글로 『예기(禮記)』 악기(樂記)에 실린 다음과 같은 대목이 있다.

어느 날 위(魏)나라 문후(文侯)가 그의 사부(師傅)인 자하(子夏)에게 물었다. "나는 예복(禮服)을 차려입고 고악(古樂)을 들으면 곧 졸음이 와서 드러눕고만 싶어지는데, 정(鄭)나라와 위(衛)나라의 노래를 들으면 고단한 줄을 모르니 어찌된 일인가

요?" 이때 자하는 이렇게 대답하였다.

"고악(古樂)은 가지런히 나아와서 가지런히 물러나며, 소리가 올바르고 두루 잘 조화가 됩니다. 곧 현악기, 타악기, 관악기 등이 다 같이 북소리를 신호로 하여 합주되는데, 처음에는 북으로 연주를 시작하고 다시 징, 꽹가리로 어지럽히고, 다시 부(拊, 타악기의 일종)로 어지러움을 다스리며 아(雅, 타악기의 일종)로 절주(節奏)를 맞춥니다. 이에 군자들은 악상(樂想)을 얘기하게 되고 음악의 의리(義理)를 논하게 되는 것입니다. 그럼으로써 가까이는 자기 몸을 닦고 집안을 다스리는 데 도움이 되고, 크게는 온 세상을 고르게 만들게 되는 것입니다. 이것이 고악(古樂)의 성과입니다.

이에 비하여 신악(新樂)이란 멋대로 나아와서 멋대로 물러가며, 함부로 간사한 소리를 내어 사람들을 미혹시킵니다. 그리고 광대나 놀이꾼들과 함께 남녀가 원숭이들처럼 뒤엉켜서 부자 사이도 몰라보는 지경이 됩니다. 음악이 끝나도 악상은 얘기할 것이 없고, 음악의 의리는 말할 것도 없습니다. 이것이 '신악' 의 성과입니다."

자하의 '고악' 과 '신악' 은 현대의 '고전음악' 과 '유행가' 의 대비와 흡사하다. '고악' 은 질서와 조화를 통하여 이루어지며, 거기에는 사상과 정서가 담기어 있어서 듣는 이들의 성정(性情)을 닦아주어 화목한 가정과 평화로운 사회를 이룩하게 한다. 반대로 '신악'은 무질서와 기이한 소리로 이루어져 듣는 자들을 자극함으로써 그들을 미혹시켜 버린다. 그래서 광대와 놀이꾼, 남자와 여자가 뒤섞이어 광란(狂亂)함으로써 부자 사이도 알지 못하는 지경이 된다. 그러니 음악이 일단 끝나면 사람들의 마음은 어지러워져 있을 뿐 아무것도 남는 것은 없게 된다.

다시 말하면 '고악'이란 사람의 성정(性情)에 호소하는 것이고, '신악'이란 주로 사람들의 감각을 자극하는 것이다. 그러기에 '고악'은 사람들의 교양이나 성품 환경 등에 따라 그것을 받아들이는 내용이 다르지만, '신악'은 마음이나 교양과는 상관도 없이 사람들의 감각을 자극하여 사람들을 흥분시킨다.

'고악'은 옛날에 작곡된 것이고, '신악'은 최근에 작곡된 것이 아니다. 옛부터 내려오는 전통적인 기법과 정신을 이어받아 이룬 것이라면 그것은 당장 작곡한 것이라 하더라도 '고악'이고, 고래의 전통은 무시한 채 새로운 기법과 기이한 생각을 바탕으로 이루어진 것이라면 그것은 옛날의 노래라 하더라도 '신악'에 속하는 것이다. 중국에는 옛날부터 고래의 자기네 음악 이외에도 사방의 이민족들의 음악이 끊임없이 수입되었는데, 이것들은 '신악'에 많은 재료를 공급하여 발전케 하였다.

그런데 이 '신악'은 한때 크게 세상에 유행하고 많은 사람들이 좋아하지만 그 생명은 일시적이다. '고악'은 비록 그것을 이해하고 좋아하는 사람들은 적지만 그 생명은 영원히 이어진다. 그것은 '고악'은 영원한 사람들의 심령(心靈)에 호소하는데 비하여 '신악'은 일시적인 자극에 의존하고, 또 '고악'은 음악의 전통을 계승하는 반면 '신악'에는 전통이라는 것이 없기 때문이다. 그러므로 2000여 년의 중국 역사상 중국 음악의 전통을 유지하고 또 그것을 발전시켜 온 것은 그것을 좋아하고 이해하는 사람이 적은 '고악'이지 그 반대의 '신악'이 아니다.

이 고악과 신악의 문제는 현대에 있어서도 음악뿐만이 아니라 예술 문화와 사람들의 생활방식 전반에 걸쳐 존재하고 있다. 전통이 없는 예술이나 문화는 일시적으로 사람들을 자극하여 흥분시키고 광란케 할는지 모르지만 영원히 이어지면서 발전하지는 못한다. 감각만을 추구하는 사람들의 생활태도도 사람들의 생활을 더욱 여유 있게 발전시키지 못한다. 여기에서 우리는 문화를 건설하고 학술을 연구하는 데 있어서도 전통의 계승문제가 얼마나 중요한 일인가를 알게 된다.

이러한 전통의 계승은 모든 사람들이 다 함께 할 수 있는 일이 아니다. 그것은 일부 지성인들에게 맡겨진 사명이나 같은 것이다. 그것은 여러 사람들이 좋아하는 신악의 길이 아니라 이해하는 사람들이 적은 고악의 길이기 때문에 힘들고 외로울 것임을 각오해야 한다. 우리는 이러한 지성인의 사명을 각성하면서 중국문학을 연구하게 된 것이다.

지수(智叟)들이 보기에 우리 우공들이 하는 짓은 어리석기 짝이 없을 것이다. 우리의 바램이 허황하다고 할 것이다. 사실 우리의 첫 삽질로 이루어진 『중우(中友)』 제1호는 초라하기 그지없는 실정이다. 그러나 계속될 우리의 삽질은 모양이 초라하다 해도 계속 호수를 거듭하여 선을 뵈게 될 것이다. 그리고 초라하다 해도 삽질이 계속되면 우리의 앞을 막고 있는 높은 산의 한 모퉁이가 언제 건 무너질 것이다. 그리고 해가 거듭되는 데 따라 우리 후진들이 계속 가세하게 되면, 『중우』의 모습은 초라한 때를 벗어버리고 위풍이 당당해질 것이고, 우리의 앞을 가로막고 있는 것이 설령 태산이라 하더라도 자취도 없이 무너져 없어지고 말 것이다.

우리 앞의 태형(太形) · 왕옥(王屋)의 거대한 두 산이 평평해져서 우리 앞이 탁 트일 날이 눈앞에 선하다. 우공들은 그날을 위하여 산에 삽질을 시작한 것이다.

1966. 4.

*중우회 발행 『중우(中友)』 창간사임. 『중우』는 중국어문학회 결성을 위하여 모였던 중심 멤버들이 사전에 함께 연구 협력하기 위하여 '중우회'를 만들고, 그 모임에서 발표한 논문을 모아 회원들이 손으로 등사하여 내던 학술잡지임. 제2집까지 발행하고 여의치 않은 일이 생기어 발행을 그 후로 중단하였음.

3
서울대·성균관대·외국어대 학생들의 『중국어문학』 발간사

【1】

오랜만에 선구자적인 예지가 공통된 이념을 촉매(觸媒)로 한데 뭉치어 '중국어문학회'를 이룩하였고, 그 모임의 발언을 위하여 나온 고고지성(呱呱之聲)이 이 팸플릿으로 나타나게 되었다.

여기서 선구자적인 예지라 말한 것은 우리 사회의 몰지각과 우리 학계 분위기의 침체에도 불구하고 중국어문학의 중요성을 인지하고 이를 전공하는 혜안(慧眼)을 뜻한다. 남은 모르는데 먼저 깨닫고 남보다 앞서 학문의 험난한 분야를 개척하려 뛰어들었다면 선구자란 표현은 조금도 과장이 아닐 것이다.

선구자란 말은 새로운 분야의 개척에 앞장 선 용감하고 슬기로운 사람을 부르는 영예로운 칭호이지만은, 한편 그의 앞길에는 남다른 용기와 인내심이 없이는 뚫고 나가기 힘든 고난이 앞에 놓여있음을 뜻하기도 한다. 그리고 처녀지에 들어선 그의 둘레는 적막하기만 할 것이다.

그러나 여기 모인 선구자들은 그들의 뛰어난 예지를 한데 모으기 위하여 손잡은 것이다. 맨 앞장을 선 그들이지만 이제는 고독하지 않을 것이며, 쉽사리 그들의 앞에 놓인 고난을 극복하게 될 것이다. 그들이 서로 아끼고 도울 때, 그들이 지닌 뛰어난 능력은 앞으로 몇십 배, 몇백 배의 위력을 발할 것이다. 그들의 잡은 손이 풀리지 않는 한 그들의 앞길은 보장된 것이나 다름없다.

그리고 다음 세대들은 이들이 닦아놓은 평탄한 대로를 즐기게 될 것이다. 그들이 서로 도우며 땀 흘리는 동안 그들의 발언은 꾸준히 이 팸플릿으로 나타나 우리나라 학술계와 문화계를 계도(啓導)할 것이다.

【2】

중국어문학은 중국학의 바탕이 되며, 중국학은 또 동양학의 바탕이 된다. 더구나 우리나라 같은 역사적, 지리적 관련에서 생각한다면, 중국어문학은 바로 국학의 기초도 된다고 말할 수 있다. 중국어문학을 모르고는 국어학, 국문학은 얘기할 수 없으며, 한문문화와 관련된 모든 분야의 학문이 중국어문학을 기초로 요구한다.

또 근래에는 현대문명의 위기라는 말을 유행어처럼 듣게 된다. 이제는 위기 운운하면 유치하게 들릴 정도로 상식 이하의 말이 되고 말았다. 그것은 아직도 온 세계에 횡행하고 있는 제국주의적인 국제도의나 로켓과 원자탄이 대표하고 있는 과학의 이기들이 이미 위기 이상의 절박함을 느끼게 하여 온 지 너무나 오래 되었기 때문일 것이다. 현대문명이란 말할 것도 없이 서양문명이란 말로도 대체될 수가 있는 것이다. 일찍부터 자아본위의 서양문명에 대한 반성을 철학자 헤겔은 인간의 본성을 되찾아야 함을 주장하였고, 무정부주의자인 크로포트킨은 상호부조정신을 찬양하였다.

인간본성의 회복이나 상호부조란 바로 토인비가 말한 '동양의 지혜'와 통하는 것이다. 세계평화라는 인류의 오랜 소망도 중국의 순원(孫文)이 『삼민주의(三民主義)』에서 지적했듯이 서양의 패도적(覇道的)인 정치이념으로서는 이룩되기 어려운 것이다. 이에 동양문화에 대한 새로운 반성이 현대세계를 위하여 요청되는 것이다. 순원의 덕으로 세상을 다스리는 왕도

(王道)의 주장이나 타이완 국민정부의 신유학운동(新儒學運動)은 여기에 근거를 둔 것이다.

따라서 우리 국학의 진흥을 위해서나 인류사적인 의의에서 보거나 중국어문학은 더욱 연구되고 발전되지 않으면 안 되는 것이다. 동양문화에 대한 반성은 중국어문학의 진흥으로부터 출발하지 않으면 안 되기 때문이다.

【3】

지금 중국어문학자는 세계적으로 결핍을 느끼고 있다. 미국은 말할 것도 없고 중국어문학의 붐을 이루고 있는 일본이나 홍콩 같은 데서조차도 중국어문학자의 부족은 현실적인 문제가 되고 있다. 더구나 그 필요성에서 비추어볼 때 크게 발전되어 있어야 할 우리나라의 경우는 중국어문학은 처녀지라고까지 할 수 있을 것이다.

이웃나라 일본의 붐을 생각할 때 중국어문학에 대한 상식적인 이해조차도 일반화되지 못한 우리나라 중국어문학계의 현실은 한심스럽기까지 하다. 그러나 이것이 바로 여러분들을 선구자란 말로 부르게 된 까닭이다. 그러기에 여러분들의 앞길은 무한한 가능성으로 차 있다고 단언할 수 있다.

【4】

대학 사년의 과정이란 학문의 출발에 불과한 것이다. 학부 과정을 마치고 사회의 어떤 분야로 진출하던 간에, 평생을 두고 중국어문학을 추구해 나갈 자세가 필요하다. 또 학문에는 출신 학교나 출신지의 차별 같은 것은 있을 수도 없다. 이 모임을 중심으로 선구자적인 자부심과 사명감을 지니고 서로 노력하며 아끼고 돕지 않으면 안 된다.

이 작은 책자를 통한 여러분들의 발언이 우레 소리처럼 세상에 메아리쳐서 우리나라의 학술과 문화를 계발해 나가게 될 날을 기다린다.

1969. 11. 28

*1969년 전국의 중문과 학생들, 곧 서울대 · 성균관대 · 외국어대의 세 대학 학생들이 모여 중국문학연구회를 결성하고 자기들 스스로 『중국문학』이라는 학술지를 창간하였다. 학생들의 뜻은 좋았으나 바로 그 해부터 여러 대학에 중문과가 연이어 생기기 시작하여 위 3개 대학 학생들만이 모이는 의의가 없게 되어 이 모임은 자연 해체되고 말았다.

4
중국희곡연구회 간행 『중국희곡』 첫째 권 앞머리에

중국희곡 연구에 관한 학술지가 수십 개월의 산고 끝에 마침내 우리 학계에 첫째 권을 드러내 놓는다. 아직 회원 수조차도 빈약한 중국희곡연구회이지만, 이 책을 낳느라 애쓴 편집위원들을 비롯한 회원들의 오랫동안의 열성과 노력의 결정이라 대견스럽기만 하다. 어떻든 첫 권이 나왔으니 『중국희곡(中國戲曲)』은 앞으로 둘째, 셋째 … 권으로 영원히 이어지며, 우리나라 중국희곡 연구를 대표하게 될 것이다.

중국의 고전 희곡은 서양의 희곡과는 달리 시가와 음악과 무용을 미학적인 기초로 삼고 이루어지는 일종의 종합예술이다. 특히 시가와 음악과 무용은 한 지역의 문화를 대표하는 가장 중요한 예술이기 때문에 중국의 고전희곡은 바로 중국의 전통문화를 대표한다고도 할 수 있다. 따라서 중국희곡 연구는 바로 중국문화에 대한 연구와 이해의 지름길이 되기도 한다.

문학면에서 보더라도 원(元) 잡극(雜劇)이나 명(明) 전기(傳奇)는 시(詩), 사(詞), 곡(曲) 등 모든 종류의 운문과 고문(古文), 변문(騈文), 백화(白話) 등 모든 종류의 산문을 동원하여 작품을 이루고 있다. 그러니 중국의 고전희곡은 바로 그 시대의 문학을 전체적으로 대표한다고 볼 수 있다. 이런 점에서 이제라도 우리 학계에 『중국희곡』이 나온다는 것은 바로 우리나라 중국문화 또는 중국문학 연구 수준의 큰 진전을 뜻하는 것으로 치부해도 좋을 것이다.

이 첫째 권이 출산의 진통을 겪고 있는 동안에도 지난 해 여름 방학에는 중국희곡연구회 회원들이 산시성(山西省)을 중심으로 한 지역의 희곡유물(戲曲遺物) 답사에 나서서, 수많은 금(金), 원(元)대의 희대(戲臺)와 희용(戲俑) 및 연출전조(演出磚雕)로 둘러싸인 금묘(金墓)들을 비롯하여 희곡 작품의 배경이 되었던 현장과 여러 가지 희곡관계 문물들을 탐사하였다. 그리고 중국 희곡계의 호의로 저녁마다 각종 지방희(地方戲)를 관람하고, 수많은 학자와 연극인들과 교분을 맺을 수 있었던 것도 분에 넘치는 큰 수확이었다.

작년 봄 타이완(臺灣)에서 열렸던 관한경국제학술연토회(關

漢卿國際學術硏討會)에서도 오수경 교수의 논문이 대단한 호평을 받고, 본인의 논문이 큰 반향을 일으킨 것도 우리나라 중국희곡 연구 수준을 세계 학계에 알리는 좋은 계기가 되었었다. 그리고 근년에는 우리나라에서 중국희곡 연구로 박사학위를 획득한 젊은 학자들이 5, 6명이나 나왔고 목하 양회석 교수의 『중국희곡사(中國戲曲史)』(민음사)와 본인의 『중국 고대의 가무희(歌舞戲)』(민음사) 및 『한 · 중 두 나라의 가무(歌舞)와 잡희(雜戲)』(서울대 출판부)라는 희곡관계 저서가 조판 중에 있다. 그 위에 금년부터는 희곡관계 독서회도 시작하고, 학술 연구발표회와 국제교류협력도 강화해나갈 예정이다. 중국희곡 연구 발전의 발판은 상당히 마련된 셈이다. 이 『중국희곡』의 발간과 함께 우리나라 중국희곡학계는 한층 더 큰 도약을 하며 발전해 나갈 것을 확신한다.

1993. 11. 20

회장 김학주

5

송(宋)대 문학의 특징과 특집의 의의

-한국영남중국어문학회 『중국어문학』 송대문학 특집 서문-

중국문학사상 송(宋)대는 당제국(唐帝國)이 발전시켰던 여러 분야의 문학을 계승하여 다시 한 단계 더 높여놓았던, 중국문학 발전의 정점에 해당하는 시기이다. 고전문학의 중심을 이루어 온 시(詩)를 놓고 보더라도 이전의 여러 가지 고체시(古體詩)와 당대에 이룩된 근체시(近體詩)를 모두 계승 발전시키어 겉으로 드러나는 외형(外形)만을 보더라도 이전 시대에 비하여 두드러지는 많은 작가와 작품을 남기고 있다. 청(淸)대 강희제(康熙帝)가 칙찬(勅撰)한 『전당시(全唐詩)』에는 2,200여 명의 작가가 실려 있는데 비하여, 청(淸) 여악(厲鶚)의 『송시기사(宋詩紀事)』에는 남북송(南北宋)을 합쳐 3,812명의 작자가 실려 있다. 그리고 이들 작가 한 사람 한 사람의 작품 수도 엄청나다.

남송(南宋)의 육유(陸游)는 40세 이후의 시들임에도 9,200수나 되고, 매요신(梅堯臣)이 2,800수, 왕안석(王安石)이 1,400수, 소식(蘇軾)이 2,400수, 범성대(范成大)가 1,900수, 양만리(楊萬里)가 3,000여 수 등의 실정이다. 당대에 있어서는 백거이(白居易)가 2,800수, 두보(杜甫)가 2,200수, 이백(李白)이 1,000여 수이고, 왕유(王維) · 한유(韓愈) 등 그 밖의 작가들은 모두 1,000수를 밑도는 작품 수이다. 그처럼 수량이 너무 많아 『전송시(全宋詩)』는 편찬 출판이 어려웠던 실정이다.

그리고 당대에는 시인에 따라 그가 잘 짓는 시체(詩體)가 따로 있고, 또 각자가 잘 짓는 시의 내용도 자연시 · 사회시 · 애정시 · 변새시(邊塞詩) 등으로 그 범위에 한계가 있었다. 그러나 송대에 와서는 모든 시인들이 근체시나 고체시를 막론하고 광범하게 모든 형식의 시를 지었고, 그 내용도 자기 생활 주변의 모든 사물(事物)을 주제로 삼아서 일정한 한계가 없게 되었다. 그리고 시를 대하는 시인들의 태도도 더욱 진지해져서 시의 내용과 함께 표현기교도 더욱 다양해지고 심오해졌다. 중국시는 송대에 이르러 분명히 한 단계 더 높은 차원의 발전을 이룩하고 있는 것이다.

더욱이 송대 사람들의 문학은 당대 사람들처럼 시에만 집중되어있지 않고 산문 · 사(詞) · 소설 · 희곡 · 강창(講唱) 등 여러 면에 걸쳐 큰 발전을 보여주고 있다. 우선 산문만을 보더라도 중당(中唐) 때에 한유(韓愈)와 유종원(柳宗元) 등에 의하여 추진되었던 고문(古文)은 만당(晩唐) · 오대(五代)를 거쳐 송대에 이르러서야 구양수(歐陽修) · 왕안석 · 소식 등 송대의 문인들이 계승함으로써 일반화 되게 된다. 고문이 옛 중국의 대표적인 산문체(散文體)로서의 자리를 굳히는 것은 이들 송대 문인들의 활약에 힘입은 것이다. 그리고 구양수 · 소식을 비롯한 송대 고문의 대가(大家)들은 대부분이 고문뿐만이 아니라 변려문(駢儷文)까지도 변문가(騈文家)로 알려진 사람들의 수준을 능가하는 글을 지었음에 주의하여야 할 것이다. 송대는 중국문학사상 최고 수준의 산문시대였던 것이다.

중당(中唐) 무렵에 민간가요의 형식을 원용하여 이룩된 새로운 장단구(長短句)의 운문인 사(詞)도, 송대에 들어와 안수(晏殊) · 유영(柳永) · 구양수(歐陽修) 등에 의하여 본격적인 문학의 한 분야로 자리 잡는다. 따라서 그 뒤로 소식(蘇軾) · 왕안석(王安石) · 육유(陸游) 등 송대를 대표하는 문인들은 거의 모두가 사도 지어, 흔히 송사(宋詞)라 말할 정도로 송대를 대표하는 문학으로 발전한다. 사는 시보다 구절의 장단(長短)이 일정치 않은 자유형에 가까운 것이었고, 또 내용도 부드럽고 여린 서정(抒情)이 주류를 이루어 많은 문인들의 관심을 끌었던 듯하다.

당대에 생겨난 변문(變文) 같은 속강(俗講)을 계승하여 송대에는 도진(陶眞) · 애사(涯詞) · 제궁조(諸宮調) 등 여러 가지 강창형식(講唱形式)의 민간연예(民間演藝)가 성행하였다. 그중에도 제궁조는 금(金)나라 동해원(董解元)의 「서상기제궁조(西廂記諸宮調)」처럼 미려한 산문과 운문을 섞어가며 빈틈 없는 구성으로 고사(故事)를 서술한 것이어서, 후세 소설과 희곡 발전에 큰 영향을 끼치게 된다. 또 강창(講唱) 중에는 가창(歌唱)보다도 강설(講說)에 중점을 두어 고사를 얘기하던 소설(小說)도 있어서, 그 소설의 대본인 화본(話本)은 바로 본격적인 백화소설(白話小說)로 우리에게 전해지고 있기도 하다. 소설은 다시 소설(小說, 일명 銀字兒) · 담경(談經) · 설참청(說參請) · 설원경(說諢經) · 강사서(講史書) 등으로 내용이 나뉘어져 있었는데, 그중에서도 소설(銀字兒)은 단편의 백화소설로, 강사는 장편의 연의소설(演義小說)로 발전하여 명(明) · 청(淸)대 문학을 장식하게 되는 것이다.

송대에 유행한 민간연예(民間演藝)에는 강창 이외에도, 전답(轉踏) · 대곡(大曲) · 곡파(曲破) 등의 가무희(歌舞戲)와 우스갯짓 및 푸자(諷刺)를 위주로 하던 잡극(雜劇)이라 부르던 골계희(滑稽戲)도 있었다. 잡극(雜劇)은 남송(南宋)에 이르러는 가무희와 강창의 영향을 받아 그 구성이나 연출 내용이 훨씬 희극(戲劇)에 가까워진 형식으로 발전한다. 금(金)나라에서는 이것을 다시 원본(院本)으로 발전시켰다. 이 밖에 인형극인 괴뢰희(傀儡戲)나 그림자놀이인 영희(影戲) 등도 상당히 성행한다. 그리고 남송 초에는 마침내 이들 여러 가지 민간연예가 종합된 위에 크게 영향을 끼치기 시작한 이민족(異民族) 문화의 영향을 받아 창(唱)을 위주로 하고, 과(科)·백(白)이 보태어진 규모가 커진 최초의 고전극(古典劇)인 희문(戲文)을 탄생시킨다. 그리고 새로이 일어난 몽고족(蒙古族)의 원(元)나라에는 다시 다른 종류의 대희(大戲)인 잡극(雜劇)이 이루어져 성행하게 된다. 그러니 본격적인 백화소설과 함께 후세에 성행하는 대희(大戲)들도 모두 송대에 이루어진 것이다.

그리고 송대문학의 대가들을 보면, 구양수(歐陽修)·소식(蘇軾)·왕안석(王安石)·육유(陸游) 등 모두가 당대의 대가인 왕유(王維)·이백(李白)·두보(杜甫)·백거이(白居易) 등보다도 지식인으로서의 활동 범위가 넓다. 그들은 문학가일 뿐만이 아니라 동시에 위대한 학자였고 정치가였다. 문학에 있어서도 시뿐만이 아니라 산문과 사(詞)를 모두 잘 지었다. 시에 있어서도 고체시(古體詩)뿐만이 아니라 율시(律詩)·절구(絕句)를 다 잘 지었고, 시의 제재(題材)도 다양해져서 사회시·농촌시·애정시·한적시(閒適詩)·수답시(酬答詩)·사상시 등 온갖 시를 다 짓고 있다. 다른 어떤 시대의 대가들도 이런 면에서 송대 대가들의 성취를 도저히 따를 수가 없을 것이다.

그러니 송대는 중국문학사상 중국의 고전문학이 최고 수준의 발전을 이룩한 시대라 할 수 있다. 실은 문학뿐만이 아니라 음악 · 미술 · 연예를 비롯하여 중국문화 전반에 걸친 발전이 최고수준에 달했던 시대라고까지도 할 수 있을 것이다. 다만 송나라는 남북을 막론하고 요(遼) · 서하(西夏) · 금(金) · 원(元) 등 외족(外族)의 세력에 계속 눌려 지내다가 마침내 외족에게 멸망 당하고 만 나라여서 중국 사람들로서는 별로 남 앞에 내세우고 싶지 않은 시대인 듯하다. 이런 선입견(先入見)이 중국 학자들로 하여금 송대의 문화나 문학을 별로 크게 보지 않도록 몰아가고 있는 듯도 하다.

그러나 우리 한국사람들로서는 중국역사상 최고 수준의 발전을 이룩했던 문화나 문학이 송대의 것이었다는 의의 이외에도, 그 문화와 문학이 우리에게 준 큰 영향 때문에 중국의 어느 왕조(王朝)에 대해서보다도 주의를 기울이지 않으면 안될 것이다. 무엇보다도 송대에 성행한 성리학(性理學)은 고려조(高麗朝)에 우리나라에 수입되어 조선(朝鮮)시대에는 완전히 우리의 사상과 학문을 지배하였다. 학문에 있어서는 이학(理學) · 예학(禮學) 등이 모두 주자학(朱子學)의 범위 안에서 행하여졌고, 온 사회의 인륜도덕(人倫道德)과 선비들의 몸가짐도 주자사상의 영향을 벗어나지 못하였다. 그러므로 군자학(君子學)에 힘쓰며 인륜도덕을 숭상하고 청렴(淸廉)과 절의(節義)를 존중하던 조선의 사풍(士風)도 그것을 바탕으로 이루어졌던 것이며, 지치(至治)를 추구하던 정치 이상도 거기에 근거를 두고 있었던 것이다. 그리고 사회의 여러 가지 규범(規範)과 개인의 예절도 완전히 『주자가례(朱子家禮)』를 전범(典範)으로 삼았었다는 사실도 가벼이 볼 수 없는 일이다. 그러기에 조정에 나가서는 임금 앞에서도 올바른 말을 잘 하고 물러 나와서는 학문과 문학을 닦으며 수신(修身)에 힘쓰던 사인(士人)들의 기풍이 송나라와 조선이 비슷하며, 명분(名分)을 중시하는 나머지 당쟁(黨爭)이 잦던 정치풍토까지도 두 나라가 매우 비슷하였다.

조선시대에는 문학에 있어서도 송대의 영향이 두드러진다. 간혹 종당파(宗唐派) 시인들이 있기는 하였지만, 시문에 있어서 구양수(歐陽修) · 소식(蘇軾) · 왕안석(王安石) · 황정견(黃庭堅) 등이 매우 존숭되었다. 도연명(陶淵明)을 비롯하여 이백(李白) · 두보(杜甫) · 한유(韓愈) · 유종원(柳宗元) 등이 널리 읽히고 존중받은 것도 송대 문인들이 그들을 표창(表彰)한 영향이 크게 작용한 때문이라 할 수 있다. 산문에 있어서는 더욱이 송대 고문대가(古文大家)들의 글이 높이 받들어졌음은 더 말할 나위도 없다. 조선시대에 가장 유행한 문장교본이 『당송팔대가문초(唐宋八大家文抄)』와 『고문진보(古文眞寶)』였다는 사실도 이를 잘 증명해준다.

그밖에 우리나라에 전래되고 있는 아악(雅樂)을 비롯한 당악(唐樂)들이 거의 모두 송대에 들어온 것들이고, 고려자기도 송대 자기(磁器)의 영향을 받아 발달한 것이다. 그밖에 미술이나 수공예 등에 끼친 영향도 일일이 열거하기 어려울 정도이다.

이상을 종합하면, 우리가 송대 문학이나 문화에 주의를 기울여야 할 이유가 크게 두 가지가 있다. 첫째로 송대의 문학이나 문화가 중국 역사상 최고의 수준으로 발전했던 시대라는 점에서 중국학자들 같은 편견을 버리고 올바른 그에 대한 연구를 진행시킬 필요가 있다는 것이다. 둘째로는 송대의 문화와 문학이 우리나라, 특히 조선시대 사회와 정치 · 학술 · 문화에 지극히 큰 영향을 끼쳤기 때문에 우리 문화나 문학을 올바로 이해하고 연구하기 위해서도 송대의 그것들에 대한 연구는 반드시 선행(先行)되어야 한다는 것이다.

이상의 관점에서 볼 때, 이번에 『중국어문학(中國語文學)』에서 송대문학에 관한 특집을 내는 것은 매우 의의있는 일이라 생각된다. 그 중요성에 비추어볼 때 이번 한 번에 그치지 말고 앞으로도 송대의 작가나 작품 또는 시 · 사 · 산문 등에 걸친 좀 더 전문적인 『송대문학특집』이 연이어 나와 주기 바라는 마음이 간절하다. 어떻든 이 특집만으로도 우리 학계에 적지 않은 자극과 공헌이 될 것으로 믿으며, 여러 회원들의 가일층의 분발을 당부한다.

1988. 6. 1

6
『중국어문학』 제60집 발간을 바라보면서

늘 『중국어문학』지를 접하면서도 호수에는 관심이 없어 특별한 감흥도 없이 여러 회원들의 논문을 뒤져보기에만 바빴다. 그러나 제60집이 나온다는 소식을 따로 접하고 보니 감회가 각별하다. 지방의 학회가 60호의 학회지를 내게 되었으니 우리 중국어문학계도 무척 발전하였음에 틀림이 없다. 먼저 초창기에 고문을 맡았던 권두현 선생, 회장으로 수고하신 서경보 교수, 시종 영남중국어문학회 발전을 주도해 오신 이장우 교수를 비롯하여 학회에 참여하여 학회지 발전에 공헌하신 모든 분들의 성의와 노고에 경의를 표한다. 다만 『중국어문학』의 업적과 특징 등은 다른 분들이 잘 논술하리라 생각하고 필자는 제60집을 접하는 개인적인 감회를 공개함으로써 축사에 대신하려 한다.

필자는 대만대학 대학원에서 명대의 희곡에 관한 논문으로 석사학위를 얻은 뒤 귀국하여 1961년 봄부터 서울대학에서 시간강사로 강의를 시작했다. 곧 강의와 함께 연구에도 분발하여 그 해에 「나례(儺禮)와 잡희(雜戲)」라는 논문을 완성하였다. 그러나 그때 한국에는 이 논문을 실어줄만한 잡지가 하나도 없었다. 유일하게 중국문제를 다루는 고려대학 아세아문제연구소에 『아세아연구』라는 잡지가 발간되고 있었다. 어문학 전문 학술지는 아니지만 기댈 곳은 그곳이 유일하여 그 연구소에 논문을 실어주십사고 투고하였다. 얼마 안 있다가 "논문심사위원회에 논문을 돌렸는데 〈나례〉가 무엇인지 아는 사람이 하나도 없어 자기들로서는 논문을 실을 수가 없다."는 회신이 왔다. 그렇다고 포기하면 영원히 연구를 하더라도 그 결과물을 발표할 곳이 없을 것이라 생각되어 필사적으로 자세를 다시 가다듬었다. 심사위원들의 눈을 뜨게 하자면 여기에 우리나라 〈나례〉를 끌어들이는 수밖에 없다고 생각하고 한·중 두 나라 옛날의 〈나례〉를 비교하는 내용으로 논문을 약간 수정한 뒤 다시 아세아문제연구소로 논문을 보내었다. 내 생각이 들어맞아 1963년 발행된 『아세아연구』 6권 3호에 그 논문이 실렸다. 그 논문이 발표되자 다행히도 일본과 대만에서 그 논문이 번역 소개되어 고려대학에서는 그러한 외국의 반응을 나 자신보다도 더 기뻐하면서 앞으로 내 논문은 심사를 거치지 않고 실어주기로 했으니 많은 논문을 써달라는 격려의 연락이 왔다. 덕분에 그 뒤로 『아세아연구』지에 논문을 너덧 편 더 써서 발표할 수가 있었다.

이런 뼈아픈 경험 때문에 필자는 우리 학계의 논문을 실을 수 있는 학회지 발간에 힘을 기울이었다. 1963년 한국중국학회에서 『중국학보』가 창간되었는데, 그것은 고려대학의 총장을 역임한 김준엽 교수가 주동으로 움직이고 필자가 적극적으로 협력하여 이루어진 것이었다. 필자는 1964년 상임간사로 시작하여 1984년까지 부회장 회장으로 20년 동안 중국학회를 위하여 활약하였다. 이 초기에는 중국학회라 하였지만 학회의 운영이며 학보의 내용이 중국어문학 중심이어서 중국어문학을 전공하는 분들에게 큰 도움이 되었다. 그리고 따로 중국어문학 관계 학회를 조직하고 학보를 내보려고 애썼지만 윗분들은 시기상조라고 활동을 제지하였다. 하는 수 없이 1965년에는 당시의 중국어문학 관련 대학 강사와 조교까지 모아 〈중우회(中友會)〉라는 모임을 만들고 다음 해에는 회원들의 논문과 글을 모아 『중우(中友)』라는 잡지를 우리 손으로 등사판을 긁어 내었다. 그러나 제2호를 낸 뒤 윗분들의 질책으로 활동을 중단하였다. 1969년에는 한양대학 이경선 교수가 적극적으로 나서서 밀어준 덕택에 한국중국어문학회를 창립하였다. 학회의 학보인 『중국문학』 창간호는 많은 풍파 끝에 1973년 4월에야 창간호를 낼 수 있었다. 위의 어른들이 많은데도 불구하고 필자가 이 창간호의 「창간사」를 쓰고 있다는 사실만으로도 우리나라 최초의 가장 오래된 중국어문학 관계 학보는 평탄한 조건 아래에서 순산된 것이 아님을 짐작할 수 있을 것이다. 아마도 우리 중국어문학계에 발행 호수 60호를 넘은 학술지는 이 『중국문학』과 『중국어문학』 이외에는 별로 많지 않을 것이다. 『중국어문학』 60호가 나오기까지는 영남어문학회 여러분들의 노고가 가장 크지만 그전의 우리 중국어문학계의 학보 발간과 관련된 옛날 실정을 알리기 위하여 개인의 감회를 빌어 이런 글을 쓴다. 이제는 논문 발표의 길이 활짝 열리고 전공자 여러분이 별로 신경 쓰지 않고 서로 협력할 수 있는 시대가 된 것이다.

60이라는 숫자는 사람으로는 환갑을 생각하게 되어 노성(老成)을 나타내는 숫자로 생각하기 쉽다. 그러나 학술지의 60호는 사람에 견주면 6세 아동이다. 지금부터 몸도 잘 기르고 공부도 잘 해가야 한다. 집을 짓는데 견주면 이제 터가 닦여진 셈이다. 그러니 정작 기둥을 세우고 집을 짓는 일은 이제부터라는 것을 명심하여야 한다. 멋지고 아름다운 집이 이루어지기 바라는 마음에서 우리 학계에 아직도 부족하다고 여겨지는 한 가지 만을 당부한다.

다른 사람들이 이루어놓는 업적에 대하여 보다 적극적인 관심을 지녀야 한다는 것이다. 저서나 논문이 나오면 이에 대한 비평과 소개를 보다 적극적으로 하여야 한다. 필자가 외국에서 개최되는 국제학술대회에 참석하여 섭섭하게 느낀 한 가지는 중국이나 일본 또는 구미 학자들은 발표 논문에 자기 선배와 동료들의 업적을 많이 인용하는데 한국학자들은 그런 경우가 거의 없다는 것이었다. 우리는 논문을 발표하고 나면 그뿐이기 때문에 잘 썼는지 잘못 쓴 것인지 알 수가 없는 경우가 대부분이다. 그리고 어떤 학자가 중요한 문제를 다룬 책이나 논문을 쓰더라도 그것으로 그치고 만다. 선배나 동료들의 업적을 두고 서로 토론하여 잘 된 부분은 또 다른 각도에서 이를 보충하여 더욱 충실하게 하여주고, 잘못된 부분은 바로잡을 수 있는 눈을 뜨게 해주어야 할 것이다. 학회지는 서평이나 논문평도 중요하지만 선배나 동료의 업적을 배가시키는 비슷한 제목의 글도 실어주어야 한다. 보기를 들면, 어떤 친구가 어느 작가에 대하여 정치, 사회를 바탕으로 그의 문학을 논하였다면 다른 친구가 다시 사상사적인 면에서 그의 문학을 평가하는 글을 쓴다면 그 성과는 더욱 빛날 것이라는 것이다. 번역도 그러하다. 『중국어문학역총』은 우리 학계에 큰 공헌을 하고 있다고 생각한다. 특히 이장우 교수가 '번역 평을 겸하여' 〈독서잡기〉를 쓰기 시작한 것은 크게 환영할 일이다. 여기에는 다른 사람도 힘을 보태어 더 철저한 번역평이 계속되기를 간절히 바란다. 영문학계에는 작년에 작고한 성균관대학 이재호 교수의 『문화의 오역』(동인출판사, 2005.) 같은 대저가 나와 있어 영문학 관련 번역을 바로잡는 데에 얼마나 큰 공헌을 하였는지 모른다. 그는 자기 선생님이나 친구의 오역도 주저하지 않고 지적하고 있다. 중국어문학계에도 이재호 교수 같은 분이 나오기를 간절히 빈다.

끝으로 『중국어문학』 제60집의 출간을 다시 한 번 진심으로 축하한다. 앞으로 『중국어문학』의 호수가 보태어지는 데 따라 우리 중국어문학계도 함께 발전해 가리라고 확신한다.

2012. 8. 26

서울대학교 명예교수 김학주

7

중국 탈의 수집과 기증 경위

-국립민속박물관 발행 『신의 표정, 인간의 몸짓』 앞머리에-

본인은 한국중국희곡학회(韓國中國戲曲學會) 회장으로 있으면서 1993년에 학회회원들을 중심으로 하여 중국의 희곡문물(戲曲文物) 및 각 지방의 극종(劇種) 탐사여행을 조직하였다. 일차는 베이징(北京)에서 시작하여 샨시성(山西省)의 여러 지방을 거쳐 시안(西安)에 이르는 곳을 중심으로 한 지역이었다. 그때 우리의 탐사 여행에 함께 참가하며 적극적으로 도와준 이가 중국의 나희학회(儺戲學會) 회장인 취류이(曲六乙) 선생이었다.

본인은 중국의 학자들이 나희에 대하여 전혀 관심도 갖지 않고 있던 1963년에 「나례(儺禮)와 잡희(雜戲)」를 비롯하여 여러 편의 나희와 관련된 논문을 발표하여, 그 일부는 대만과 일본에서 중국어와 일본어로 각각 번역 또는 소개되어 있었다.

그러므로 취류이 선생은 본인을 중국 나희연구의 선구자라 생각하고 큰 관심을 갖고 있었다. 때문에 자연이 그분과 나 사이의 대화에는 중국의 탈놀이가 자주 화제가 되었다. 그리고 실지로 중국희곡 탐사여행을 하면서도 그때 중국에 행해지고 있는 탈놀이와 탈에 대하여도 계속 관심을 갖고 살피게 되었다.

다시 1995년에는 실지로 중국민간에 연출되고 있는 연희(演戱)와 나희를 보려는 욕심에 음력설을 끼고 상하이(上海)에서 시작하여 난징(南京)을 거쳐 쓰촨(四川)으로 가는 탐사여행을 실시하였다.

청두(成都)에서는 쓰촨의 나희연구로 유명한 위이(于一) 선생이 우리를 맞아주어 그 지방 나희에 대한 많은 정보를 얻었다. 청두에서는 먼저 사천박물관(四川博物館)에 전시되고 있는 쓰촨 광한현(廣漢縣) 산싱투이(三星堆)에서 출토된 은상(殷商)대의 커다란 청동가면(靑銅假面)을 비롯한 여러 개의 신면(神面)과 근래의 쓰촨지방 나희에 쓰이는 몇 종류의 탈을 직접 보고 중국 탈과 탈놀이에 대한 생각을 새로이 하였다.

다시 그곳 천극(川劇) 공연을 두어 차례 관람하고는 다시 멘양(綿陽)시를 거쳐 젠꺼(劍閣)로 향하는 옛날의 촉도(蜀道)를 버스로 세 시간이나 거슬러 올라가 즈퉁(梓潼)의 작은 마을에 도착하여 그곳 작은 마을 산 언덕에 있는 어마사(御馬寺)에서 연출되는 괴뢰희(傀儡戱)가 나오는 탈놀이인 재동양희(梓潼陽戱)

를 구경하였다. 언덕 위 신묘(神廟) 아래쪽 정문 문루(門樓)에 희대(戲臺)가 마련되어 있어 신은 정전(正殿)의 신위(神位)에서 편히 앉은 채로 놀이를 감상하고, 비탈진 신위와 정문 사이의 넓은 공간이 맨바닥 관객석이었다. 1,000명도 넘을 근처 마을 농민들 관객 속에 끼어 위이 선생의 설명을 들으며 신묘한 중국탈놀이에 빠져들었다. 특히 투박하게 나무를 깎아 만든 그 지방 탈의 모습이 무척 마음을 끌었다. 곧 위이(于一) 선생의 주선으로 그 지방 탈을 몇 개 구할 수가 있었다. 그 뒤로부터는 가는 곳마다 다시 여러 사람들에게 부탁하여 중국 각 지방의 나무 탈을 모으기 시작하였다.

뒤에 베이징에서 열리는 학회에 참석했다가 그때 열리고 있던 『중국나희면구전(中國儺戲面具展)』을 취류이(曲六乙) 선생과 함께 관람한 일이 있다. 그 전람회를 구경하고 나와서 나는 취 선생에게 이 탈들을 한국에도 가져다 전람회를 열었으면 좋겠다는 뜻을 알리었다. 취 선생은 즉시 기회가 닿는 대로 한국전시를 추진해보자는 대답을 하였다.

이때 나는 다만 지금 전시되고 있는 것들을 보면 중국의 나희 규모에 비하여 수집된 가면의 수도 너무 적고 수집한 지역도 일부분에 지나지 않아 불만이란 말을 하였다. 그러자 자신도 중국의 탈 수집에 협조해 줄 터이니 당신 스스로 시작한 탈 수집을 보다 적극적으로 진행시키어 한국에서 전시를 할 적에는 당신의 수집품을 기초로 하고 부족한 것을 자기가 보조하여 수량이나 지역 안배에 있어서도 불만이 없도록 하자는 제의를 하였다.

나 자신도 그때부터 중국의 어느 지방을 가든 적극적으로 탈을 모으기 시작하였다. 그리고 탈이 입수되는 대로 그 탈이 나온 곳과 무슨 탈놀이에 어떤 역할을 하는 자가 쓰는 탈인가를 자세히 기록하였다. 나희 탈의 제작방법을 전승 받은 사람이 있는 꾸이조우(貴州)·후난(湖南) 같은 성의 여러 곳에서는 그러한 장인(匠人)에게 부탁하여 새로 탈을 만들기도 하였다. 그 뒤에도 중국에 가서 그들이 개최하는 나희면구(儺戲面具) 전시회를 두어 번 보았는데, 모두 수량이 수십 개 정도여서 본인도 잘해야 그 정도 이상은 넘지 못할 것으로 알았다. 그러나 시간이 흐르면서 기대 이상의 수량이 모이는 데에는 본인 자신도 놀랐다.

이제는 아무리 돈을 쓴다 하더라도 이처럼 중국 각 지방의 탈을 모을 수는 없을 것이다. 모은 탈을 반출할 적에도 중국의 관련기관에서 협조를 해 주었는데 이제는 그런 협조도 불가능하여 탈을 반출할 수도 없을 것이다.

그 뒤로 취류이 선생과 의논하였던 중국 나희 탈의 한국전시는 실행할 기회를 잡지 못하고 있었다. 그러나 내가 수집한 탈의 수량이 300개에 육박하고 보니, 이제는 여기에 있는 탈

만을 가지고도 실제로 중국 각 지방의 탈놀이를 전반적으로 설명할 자료가 될 것으로 여겨졌다. 그리고 이 탈들의 도록(圖錄)을 내기만 하면 중국에서 이미 나온 나희와 탈에 관한 어떤 화책(畵册)이나 도록보다도 광범하고 다양한 중국 나희를 이해하는 데 큰 도움이 될 책이 되리라 생각되었다. 이에 이 탈들을 전시해주고 도록을 만들어줄 기관으로 우리의 국립민속박물관을 찾아내어 2002년에 수집한 탈들을 모두 기증하고, 목표대로 전시회를 개최하고 전시 도록을 출간하게 된 것이다. 이때의 전시회는 한중수교 10주년을 기념한다는 뜻이 있었고 본시 예정된 전시기간은 2002년 10월 2일부터 12월 9일까지였으나 관람객이 몰리어 전시를 다음해 2월까지 연장할 정도로 전시회는 성공적이었다.

그때 출간된 도록이 '신의 표정 인간의 몸짓'이란 부제가 붙은 『중국 탈- 김학주 교수 기증전』(국립민속박물관, 2002년 8월 16일)이란 책이다. 이 도록만으로도 중국의 나희를 이해하는 데에 편리한 도움이 되리라 여겨진다.

중국의 나희는 오랫동안 일반사람들로부터는 잊혀져 오직 외진 고장에만 민간에 전승되어 온 것이다. 개중에는 이미 지방희의 영향을 받아 본시의 탈놀이로부터 멀어진 것들도 있기는 하지만, 이 나희 속에는 남송(南宋) 이후 이민족(異民族)의 지배 아래 변전(變轉)되기 이전의 진실한 중국문화의 전통이 담기어있는 것이다. 곧 중국의 전통 희곡은 이민족의 영향 아래 갑자기 이루어진 원(元) 잡극(雜劇)에서 지금의 경희(京戲)와 지방희(地方戲)에 이르는 이른바 대희(大戲)와는 다른 성격의 것이었다.

남송 이전의 중국의 전통연극이란 탈놀이가 중심이 된 가무희(歌舞戲)였다. 곧 중국의 전통 연극 중에서 가장 대표적인 것이 탈놀이였다. 중국나희학회장인 취류이 선생이 중국의 나희는 "중국문화의 살아있는 화석(活化石)"이라 한 것도[1] 그 때문이다. 그리고 1987년 가을 열린 귀주민족민간나희면구전(貴州民族民間儺戲面具展)을 처음 관람한 당시 중국문련(中國文聯)의

1 曲六乙「中國儺戲的 '活化石' 價値」(人民日報, 1986. 8.)

주석(主席)이었던 희곡작가 차오위(曹禺, 1910-1997)는 이런 말을 하고 있다.

> "기적이다! 장성(長城)이 우리의 기적이라면 나희도 우리의 기적이다. 중국에 또 하나의 기적이 있는 것이다. 이 전람회를 보고 나서 나는 중국의 희극사(戱劇史)는 다시 써야 한다고 생각하게 되었다."[2]

이를 계기로 중국의 오지에서 새로 발견된 중국의 탈놀이인 나희의 연구열이 고조되기 시작한다.

따라서 이 나희의 탈은 참된 중국의 전통 공연문화와 더 나아가서는 진실한 중국의 전통문화를 이해하는 데에도 큰 도움이 될 것이다. 도록의 사진 해설이나 각 탈의 설명에 있어서도 중국 탈놀이의 전반적인 성격을 파악할 수 있게 하려는 배려 아래 집필되고 있다.

그리고 우리나라 여러 곳에 전해지던 탈놀이의 문화적인 성격을 이해하는 데에도 적지 않은 참고가 될 것으로 믿는다. 그러나 중국 나희 발전의 발자취를 드러내고 각 지방 나희의 성격을 설명한다는 면에서 약간의 불만을 느끼고 있었다.

이에 다시 내가 수집한 중국 탈 하나하나에 대하여 보다 자

2 庹修明「中國文化發掘展覽與硏究成果及意向」에서 인용.

세히 설명을 하면서 중국 나희의 발전 경과를 이해하고 중국 각지의 나희의 특성을 알리려는 뜻에서 다시 화책(畵册)을 편찬하였다. 국립민속박물관에 소장된 중국 나희 탈들을 뒤에 보존하고 연구하는 데에 도움을 주려는 뜻도 여기에 담겨 있다.

끝으로 이 탈들을 모는 데 협력해준 여러 중국 친구들과 우리 한국중국희곡학회의 회원 여러분, 특히 여러 차례의 중국 희곡 탐사여행을 함께 한 회원 여러분의 도움에 깊이 감사를 드린다.

그리고 우리의 민속을 보다 높은 차원에서 올바로 이해할 수 있도록 하기 위하여 우리 주변 나라들의 민속자료에까지 관심을 기울이어 중국 나희 탈의 전시회를 개최하고 이 도록을 출간한 우리 국립민속박물관 직원 여러분들의 노고에 경의를 표한다.

2006. 6. 18

*이 글은 우리나라 국립민속박물관에서 2002년 10월에 개최한 '김학주 기증 중국탈 전시회' 때 참고자료로 발행한 화책『신의 표정 인간의 몸짓 〈중국탈〉 -김학주 교수 기증전-』의 앞머리에 써 넣었던 글을 2006년에 다시 '김학주 기증 중국탈' 의 도록(圖錄)을 만들면서 추가 보충한 것이다.

8

중국희곡학회 편 『중국의 탈과 탈놀이』 책머리에

중국의 〈탈〉은 중국문화의 얼굴이요, 〈탈놀이〉는 중국사람들의 생활의 얼굴이라 할 수 있는 것이다. 중국에 있어서 〈탈놀이〉는 중국 전통연극인 가무희(歌舞戲)의 중심을 이루어온 민간연예(民間演藝)이기 때문이다.

중국의 〈탈〉은 은상(殷商)대의 종교의식에서 쓰여지기 시작하였고, 〈탈놀이〉는 주(周)나라 때의 〈나(儺)〉라는 구역의식(毆疫儀式)에서 생겨난 것이다. 본시 〈나〉는 황금사목(黃金四目)의 탈을 쓰고 곰가죽을 둘러쓴 방상씨(方相氏)를 주역으로 하여 역귀(疫鬼)를 쫓는 의식이었는데, 곧 신(神)을 즐겁게 하고 사람들도 즐겁게 하는 놀이의 성격도 지니게 되었다. 나의(儺儀)가 나희(儺戲)로 발전하면서 가무희로 이루어졌던 것이다.

〈나〉에 여러 가지 민간의 신(神)들이 가세하고, 중당(中唐) 무렵부터(755 이후) 심지어 〈나〉의 주역까지도 종규(鐘馗)나 아랑위(兒郎偉) 등이 방상씨를 대신하게 되면서, 〈나〉는 더욱 다양한 〈탈놀이〉로 발전한다. 그리고 송(宋)대로 들어오면 방상씨는 완전히 〈나〉에서 자취를 감추게 된다.

북송(北宋) 말년(1126) 무렵, 외국문화의 영향으로 중국에는 갑자기 희문(戱文, 또는 南戱)이라 부르는 대희(大戱)가 생겨나 그것은 원잡극(元雜劇) · 명전기(明傳奇) · 청(淸) 화부희(花部戱, 京戱 및 地方戱)로 이어지며 발전한다. 그러자 중국학자들은 이것이야말로 본격적인 중국 고극(古劇)의 형성과 발전이라 여기면서, 송 이전의 중국 전통극이었던 가무희는 가벼이 보게 된다. 그 결과 중국 사회에서는 전통연극인 가무희의 중심을 이루어오던 〈탈놀이〉가 자취를 감추게 된다.

중국의 희곡학자들이 자기네 전통연극이라 여기는 경희(京戱)나 지방희(地方戱)는 배우들이 얼굴에 요란한 색칠을 하는 도면(塗面)으로 화장을 하고 연극을 한다. 따라서 그들은 탈 또는 가면은 옛날에나 있었던 미개한 수법이고, 〈도면〉이야말로 보다 발전한 형식의 것이어서, 중국에서는 탈이나 탈놀이는 완전히 사라져 버린 것이라 여겨왔다. 그리고 옛날에 있었던 탈놀이는 아직 연극의 단계에까지 발전하지 못한 유치한 놀이었다고 치부해왔다.

그러나 1980년대로 들어와 귀주(貴州)·호남(湖南) 등지의 오지에 사는 소수민족(少數民族)들을 중심으로 하여 새삼 〈탈놀이〉의 남아있던 풍습들이 발견되기 시작하였다. 이 〈탈〉과 〈탈놀이〉를 보고서 이를 〈나희(儺戲)〉라 부르며 많은 학자들이 새삼 자기네 만리장성이나 같은 중국문화상의 일대 기적이라 흥분하였다. 그들은 이 〈탈〉과 〈탈놀이〉에서 오랫동안 잊고 지내온 참된 중국 전통문화의 일면을 발견했기 때문이다. 중국나희학연구회장(中國儺戲學研究會長) 곡육을(曲六乙)은 나희를 "중국문화의 활화석(活化石)"이라 하였다. 그리고 1985년 전후부터 새로 발견된 탈놀이에 대한 조사보고와 연구논문 및 저서들이 쏟아져 나오기 시작하였다. 그 결과 중국에서 뿐만이 아니라 대만·일본·미국 등 전세계 중국문학계의 나희연구 붐을 조성케 하였다.

같은 문화권인 우리나라에서는 일찍부터 탈과 탈놀이의 중요성을 인식하고 민속·종교·연극 등 여러 면에서 그것들을 연구해왔다. 그들이 지금와서 쓰는 〈나희〉라는 용어도 우리나라에서는 일찍이 고려(高麗)시대로부터 조선(朝鮮)에 걸쳐 널리 쓰이던 말이다(『高麗史』 卷36 忠惠王 4年, 『世宗實錄』 권91 22年 등의 기록 참조). 우리의 탈놀이도 중국의 〈나희〉의 영향을 입었을 것이다.

필자는 이미 1960년대 초에 『나례(儺禮)와 잡희(雜戲)』 등 여러 편의 중국 나희에 관한 논문을 발표하고 있어(『한 · 중 두 나라의 가무와 잡희』, 1994, 서울대출판부 발행에 실림), 중국학자들은 나희연구의 선각자요 선구자라 하며 지금 와서 위 논문을 중국어로 번역하여 소개하고 있다(『中華戲曲』 18輯, 1996. 5. 中國戲曲學會 刊 소재). 우리나라 학계에 이미 쌓인 우리 탈놀이 연구의 성과는 이제 와서 관심을 갖기 시작한 중국학자들의 그 방면 연구와 이해에 큰 도움이 될 것으로 믿는다.

중국의 〈탈〉과 〈탈놀이〉는 중국의 전통문화와 전통연극의 성격을 올바로 이해하기 위하여도 반드시 제대로 연구해야 할 대상이다. 그뿐 아니라 우리나라 탈놀이의 성격을 올바로 이해하는 데에도 큰 도움이 될 것이다. 이에 우리 한국중국희곡학회(韓國中國戲曲學會) 회원들은 뜻을 모아 그 사이 중국에 발표된 〈나희〉에 관한 중요한 논문들을 골라 번역하여 책으로 엮음으로서, 중국의 〈탈〉과 〈탈놀이〉에 대한 초보적인 개요라도 우리나라에 소개하고자 하였다. 그러나 아직도 각지의 〈탈〉과 〈탈놀이〉 자체가 제대로 수집 정리되지도 않았고, 그들의 연구 기간이 일천하여 이에 관한 기본적인 이해 자체에도 적지 않은 문제가 있어 편집에 애를 먹었다. 그리고 글을 번역하는 여러 분들의 용어의 통일만도 간단한 문제가 아니었다.

이 책은 제1부와 제2부의 두 부로 나뉘어 편찬되었다. 제1부에는 중국의 〈탈〉과 〈탈놀이〉에 대한 종합적이고도 일반적인 성격과 특징을 논한 글들을 골라 실었고, 제2부에는 지금도 중국 여러 지방에서 공연되고 있는 두드러진 특징을 지닌 몇몇 지방의 〈탈놀이〉를 소개하는 글들을 뽑아 실었다. 맨 앞 머리에는 필자가 쓴 중국의 〈탈놀이〉 나희를 개략적으로 소개하는 글을 실었지만, 최후의 순간에 오수경 교수의 『나희(儺戲) 연구가 중국 연극사 인식(認識)의 변화에 끼친 영향』이란 빼어난 글을 받아 실을 수 있게 된 것을 무엇보다도 다행한 일이라 여긴다.

어떻든 이 책을 통해서 되도록 많은 사람들이 중국문화와 중국사람들의 생활의 얼굴 모습을 제대로 보고 이해하게 되기 바랄 뿐이다. 끝으로 바쁜 중에도 번역에 흔쾌히 참여해준 여러분과 어려운 여건 아래에서도 학술서의 출판에 몰두하는 신아사(新雅社) 정 사장과 직원 여러분의 노고에 머리 숙여 감사를 드린다.

1999. 1.

II.

중요한 책 앞머리의 해제

1

조선 간 육신주본(六臣注本) 『문선(文選)』의 특징

-정문사 복사 간행 『문선(文選)』 조선 육신주본(六臣注本) 앞머리에-

1. 서론

『문선』은 남북조(南北朝) 시대 양(梁)나라 소통(蕭統, 501-531)이 편찬한 중국 최초의 시문총집(詩文總集)이다. 소통은 무제의 맏아들로 태자가 되어 시호(諡號)를 소명(昭明)이라 하였기 때문에 흔히 소명태자라고 부른다. 그는 다섯 살에 오경(五經)을 다 읽었고 문학을 좋아하여 그의 동궁(東宮)에는 언제나 수많은 재사들이 모여들어 학문과 문장을 논하였다. 그리고 거기에는 30,000권에 이르는 방대한 장서까지 갖추어져 있어서 양나라는 동궁을 중심으로 전에 없던 문학의 창성을 이룩하였다. 『문선』은 소통 자신의 문학에 대한 조예뿐만이 아니라 이러한 문운 속에 많은 재사들과 장서에도 힘입어 이룩된 것이었다. 소통은 31세라는 한창 나이에 요절하였으나, 『문선』 이외에도 고금의 전고(典誥)와 문언(文言)을 모은 『정서(正序)』 10권, 오언시(五言詩)를 선집한 『고금시원영화(古今詩苑英華)』 19권, 『문집』 20권의 편저가 있었다 한다.[1]

『문선』에는 선진(先秦)시대로부터 양나라 보통(普通) 7년(526)에 이르는 기간의 글들이 부(賦)·시(詩)·소(騷)·칠(七)·조(詔)·책(冊)·영(令)·교(教)·책문(策文)·표(表)·상서(上書)·계(啓)·탄사(彈事)·전(牋)·주기(奏記)·서(書)·이(移)·격(檄)·대문(對問)·설론(說論)·사(辭)·서(序)·송(頌)·찬(贊)·부명(符命)·사론(史論)·사술찬(史述贊)·논(論)·연주(連珠)·잠(箴)·명(銘)·뇌(誄)·애(哀)·비문(碑文)·묘지(墓誌)·행장(行狀)·조문(弔文)·제문(祭文) 등 38류로 나뉘어져 있는데, 이를 다시 크게 나누면 시가(詩歌)·사부(辭賦)·잡문(雜文)의 세 가지가 될 것이다.

여기의 글들은 경(經)·사(史)[2]·자(子)에 속하는 글들은 제외하고 문장의 수사를 위주로 하여 고른 것이기 때문에 굴원

1 『문선』 이외의 것들은 모두 전하지 않으며, 지금 전하는 그의 『문집』도 후세에 다시 그의 글을 주워 모아 엮은 것이다.

2 史에 속하는 글 중에서 贊·論에 속하는 글들만은 수록하고 있는데, 贊·論은 객관적인 사실을 기록한 역사적인 문장이 아니기 때문이다.

(屈原) · 송옥(宋玉) · 사마상여(司馬相如)로부터 임방(任昉) · 심약(沈約)에 이르는 역대의 대표적 문인들의 글이 총망라되어 있다. 『문선』은 문(文)과 질(質)을 아울러 존중하는 문학에 대한 견해를 뚜렷이 제시하고 있어서 후대의 문학 발전에 큰 영향을 끼쳤다. 곧 당(唐)대에 이르러는 '선학(選學)' 이란 말이 생겨나고, 송(宋)대에는 "『문선』에만 통달하면 과거 급제는 따 놓은 당상이다."[3]는 식의 속담까지 유행할 정도로 『문선』은 독서하는 사람들의 문장교본으로 널리 읽혔다.

본시 『문선』은 30권이었으나(『文選』 序), 당대의 이선(李善)이 주를 쓰면서 60권으로 늘이어 흔히 60권본이 행세하게 되었다. 당대의 공손라(公孫羅) 등도 주를 썼다고 하나 후세까지도 세상에 널리 읽힌 것은 이선의 주본과 이보다 약간 뒤에 나온 여연제(呂延濟) · 유량(劉良) · 장선(張銑) · 여향(呂向) · 이주한(李周翰)의 다섯 사람이 함께 쓴 이른바 오신주(五臣注)이다. 이 오신주본은 『문선』을 다시 본래 모습대로 30권으로 나누었다. 이선의 주에는 초주(初注) · 복주(覆注) · 삼주(三注) · 사주(四注)의 주본이 있었다 하니[4], 그가 『문선』 주해에 기울인 정력을 짐작할 수 있을 것이다. 그는 도합 23류 1689종에 이르는

3 "文選爛, 秀才半." 陸游 『老學庵筆記』와 王應麟 『困學紀聞』에 보임.

4 李匡乂 『資暇錄』(『四庫全書總目提要』 集部 『文選注』 해설 所引 의거).

고금의 책들을 인용하여[5] 모두 확실한 근거 위에 사의겸석(事義兼釋)하는 주석을 써서 '문선학'을 집대성한 느낌을 갖게 한다. 그리고 그가 인용한 책들 중에는 지금까지 전하지 않는 것들이 다수 있어서 고증학의 풍부한 자료가 되고 있기도 하다. 오신주본에 대하여는 이미 당대 이광예(李廣乂)나 송대의 소식(蘇軾)이 황루(荒陋)하다고 공격하고 있으나, 그래도 참고할만한 부분이 적지 않은 것으로 여겨진다.

송대에는 다시 이선주와 오신주가 합치어 60권의 육신주(六臣注)가 이루어졌는데, 남송 이후로 중국에서는 주로 육신주본이 읽히게 되어 이선주본과 오신주본은 자연히 자취를 세상에서 감추게 되었다. 이선주본은 송대 간행된 것으로는 몇 권의 잔본(殘本)만이 전할 뿐이고, 청대 가경(嘉慶) 14년(1809)에 호극가(胡克家, 자 果泉)가 송대의 우무본(尤袤本)을 다시 번각(翻刻)한 60권본(附『考異』 10권)이 근세에는 가장 널리 읽혀졌다. 그리고 이선주본이라 하더라도 명대 모진(毛晉)의 각본처럼 송대의 판본으로 교정했다고 말하고는 있지만 육신주본에서 오신주는 빼고 다시 이선주만을 남기어 만든 것임이 분명한 것들이 전부다.[6] 남송 이후로는 순수한 이선주본이 중국에서는

5 『四庫全書總目提要』 集部 『文選注』 해설 의거.

6 上同.

거의 자취를 감추었음을 말해주는 것이라 보아도 좋을 것이다. 오신주본은 더욱 보기 어렵게 되어 지금은 항주대학도서관(杭州大學圖書館)에 유일한 판본이 남아있다고 할 정도이다.[7]

남송 이후로 중국에서는 육신주본이 『문선』 주해서의 주류를 이루어 왔다. 중국에 알려진 육신주 판본은 남송의 개경(開慶)·함순(咸淳) 연간(1259-1274)에 나온 광도(廣都) 배택(裵宅) 간본[8]의 바탕이 된 북송 숭녕(崇寧)·정화(政和) 연간(1102-1117) 간본[9]이 가장 오래되고 좋은 판본이며, 또 원나라 대덕(大德) 기해(己亥)년(1299)에 다릉(茶陵) 동산진씨(東山陳氏) 간본[10]의 바탕이 된 북송 공주학(贛州學)간본[11]이 그 다음번 등급의 것이다. 다만 같은 육신주이면서도 전자는 오신주를 앞에 놓고 이선주는 뒤에 붙인 반면, 후자는 이선주를 앞에 놓고 오신주를 뒤에 붙이고 있다. 이처럼 이선주가 앞에 놓였느냐 오신주가 앞에

7 『古典文學名著解題』(中國青年出版社 刊, 1980, 北京) 의거.

8 古宮博物館圖書館 所藏 1-17, 27, 28, 51-57 도합 26권. 明 嘉靖 己酉 吳郡 袁褧의 翻刻本이 있음.

9 『鐵琴銅劍樓書目』과 『古書經眼錄』에 보임.

10 『觀古堂書目』및 『國立北京圖書館善本書目』에 보이며, 明 嘉靖 28년 錢塘 洪楩의 翻刻本 등이 있음.

11 『直齋書錄解題』·『鐵琴銅劍樓書目』·『古書經眼錄』·『國立中央圖書館善本書目』·『臺灣公藏宋元本聯合書目』 등에 보임.

놓였느냐 하는 것은 육신주에서 이선주를 더 중시했는가, 오신주를 더 중시했는가 하는 문제와 일치하는 것이다.

중국 이외에 우리나라와 일본에서도 『문선』이 널리 읽히어 각각 여러 가지 번각본(翻刻本)을 내고 있다. 그런데 일본의 판본들은 대체로 중국 판본의 범위를 벗어나지 못하고 있으나[12], 우리나라의 경우는 중국이나 일본과는 다른 독특한 『문선』판본들을 남기고 있다. 그것은 우리의 선인들이 『문선』을 바탕으로 하여 보다 착실한 문장 수련을 쌓았음을 뜻한다고도 할 수 있다. 특히 규장각(奎章閣)에는 아직도 외국학계에는 알려지지 않은 60권 60책의 고활자본 『문선』이 있다. 이는 세계에서 가장 소중한 판본이라 여겨지기에, 이 책의 여러 가지 특징을 검토하여 여러 학자들의 문선연구에 도움이 되고자 하는 것이다.

12 島田翰 『古文舊書考』· 黑田亮 『朝鮮舊籍考』 五臣注文選의 研究 등 참조.

2. 고활자본 『문선』의 특징

1. 형식상의 특징

책의 크기는 길이 34cm, 너비 21.4cm, 본문의 사방은 굵은 줄과 가는 줄 두 줄로 판을 짜고 있는데, 그 길이는 221.8cm, 15.6cm이다. 그리고 다시 세로 가는 줄을 그어 10행(行)으로 나누고 있고, 1행에는 17자가 배열되어 있다. 주(注)는 두 줄의 가는 글자로 배열하고 있으나, 길이로는 본문과 똑같이 17자가 배열되어 있다.

도합 10권 60책인데 제1책은 목록[13]이며, 이하 모두 1권 1책이나 다만 권51과 권52가 1책으로 합쳐 있어 모두 60책이 되고 있다. 책의 끝머리에 붙어있는 선덕(宣德) 3년(1428)의 변계량(卞季良)의 발문(跋文)에 따르면, 본시 세종(世宗) 2년(1420)에 주조(鑄造)한 경자자(庚子字)를 사용한 활자본이나, 지금 것은 후세에 인쇄한 것이다. 그리고 인쇄 솜씨로 보아 60책이 모두 한 때에 인쇄된 것이 아니라, 적어도 다른 두 시기 이상의 서로 다른 때에 인쇄한 책들이 모아져 있는 듯하다. 그리고 이 중 권20, 권36, 권38, 권51 · 52의 합책, 및 권53의 다섯 책은 필사본으로 보충되어 있는데, 일정하고 단아(端雅)하며 깨끗하여 활

13 현재 奎章閣 소장본은 정리가 잘못되어 「文選目錄」이 중간에 끼어있다.

자본보다도 더욱 선미(鮮美)하다. 필사본은 판본으로서의 가치가 문제될 것이나, 또 규장각에는 일부가 결여된 같은 활자본이 두 종류가 있고[14], 서울대학교 중앙도서관 고본 속에도 30책으로 된 같은 활자본이 소장되어 있는데, 거기에는 이 필사 부분이 모두 활자본으로 들어있어 언제나 대조가 가능하다.

지금 이 책은 60책의 체재이나, 본시는 30책본을 목표로 배인(排印)한 것인 듯하다. 그것은 권5 첫머리의 오도부(吳都賦) 1수(首) 좌태충(左太沖) 밑에 "유연림(劉淵林) 주(注)"라 되어 있으나, 권6에는 "유연림 주"라는 표제 없이 육신주 이외에 "유왈(劉曰)"하고 유연림의 주를 넣고 있다. 그러니 이 6권은 5권과 합치어 1책을 이루어 중간에서 시작되는 것임으로 책 첫머리에 "유연림 주"라 표시하는 것을 되풀이 하지 않은 것으로 볼 수 있다.[15] 중국의 경우를 보면, 청대의 호과천(胡果泉)이 송본(宋本)을 영인한 「이선주본」은 이처럼 되어있고, 원대 다릉(茶陵) 진씨(陳氏)가 인행한 송공주학(宋贛州學) 간 「육신주본」은 권6

14 「奎章閣圖書中國本目錄」에는 이 밖에 「文選目錄」 1책이 零本으로 따로 표출되어 있으나 60책본의 목록과 완전히 같은 것이니, 다른 두 종류의 殘本 중에서 떨어져 나온 것임이 분명하다.

15 본시 蕭統의 「文選」은 30권이었는데, 李善이 주를 달아 60권으로 늘였으나, 「五臣注」에서는 다시 30권으로 원상복귀하였다. 지금 「六臣注本」은 다시 60권이나, 이 책은 「五臣注」를 바탕으로 하고 「李善注」를 여기에 보탠 것임으로 이런 현상을 보이고 있는지도 모른다.

첫머리에도 좌태충(左太沖) 아래 "유연림 주"라 박혀 있다. 중국에도 60책본과 30책본 등이 있었기 때문이 아닐까 생각된다.

60책의 첫 책은 문선 목록이며, 첫머리에 소명태자(昭明太子)의 「문선서」가 놓여있는데, 여기에서는 이선을 필두로 하여 여연제(呂延濟) 등 오신(五臣)의 주자 이름을 열거하고 있다. 본문에서 매 권 첫머리에 "오신병이선주(五臣并李善注)"라 표출하고 있는 것과는 다르다. 다음엔 이선주 문선을 위하여 활자를 주조(鑄造)하게 된 연유를 쓴 「국자감준칙절문(國子監准勅節文)」이 실려 있고, 다시 현경(顯慶) 3년(658) 이선이 올린 「상문선주표(上文選注表)」, 개원(開元) 6년 여연조(呂延祚)가 올린 「진집주문선표(進集注文選表)」가 실려 있다. 그리고 「진집주문선표」의 뒤에는 「오신주」에 대하여 현종(玄宗)이 고력사(高力士)를 보내어 구칙(口勅)한 「선구칙(宣口勅)」이 붙어있다. 그리고는 제1권에서 제60권에 이르는 「문선목록」이 들어있고, 끝머리에는 「문선목록종(文選目錄終)」이라는 글귀가 붙어있다.

다시 끝머리 권60의 말미에는 천성(天聖) 4년(1026) 심엄(沈嚴)의 「오신본후서(五臣本後序)」가 있어 오신주본을 교정 간행케 된 경과를 쓰고 있다. 다음에는 이선주본 간행의 시말이 적혀 있는데, 먼저 천성 3년(1025)에 교감(校勘)을 요필(了畢)했다고 하며 교감관의 관직과 이름을 나열하고 있고, 천성 7년(1029)에 조조(雕造)를 요필했다고 하며 인판(印板) 교감자의 관직과 이름을 열거하고 있고, 천성 9년(1031)에 진정(進呈)했다고 하며 관구조조자(官勾雕造者)의 관직과 이름을 다시 열거하고 있다. 그리고는 원우(元祐) 9년(1094)에 수주주학(秀州州學)에서 이선주와 오신주를 합쳐 『육신주본』을 내게 된 연유를 쓰고 있다. 다시 맨 끝머리에는 선덕(宣德) 3년(1428)에 쓴 변계량(卞季良)의 발문이 붙어있는데, 우리나라 세종 2년(1420)에 경자자(庚子字)를 주조하여 여러 가지 책을 인행케 된 경유를 적고 있다. 다만 직접 『문선』 인행에 대한 말은 한 마디도 하고 있지 않은 점이 무척 아쉽다.

같은 판본인 서울대학교 소장 고문 쪽의 30책본은 이것과 약간 순서가 다르다. 제1책 첫머리에 소명태자의 「문선서」·「국자감준칙절문(國子監准勅節文)」·이선의 「상문선주표(上文選注表)」·여연조(呂延祚)의 「진집주문선표(進集注文選表)」·현종의 「선구칙(宣口勅)」이 놓인 다음, 60책본의 뒤에 붙어있는 「오신본후서」·「이선본」 간행의 전말·원우 9년의 수주주학기가 있고, 다시 수사(手寫)한 만력(萬曆) 2년(1574)에 왕도곤(汪道昆)이 쓴 「각문선서(刻文選序)」와 만력 6년(1578)에 전여성(田汝成)이 쓴 「중각문선서(重刻文選序)」 및 만력 무인(戊寅, 1578)에 서성위(徐成位)가 쓴 「양소명태자전」이 끼어있다. 이 뒤에 문선 목록이 연이어지고, 다시 권1이 합쳐져 있다. 여기에 끼어있는 수초(手抄)부분은 필체가 중간의 권47·48의 것과 완전히 같다. 그리고 이 권47 · 48의 내용은 다른 부분과는 달리 이선주가 앞에 있고 오신주가 뒤에 놓여 있으니, 이는 수초(手抄)한 사람이 명대 왕도곤과 전여성의 「중각송본문선」을 보고 베껴 넣은 것인 듯하다.

사용된 활자는 본문의 것이 가로 세로 각 1.4cm 정도의 크기이고, 주는 가로 0.7cm, 세로 1~1.4cm 정도의 크기이다.

2. 내용상의 특징

(1) 이선주 · 오신주 · 육신주 : 「문선」의 주에는 누구나 다 아는 바와 같이 「이선주」와 「오신주」가 있다. 그런데 개원(開元) 6년(718) 여연조(呂延祚)가 『오신주』를 완성하고 「진집주문선표(進集注文選表)」를 올렸을 때 현종(玄宗)은 고력사(高力士)를 시켜 구칙(口勅)을 내리되 "요새 주본(이선주를 가리킴)을 보건대, 오직 사건만을 인용하고 뜻은 해설하지 않고 있다."[16]고 말하며, "몇 권을 대략 보건대, 경들의 이 책은 매우 훌륭하다."[17] 하며 상을 내리고 있다. 「이선주」가 "일에 대한 설명만을 하고 뜻을 해설하지 않았다."고 한 것을 보면, 「이선주」에는 초주와 복주 및 삼주 · 사주까지 있었다 하니[18], 그가 현경

16 "比見注本, 唯只引事, 不說意義."

17 "略看數卷, 卿此書甚好."

18 李匡乂『資暇錄』,『四庫全書總目提要』所引.

(顯慶) 3년(658)에 올린 것은 초주나 복주본이었을 가능성이 많다. 어떻든 이선과 오신에 대한 황제의 이와 같은 평가 때문에 당대로부터 송대에 이르기까지 중국에서는 『오신주』가 성행하였다.

그러나 송대에 들어와 소식(蘇軾) 같은 학자들이 『오신주』보다도 『이선주』의 뛰어남을 공언하게 되었고[19], 그 후로 청대에 이르기까지 이른바 〈선학(選學)〉이 크게 성행하면서 많은 학자들에 의하여 『이선주』의 훌륭함과 함께 『오신주』는 별것이 아님이 증명되었다. 이런 때문에 송대에는 『오신주』에다 다시 『이선주』를 덧붙인 이른바 『육신주』가 나와 행하여졌다. 일단 세상에 『육신주』가 유행하자 『오신주』와 『이선주』는 자취를 감추게 된다.

지금 중국에 알려진 가장 오래된 육신주본은 송나라 휘종(徽宗)의 숭녕(崇寧) · 정화(政和) 연간(1102–1117)에 나온 광도(廣都) 배택본(裵宅本)이며, 이보다 약간 뒤에 원대 다릉진씨(茶陵陳氏) 고우서원본(古迂書院本)의 모본이 된 송(宋) 감주학간본(贛州學刊本)이 나왔다.[20] 뒤에 수많은 번각본(翻刻本)이 나왔으나 대체로

19 蘇軾 「書謝瞻詩」(『東坡集』 卷64; "李善注文選, 本末詳備, 極可喜. 所謂五臣者, 眞俚儒之荒陋者也, 而世以爲勝." 又 「書文選後」; "五臣注文選, 蓋荒陋愚儒也.---"

20 邱燮友 『選學考』(『國立師範大學國文研究所集刊』 第14卷)

모두 이 두 가지가 모본이 된 것이다. 이들 중 배택본은 앞에 오신주를 먼저 놓고 뒤에 이선주를 붙인 것이고, 다릉진씨본은 이선주를 앞에 놓고 뒤에 오신주를 덧붙인 것이다. 이 중 내용상으로 볼 때 배택본이 훨씬 좋으나, 이선주에 대한 높은 평가의 확정에 따라 이선주를 위주로 하고 오신주를 뒤에 붙인 다릉진씨본이 『육신주』로서 가장 널리 읽히었다.

그러나 『육신주』는 오신을 위주로 한 것이든, 이선을 위주로 한 것이든 모두 "선주는 오신 모주와 같다."거나, "오신 모주는 선주와 같다."고 처리하기도 하고, 분명히 이선주인 것을 오신주라고 잘못 쓴 것도 있고, 또 편찬자가 주의 내용이 같다고 생각되는 것은 한쪽을 빼버리기도 하여 『육신주』에서의 이선주와 오신주에는 많은 혼란이 생겨났다. 그 혼란은 중국에 가장 널리 읽힌 이선을 위주로 한 『육신주』본이 더한 것 같다.[21]

앞에서도 잠깐 언급한 것처럼 육신주본의 유행과 함께 이선주에 대한 높은 평가로 중국에서는 오신주가 거의 자취를 감추게 되었다.[22] 그리고 후에 다시 『이선주본』이 세상에 유행하

21 祝文儀 「論文選注及其版本」(臺灣 學生書局 『昭明太子和他的文選』에 실림.)

22 邱燮友의 『選學考』에 의하면 『郡齋讀書志』 등에 宋刊本이 보이고, 『國立中央圖書館善本書目』 등에 宋 紹興 辛巳(1161) 刊本이 보이고, 『邵亭知見傳本書目』에 明나라 潘維時본이 있다 했지만, 모두 보기 힘든 책들이다.

였지만, 이것은 대체로 육신주본에서 오신주를 빼버리고 다시 만든 책이어서 이선주의 본래 면목과는 적지 않은 차이가 있을 것으로 생각되는 것이다.[23] 중국에는 이선주로 호극가(胡克家)가 송 우무본(尤袤本)을 번각한 것이 가장 널리 유행되고 있으나 본래의 이선주가 아님은 호극가 스스로 서문에서 밝히고 있는 바와 같다.[24]

일본에는 관문(寬文) 2년(1662)에 나온 육신주본과 경장(慶長) 12년(1607)에 직강산성수(直江山城守)에 의하여 간행된 육신주본의 두 가지가 있는데, 관문판은 명나라 오면학(吳勉學)이 간행한 이선주를 위주로 하고 뒤에 오신주를 보탠 판본을 번각(飜刻)한 것이고, 직강판은 송나라 소흥(紹興) 28년(1158)에 수정 간행한 명주구간본(明州舊刊本)을 활자로 번인(飜印)한 것인데 오신주가 앞에 놓이고 이선주가 뒤에 보태어진 것이라 한다. 다만 직강판은 널리 읽히지 못하여 뒤에는 일종의 희귀본

23 梁章鉅 『文選旁證』의 阮元의 序에 "宋人刻單李注本, 似從六臣注本提掇而出, 是以五臣之名, 尚有刪除不盡之處. 今世通行單李注本, 最初則有宋淳熙尤延之本. 尤本今有兩本, 一本余所藏, 以鎭隋文選樓者也; 一本則嘉慶間鄱陽胡果泉中丞, 據以重刻者也."라고 설명하고 있다.

24 胡克家 『文選考異』 序; "今世間所有, 僅有袁本, 有茶陵本, 及此重刻之淳熙辛丑尤延之本. 夫袁本茶陵本, 固合并者, 而尤本仍非未經合并也. 何以言之? 觀其正文, 則善與五臣已相羼雜, 或沿前而有譌, 或改舊而成誤, 悉心推究, 莫不顯然也."

이 되고 말았다니, 일본에서도 주로 이선주를 위주로 하고 오신주를 덧보탠 판본이 널리 읽혔던 듯하다. 따라서 중국의 경우와 마찬가지로 일본에서도 순수한 이선주본과 오신주본은 찾아볼 수조차도 없는 형편이었다.[25]

그러나 우리나라에 있어서만은 『문선』을 읽는 데 있어서 이상 세 가지 주본(注本)에 대한 태도가 중국이나 일본과는 판연히 달랐다. 그 판연히 다른 태도의 소산의 하나가 여기에 소개하는 규장각 소장 문선본인 것이다.

(2) 한국의 오신주와 육신주

우리나라에서는 『문선』을 읽는데 있어서 중국의 당나라에서 송나라에 이르기까지의 경향과 똑같은 흐름이 지속된 듯하다. 곧 우리나라에서만은 오신주본이 제대로 간행되고 읽혔고, 육신주라 할지라도 오신주를 위주로 하고 이선주를 뒤에 붙인 것만이 유행한 듯하다. 일본 학자 흔전량(黑田亮)은 일본에 산재해 있는 우리나라 판 『오신주문선』에 대하여 자세히 이미 소개한 바가 있다.[26] 그에 따르면 흑전 자신을 비롯하여 동방문화연구소 등 댓 명이 우리나라 판 오신주본을 수장하고

25 이상 黑田亮 「五臣注文選의 硏究」(『朝鮮舊籍考』 소재) 의거.

26 黑田亮 「五臣注文選의 硏究」(『朝鮮舊籍考』 소재) 의거.

있는데, 정덕(正德) 기사(己巳, 1509)년에 간행한 판본을 바탕으로 하고 그 뒤로 여러 차례 보각한 것들로 이루어진 것들이다. 그러나 말미의 황필(黃㻶)의 발문에 의하면 그보다 일찍이 성종(成宗) 때에 칙명으로 주자본(鑄字本) 오신주가 간행되었다.

우리나라에는 성균관대학교 중앙도서관에 보판(補版)이 뒤섞여 들어간 15책의 고활자본 『오신주문선』이 있다. 일본에는 11 · 12 · 13 · 14 · 15 · 23의 여섯 권이 없다고 하였는데, 성균관대학교 소장본은 권11~17, 권25~27이 빠져 있다. 여하튼 일본에는 없는 권23은 보충되는 셈이다. 그리고 일본의 『오신주본』의 끝머리 권30은 완전하지 못하고 뒤에 붙은 발문도 일부분만이 남아있어 언제 누가 쓴 것인지 알 수 없는 상태라 하였는데, 이것도 보완이 되고 있다. 이에 따르면 발문은 정덕(正德) 기사(己巳)년(1509) 12월 하한(下澣)에 황필(黃㻶)이 쓴 것이다.(이 글을 쓰고 난 뒤에 대구의 계명대학 도서관에는 21 · 22권만은 손으로 베껴 쓴 것이기는 하나 완전한 『오신주문선』이 있다는 소식을 들었다.)

그리고 오신주에 이선주가 보태어진 우리나라의 대표적인 육신주본이 이 규장각본이다. 중국에 있어서도 육신주 중 이선주를 위주로 하고 오신주를 덧보탠 판본이 널리 읽히기는 하였지만, 실제로 내용에 있어서는 오신주를 위주로 하고 이선주를 덧보탠 배택본(裵宅本) 쪽이 우수함을 앞에서 잠깐 지적하였다. 그것은 이선주를 중시하는 사람들은 소식(蘇軾)처럼 "오신이란 저속한 선비들로 황당하고 유치한 자들"이란 생각이 있기 때문에 자연히 오신 쪽은 가벼이 다루게 되고 비슷한 내용의 주는 과감히 삭제해 버린 데서 온 결과이다. 오신을 위주로 하는 쪽은 이와는 달리 오신의 주도 존중하지만 이선의 주도 못지않게 소중히 다뤘기 때문에 그 주들의 내용이 보다 완선할 수가 있었을 것이다.

흑전(黑田)은 「오신주문선의 연구」에서 우리나라에는 이선주·오신주 및 육신주의 세 가지가 모두 유행했다고 하면서 그 증거로 『선문정수(選文精粹)』라는 자신이 입수한 고활자본을 들고 있다. 그 책은 우리나라에서도 이겸로(李兼魯) 선생이 소장하고 있다. 이 책은 『문선』 중에서 산문만을 뽑아놓은 것인데, 본문에 판본에 따라 이동(異同)이 있는 글자에 대하여 『선본(善本)』·『오본(五本)』·『육본(六本)』으로 주본을 구별하며 그 이동을 표시하고 있다. 그는 이것은 "이 책이 어떤 특정한 문선주를 저본(底本)으로 하지 않고 세 가지 주를 서로 비교검토한 결과임을 뜻한다."고 하면서, 이를 근거로 우리나라에는 세 가지 주본이 모두 유행하였다고 말하고 있다. 그러나 이선주를 위주로 한 중국의 다릉진씨본(茶陵陳氏本)이나 일본의 관문판은 모두 본문의 이동을 "오신작제(五臣作提)", "오신작부분(五臣作敷粉)", "오신유이이재자(五臣有而已哉字)" 등으로 표시하고 있으니, 그렇다면 중국이나 일본에도 오신주본이 유행한 것이 되지 않겠는가? 그리고 『선문정수』가 세 가지 주본 중 어떤 주본도 저본으로 삼지 않았다는 것은 오히려 다른 문제를 제기하고 있는 것이다.

우리나라에 널리 알려진 간본을 통해 볼 때, 우리나라에서는 오신주본과 오신주를 위주로 하고 이선주를 뒤에 붙인 육신주본의 두 가지가 『문선』의 주류를 이루었음이 분명하다. 그리고 우리나라의 육신주본은 중국의 이선주를 위주로 한 육신주본과는 달리 오신주와 이선주를 모두 존중한 것이어서, 이 육신주본이 나온 뒤로는 당연히 그것이 가장 존중되었을 것이다.

(3) 규장각본의 오신주와 육신주

규장각에는 『육가문선(六家文選)』이란 표제[27] 아래 송나라 소흥 원년(1131) 간행된 배택본(裵宅本) 『육신주문선』 중 부(賦)만을 떼어놓은 판본이 있다. 모두 14권[28] 16책이며 길이 32cm, 너비 22.2cm, 11줄, 1줄 18자의 널찍하고 선명하며 미려한 목

27 표지 안의 目錄에는 「六家文選律賦目錄」이라 標題를 달고 있다.

28 육십 권 본의 『文選』은 1권부터 19권까지에 賦가 들어있는데, 이 책은 그 중 1권부터 14권까지 자른 것이다. 어째서 14권에서 잘랐는지 알 수가 없다.

판본이다. 이 부분만을 놓고 볼 때 규장각본은 대체로 배택본과 형식이나 내용이 같고, 다만 간혹 주에 문자의 이동이 눈에 뜨일 따름이다.

그러나 천성(天聖) 4년(1026)에 쓴 전진사(前進士) 심암(沈巖)의 「오신본후서(五臣本後序)」에 따르면, 규장각본의 바탕이 된 오신주본은 평창(平昌, 지금의 山東 安邱縣 근처)의 맹씨(孟氏)가 교정 간행한 전에 나온 어떤 판본보다도 정세한 것이다. 중국에 알려진 오신주본으로는 송나라 소흥(紹興) 신사(辛巳)년(1161)의 간본 정도가 가장 빠른 것이다. 이 판본은 그보다는 무려 100수십 년이나 앞선 것이다. 그리고 중국에 전하는 가장 빠른 육신주본도 숭녕(崇寧)·정화(政和) 연간(1102–1117)에 나온 것이니 이보다도 약 80년 정도 이른 것이다.

다시 여기에 사용된 이선주본은 국자감(國子監)에서 조조(雕造)한 것으로, 천성 3년(1025)에 국학설서(國學說書)인 공손각(公孫覺) 등 7명이 교감을 끝내고 천성 7년(1029)에 공손각과 황감(黃鑑)의 인판교감(印版校勘) 아래 조조를 마치고, 천성 9년(1031)에 진상된 것인데, 조조에는 남원용(藍元用) 등 6명이 관여를 한 것이다. 중국에 전하는 이선주본으로 가장 빠른 순희(淳熙) 신축(辛丑, 1181)에 간행한 우무본(尤袤本)보다 무려 150여 년이나 빠른 판본이다. 대륙에는 여기에 쓰인 것과 같은 천성 7년에 국자감에서 각인한 이선주본의 잔질(殘帙)이 전한다

하나[29], 어디에 어떻게 전하고 있는지는 알 수가 없다.

규장각 소장 육신주본의 오신주 부분을 정덕(正德) 기사(己巳)년에 간행한 성균관대학 소장 오신주본과 대조해 볼 적에 내용상 큰 차이가 없다. 그리고 거기의 이선주 부분은 호극가(胡克家)가 중인(重印)한 이선주본과 내용이 비슷하다. 모두 앞부분 일부의 대조를 통하여 몇 글자의 이동만을 발견하고 하는 말이라 신빙성은 적다. 자세한 대조는 훗날로 미룬다. 다만 이러한 어설픈 검토를 통해서도 규장각본은 오신주와 이선주 양편에 다 같이 충실하려고 애쓴 육신주본인 것만은 단언할 수 있는 일이다.

그리고 또 한 가지 중요한 사실은 이미 흑전(黑田)이 그의 「오신주문선의 연구」에서 언급하였지마는, 규장각본의 말미에는 역대 중국의 문선 연구 학자들도 알지 못했던 육신주가 이루어진 시기와 경위[30]를 분명히 밝힌 발문이 붙어 있다는 것이다. 그 전문은 아래와 같다.

29 北京 中華書局 影印(1977) 『胡克家重刻宋淳熙本文選』의 앞머리에 붙인 中華書局 編輯部의 「出版說明」 의거.

30 宋 陳振孫의 『直齋書錄解題』에도 "五臣注 30권, 後人並李善原注合爲一書, 名六臣注."라고만 하였고, 『四庫全書總目提要』에도 "其書自南宋以來, 皆與五臣注合刊, 名曰六臣注文選."이라고만 하였다. 近人으로는 祝文儀도 「論文選注及其版本」에서 "六臣注本始於何時, 已難考證."이라 말하고 있다.

"수주(秀州) 주학(州學)에서 지금 감본(監本) 『문선』을 가지고 한 단씩 정리하여 이선주를 편입시켜 오신주와 합병하였다. 거기에 인용된 경사(經史)와 오가(五家)의 글들은 모두 원본의 출처를 조사하여 대조한 뒤 써 넣었는데, 잘못되거나 빠지고 덧붙여진 곳을 개정한 것이 대략 2만여 군데나 된다. 이가(二家)의 주는 상세하고 간략한 것을 따지지 않고 문장의 뜻이 약간이라도 같지 않은 것은 모두 다 빠짐없이 수록하였고, 그 사이의 문장의 뜻이 중복되거나 서로 같은 것은 모두 일가만 남기고 생략하였다. 모두 합하여 60권이다. 원우(元祐) 9년(1094) 2월 일."[31]

수주는 지금의 강서(江西) 수천현(遂川縣) 근처로 이선주를 위주로 한 육신주인 다릉진씨본(茶陵陳氏本)의 근거가 된 송본(宋本)을 낸 감주(贛州)로부터 멀지 않은 곳이다. 여기서 "문장의 뜻이 중첩되고 서로 같은 것은 한쪽만 남기고 다른 한쪽은 생략했다." 했으니, 오신주와 이선주를 완전히 그대로 합친 것은 아님을 알 수 있다. 그러나 "문장의 뜻이 약간이라도 다른 점이 있으면 모두 빠짐없이 수록했다."고 했으니, 다른 어떤

31 "秀州州學, 今將監本文選, 逐段詮次, 編入李善并五臣注. 其引用經史及五家之書, 並檢元本出處, 對勘寫入. 凡改正舛錯脫剩, 約二萬餘處. 二家注無詳略, 文意稍不同者, 皆備錄無遺, 其間文意重疊相同者, 輒省去留一家. 總計六十卷. 元祐九年二月 日.

육신주보다도 두 가지 주에 대하여 충실하였음을 알겠다. 그리고 두 가지 주가 완전히 같아서 한쪽을 빼버린 부분은 별로 많지는 않을 것이다. 어떻든 여기에서 오신병이선주(五臣并李善注)의 육신주가 비롯되었고, 이른바 중국의 신도(新都) 배택본(裵宅本)도 이것을 근거로 판각한 것일 가능성이 많다.

끝으로 선덕(宣德) 3년(1428, 世宗 10년) 윤4월에 변계량(卞季良)이 쓴 발문은 먼저 영락(永樂) 경자(庚子)년(1420, 世宗 2년) 11월에 왕명에 따라 새로이 활자를 주조하여 여러 가지 책을 인쇄한 경과를 쓰고 있는데, 특별히 『문선』에 대하여 언급한 부분은 없다. 서울대학교 소장의 네 가지 책들이 모두 경자자로 찍은 초판본은 아닌 듯하나, 여하튼 거기에서 유래된 책임을 알 수 있다. 그리고 끝머리에서 이런 말을 하고 있다.

> "이로 말미암아 찍지 않는 책이 없고 배우지 않는 사람이 없게 될 터이니, 문교의 흥성은 마땅히 날로 더해갈 것이고, 세도(世道)의 융성도 마땅히 더욱 성해질 것이다. 저 중국의 임금들이 재리(財利)와 군사에만 정신을 잃고 그것이 국가의 선무라고 생각하고 있는 것에 비긴다면 하늘과 땅 이상의 차이이다. 실로 우리 조선에 만세토록 한이 없을 복이라 하겠다."[32]

32 "由是而無書不印, 無人不學. 文教之興當日進, 而世道之隆當益盛矣. 視彼漢唐人主, 規規於財利兵革, 以爲國家之先務者, 不啻宵壤矣. 實我朝鮮萬世無疆之福也."

이 말에서 강한 문화민족으로서의 긍지를 느끼게 한다. 중국문화를 받아들여 발전시키고 있으면서도 문화면으로는 오히려 우월감마저 느끼고 있었던 것 같다.

3. 결론

규장각 소장 『육신주문선』은 중국에 알려진 어떤 판본보다도 이른 '이선주'와 '오신주'를 기본으로 하여 만든 것이다. 돈황석실(敦煌石室)에서는 두어 권의 당(唐)대 사본이 발견되었고, 일본의 금택문고(金澤文庫)에도 사본의 잔권(殘卷)이 있다 하나, 모두 『문선』의 극소한 일부분이며, 북송(北宋)의 간본조차도 북경도서관에 그 잔본이 남아있을 따름이라는 것이다. 따라서 이 책은 판본으로서의 가치도 어느 책보다도 높다고 하겠다.

더욱이 여기에 '오신주'를 앞에 놓고 '이선주'를 뒤에 붙이고는 있지만, 이 두 가지 주를 모두 존중하는 태도로 합친 것이라 어느 판본보다도 '오신'과 '이선'의 주석 본래 면목에 가까운 것일 가능성이 많다. 그리고 '이선주'와 '오신주'에 인용된 글은 모두 원전을 일일이 대조한 끝에 교정하여 '육신주'로 합병하였다는 경위까지 쓰고 있는 것도 우리의 주의를 끈다.

이 밖에 이처럼 아름다운 활자로 크고 분명하게 인쇄한 호화로운 책도 드물 것이다. 이는 『문선』을 연구하는 데에 어떤 판본보다도 소중한 가치를 지닌 것으로 믿는다.

1983. 9. 7

*이 글은 정문사(正文社)에서 서울대 규장각(奎章閣) 소장 육신주본(六臣註本) 『문선(文選)』의 복사본을 간행할 적에 출판사의 청탁을 받고 써서 그 책의 앞머리에 붙인 해설이다.

2

『중국현대상용한자규범자전(中國現代常用漢字規範字典)』한국판 서

–명문당 간 중국 『소학생규범자전(小學生規範字典)』–

1. 『중국현대상용한자규범자전』은 어떻게 편찬된 자전인가?

이 자전은 중국에서 발간된 본 이름은 『소학생규범자전(小學生規範字典)』이다. 이 자전은 『현대한어규범자전(現代漢語規範字典)』을 편찬하여 중국 전체 사회에서 사용하는 한어(漢語, 중국어)의 한자의 규범화와 표준화를 꾀하는 한편, 좀 더 기초적인 상용한자의 규범자전을 발간함으로써 한어의 규범화와 표준화를 보다 효율적으로 추진하자는 목표 아래 편찬된 것이다.

중국처럼 나라가 크고 인구가 많고 여러 민족들이 제각기 다른 언어를 쓰고 있는 나라에 있어서는 전국에 공용(共用)되는 표준어를 갖는다는 것은 매우 절실한 일이다. 따라서 1955년에 중국에서는 전국문자개혁회의(全國文字改革會議)와 현대한어규범문제학술회의(現代漢語規範問題學術會議)를 열어 중국민족 공동어(共同語)의 표준을 보통화(普通話)로 확정하고, 1956년에는 국무원(國務院)에서 「보통화를 널리 펴는데 관한 지시(關于推廣普通話的指示)」를 전국에 공포하고 보통화의 보급을 강력히 추진하였다. 1958년 조우은라이(周恩來) 총리(總理)는 정협전국위원회(政協全國委員會)에서 행한 「현 문자 개혁의 임무(當前文字改革的任務)」라는 연설에서 이렇게 강조하고 있다.

> "우리의 한족(漢族) 인민들에게 있어서는 북경(北京)의 어음(語音)을 표준으로 하는 보통화(普通話)를 널리 보급시키기에 노력한다는 것은 바로 중요한 정치임무(政治任務) 중의 중요한 한 가지 일인 것이다."

이처럼 보통화의 보급에 노력하였지만 워낙 나라가 크고 인구가 많고 여러 민족이 함께 섞여 사는 중국에 있어서는 전국의 언어를 통일한다는 것은 쉬운 일이 아니었다. 보통화를 보다 정확하게 교육하고 보급시키기 위하여 언어문자의 규범화 또는 표준화가 절실히 요구되었다. '규범' 이란 '표준이 되는 여러 가지 규칙' 을 뜻한다. 언어문자에 대한 확실한 규범이 수립되어야만 보통화를 사용하는데 생기는 혼란과 착오 등을 줄일 수 있다고 판단되었기 때문이다.

1986년 중국의 당중앙(黨中央)과 국무원(國務院)에서는 전국어언문자공작회의(全國語言文字工作會議)를 열고, 지금으로부터 언어문자공작은 규범화를 중심으로 한다고 결정하였다. 그리고 1997년에 열린 전국어언문자공작회의에서 국무원 부주석(副主席) 리란칭(李嵐淸)은 연설에서 "언어문자 공작은 사회주의 건설의 중요한 내용 중의 한 가지이며, 바로 국가의 현대화건설사업(現代化建設事業)에 있어서 빼놓을 수 없는 중요한 부분의 한가지이다."고 강조하고 있다. 그리고 "언어문자 공작의 근본 임무는 언어문자를 사회에서 응용하는데 있어서의 규범화 또는 표준화 수준이 우리나라의 경제와 과학기술과 사회의 발전 수준에 적응토록 하는 것이다. 그리고 전체 민족의 과학문화의 바탕을 높혀주고 생산력을 해방시키고 발전시키는 일에 종사하는 것이다."고도 말하고 있다.

이처럼 중국에서는 거국적인 지지 아래 국가어언문자공작위원회(國家語言文字工作委員會)에서는 언어문자의 규범화 공작을 그들 공작의 중심과제로 추진하여 왔다. 그리고 언어문자 규범화의 기초가 되는 것은 거기에 쓰이는 한자(漢字)의 규범화라는 생각에서 류이슈샹(呂叔湘) 등의 고문과 주편자(主編者) 리싱젠(李行健)을 중심으로 하는 20여 명의 전문가들의 6년에 걸친 노력 아래 1998년 4월에 『현대한어규범자전(現代漢語規範

字典)』이 출간되었던 것이다.

『현대한어규범자전』은 중국사회 전반에서 사용하는 한자의 규범을 보이는 사전이다. 그런데 실지로 일반 사회에서 많이 쓰이는 것은 글자 수가 제한된 상용한자(常用漢字)이다. 따라서 상용한자에 대한 조사와 연구는 중국에서 힘을 기울이어 추진되어 왔다. 그 중요한 성과만을 들어보면 다음과 같다.

중국의 교육부(敎育部)에서는 1952년에 「이천상용자표(二千常用字表)」를 공포하였는데, 거기에는 일등상용자(一等常用字) 1,010자, 차등상용자(次等常用字) 490자, 보충상용자(補充常用字) 500자가 포함되어 있다. 그 뒤에 다시 교육부에서는 「전일제소학어문교학대강(全日制小學語文敎學大綱)」을 반포하였는데, 그것은 소학교에서 단계적으로 꼭 배워야만 할 한자 3,000자를 규정하는 내용이다. 다시 국가어언문자공작위원회(國家語言文字工作委員會)에서는 「현대한어상용자표(現代漢語常用字表)」를 공포하였는데, 거기에는 3,500자의 한자가 들어있다.

규범화 공작을 효과적으로 수행하기 위해서는 이러한 상용한자의 규범화가 먼저 이루어지고, 그것이 우선 교육과 실용면에 먼저 반영되어야 한다고 생각하게 되었다. 그런데 중국에서는 소학교에 있어서의 어문교육의 목표는 이들 상용한자를 올바로 교육시키는 데 있다. 이에 교육계를 비롯한 사회 각층의 요구에 의하여 『현대한어규범자전』의 편찬조는 다시 이

『소학생규범자전』을 편찬하게 되었던 것이다. 이 자전은 위에서 제시한 교육부와 국가어언문자공작위원회에서 공포한 상용한자에 관한 자료들을 토대로 하여 편찬한 것이다.

『소학생규범자전』을 『중국현대상용한자규범자전』으로 이름을 바꾼 것은 우리나라 사람들이 이 사전에 실린 한자의 성격을 보다 정확하게 알도록 하기 위해서이다. 중국의 소학교에서는 앞에 든 교육부의 「전일제소학어문교학대강」이 보여주고 있듯이 일반사회에 쓰이고 있는 상용한자 약 3,000자를 가르치는 것을 목표로 하고 있기 때문에 이를 우리 실정에 맞추기 위한 것이다. 이 자전에는 「현대한어상용자표」에 들어있는 3,500자 이외에도, 지금 중국에서 쓰고 있는 소학용 어문교재(語文教材)에 보이는 그 밖의 글자들과 현재 소학생들이 일상생활에서 흔히 쓰는 글자 등 약 300여 자를 더 보태어 3,850자를 표제자(標題字)로 싣고 있다.

다시 말하면, 중국의 소학교에서는 기본적으로 중국사회에 쓰이는 상용한자를 가르치는 것을 어문교육의 목표로 하고 있는 것이다. 중화인민공화국 교육부에서 1999년 6월 이 책이 미처 발행되기도 전에(이 자전의 초판 발행일은 2000년 1월임) 산하 각 기관에 이 자전을 즉시 학교 교육에 활용하도록 추천하면서 이렇게 말하고 있다.

"언어문자의 규범화 공작(工作)은 반드시 교육을 기초로 삼아야 되고 학교를 기지(基地)로 삼아야 되며, 소학교 교육으로부터 확실히 밀고 나가야함을 우리의 경험이 증명해주고 있다. 언어문자에 관한 과목은 9년제 의무교육의 기초가 되는 과목이다. 소학교의 언어문자 교육을 강화하여 어려서부터 언어문자에 관한 규범의식이 수립되도록 학생들을 가르침으로서, 조국의 언어와 문자를 정확하게 파악하고 응용할 수 있도록 학습시켜야 한다. 이것이 애국주의(愛國主義) 교육의 중요한 내용이며, 이것이 학생들에게 기초교육의 질량(質量)을 진일보 제고시켜야만 할 절박한 필요성이 있는 소질교육(素質教育)을 진행시키는 일이 될 것이다."

곧 소학교에 있어서의 언어문자 교육만 잘 되면 중국사회 전반에 걸쳐 언어문자의 정확한 사용이 가능해지는 기초가 이룩된다고 생각했던 것이다. 따라서 규범화 공작에 있어서도 이 소학생들의 언어문자 교육과 상용한자의 규범화는 그 기초가 되는 가장 중요한 공작이 되는 것이다.

2. 『현대중국상용한자규범자전』의 특징

이 자전은 중국의 당중앙(黨中央)과 국무원(國務院)의 언어문자 정책을 바탕으로 하여 편찬된 것이기 때문에 다른 일반적인 자전이나 사전들과는 그 성격이 근본적으로 다르다. 첫째, 이 자전은 국가의 언어문자정책을 반영하는 성과이기 때문에 다른 자전들과는 다른 권위(權威)가 있다. 둘째, 소학교에서 언어문자를 가르치고 일반사회에서 한자를 쓰는데 있어서 규범성(規範性)을 지닌 상용한자의 표준이 되는 자전이다. 셋째, 소학교에서 언어문자교육을 추진하는데 있어 혼란과 착오를 없애줄 것임으로 실용적인 효과가 매우 크다. 이상과 같은 특수한 성격을 지닌 이 자전의 내용상의 특징은 다음과 같다.

1) 중국 당국에서 공포한 언어문자와 관계되는 어음(語音)·자형(字形)·필순(筆順) 등에 관한 규범과 규정 등을 엄격히 따르고 있음으로, 권위성(權威性)과 규범성(規範性)을 갖추고 있다.

2) 글자마다 자음을 표시한 뒤 그 글자의 획수(劃數)·부수(部首)·글자 모양의 구성방법을 표시해주고, 잘못 쓰기 쉬운 글자들은 어려운 부분의 쓰는 순서를 밝혀놓음으로써, 한자를 공부하는 사람들이 글자의 모양을 정확하게 익힐 수 있도록 하였다.

3) 글자의 뜻풀이에 있어서는 간결하고도 분명히 하면서도 알기 쉬운 말을 쓰기에 힘쓰면서, 드물게 쓰이거나 옛날 책에서나 쓰인 뜻 같은 것은 빼어버리고 있다. 그리고 예구(例句)와 예사(例詞)를 소학교 교재나 쉬운 일상생활 용어 중에서 골라

되도록 많이 들어주어 정확한 글자의 뜻을 자연스럽게 파악할 수 있도록 하였다.

4) 잘못 읽거나 잘못 쓰기 쉬운 글자들과 착오를 일으키기 쉬운 글자들은 '제시(提示)'의 방법으로 모두 설명을 해주고 있다. 이는 한자를 올바로 익히는 데에 많은 도움이 될 것이다.

5) 글자의 뜻과 예구(例句)·예사(例詞) 및 '제시(提示) 등은 유기적(有機的)으로 어우러져 계발성(啓發性)을 갖도록 함으로써, 이 자전을 사용하여 공부하는 사람들에게 사유능력(思惟能力)을 발전시키고 지력(智力)을 개발하게 되도록 하였다.

6) 표제자(標題字)도 번체자(繁體字)와 이체자(異體字)는 빼버리고 실제로 상용되는 자체만을 썼고, 자의(字義)나 자음(字音)에 있어서도 옛날에나 쓰였거나 특수한 경우에나 쓰이는 것들은 모두 배제(排除)하고 있다. 이는 결국 규범화를 통해서 한자를 깨끗이 정리하게되는 역할도 수행하게 될 것으로 믿는다.

7) '부록(附錄)'으로「한자필획명칭표(漢字筆劃名稱表)」·「상견부수명칭과 필순(常見部首名稱和筆順)」·「한자필순규칙(漢字筆順規則)」·「부수검자표는 어떻게 사용하는 것인가(怎樣使用部首檢字表)」·「표점부호주요용법간표(標點符號主要用法簡表)」등을 붙여놓아 한자를 공부하는데 편의를 제공하고 상용한자의 규범화가 효율적으로 추진될 수 있도록 하고 있다.

그 밖에 이 자전의 편찬조(編纂組)는 이 자전을 편찬하면서 여러 번 전국의 저명한 소학교의 어문교육을 담당하고 있는 특급교사(特級教師)와 전국의 소학어문교재심정위원회(小學語文教材審訂委員會)의 위원들을 찾아가 의견을 들으면서 거듭 수정을 가하였고, 최후로는 국가어언문자공작위원회의 관계되는 사람들과 전문가들의 심정(審定)을 거쳐 출판을 결정하였다 한다. 그래서 더욱 완전무결에 가까운 『현대중국상용한자규범자전』이 탄생될 수가 있었던 것이다.

3. 『현대중국상용한자규범자전』의 보급 실황

중국에 『소학생규범자전』은 『현대한어규범자전』이 나온 다음 해인 1999년 8월 말에 출간되었는데, 중화인민공화국 교육부(教育部)에서는 이미 1999년 6월 7일자 공문 「소학생규범자전 추천에 관한 통지」를 각성(各省)·자치구(自治區)·직할시(直轄市)의 유관 산하기관에 내려보내고 있다. 이 공문은 앞에서 "언어문자의 규범화와 표준화를 촉진하는 것은 신시기(新時期) 언어문자 공작의 중심임무이다. 그것은 한 국가와 민족의 문화소질(文化素質)의 제고(提高)와 관련이 깊으며, 국가의 통일과 현대화의 추진과도 관련이 깊다."고 말하면서, 이어

소학교에 있어서의 언어문자의 규범화 공작의 중요성을 강조하고 있다. 그리고 언어문자 규범화와 표준화 공작에 있어서의 자전과 사전의 중요성을 강조한 뒤 『소학생규범자전』에 대하여 다음과 같은 설명을 하고 있다.

"『소학생규범자전』은 --- 『현대한어규범사전』 편사조(編寫組)에 의하여 편찬된 것이다. 이 자전은 『현대한어규범자전』이 국가 언어문자의 법규와 표준을 엄격히 관철시켜 집행한 특색을 그대로 계승하고 있어서 규범성(規範性)을 잘 갖추고 있다. 동시에 이 자전은 소학교 어문교육의 실제상황과 긴밀히 결합되어 모든 것을 소학생들의 실상으로부터 출발시켜 내용의 난이도(難易度)가 알맞고 문장은 통속적이면서도 간단 명료하다. 이 자전은 편찬하는 과정 중에 여러 번 소학교육 종사자들의 의견을 들었고, 전국소학어문교재심정위원회(全國小學語文教材審定委員會) 위원들과 특급교사(特級教師) 및 언어교육전문가들을 초청하여 원고에 대한 심정(審定)을 거쳤기 때문에 질량(質量)을 보증할 수가 있다. 그래서 우리는 특히 당신들에게 『소학생규범자전』(語文出版社 출판)을 추천하는 것이니, 소학교 선생들과 학생들에게 열심히 선전공작을 잘 해주기 바란다."

이 공문의 부록으로 이 자전을 소개하는 자료들 6종을 첨부하고 있다. 그럼으로 이 자전은 급속도로 전국에 보급된 듯하다. 이전까지도 학생용 자전으로 오랫동안 높이 평가받고 널리 보급되어오던 『신화자전(新華字典)』은 갑자기 자취를 감추게 된 것이다. 필자가 갖고 있는 『소학생규범자전』에 의하면, 2000년 2월에 제2판(版) 14차(次) 인쇄를 한 것으로 되어 있으니 우리로서는 상상하기도 힘든 양의 책이 전국에 단시일에 보급되고 있는 것이다. 그러니 나라가 크고 인구가 많고 여러 민족이 모여 이루어진 중국이지만, 복잡한 방언과 수많은 한자에도 불구하고 언어문자의 규범화와 표준화는 나라도 작고 단일민족으로 이루어진 우리보다도 효율적으로 이루어지고 있는 것이 아닐까 하는 생각이 든다.

4. 우리나라에서 『현대중국상용한자자전』을 간행하는 까닭

우리나라의 중국어를 배우는 사람들이 중국에서 상용하는 한자를 정확하게 습득하기 위하여 이 자전을 보다 편리하게 이용할 수 있도록 하자는 데 첫째 목적이 있다. 이 자전을 쓰면서 중국어를 학습한다는 것은 보통화를 규범에 따라 올바로 배우는 기초가 될 것으로 믿는다.

그리고 우리나라의 한자도 자형이나 자음 및 자의 등에 혼란이 무척 심하다. 우리나라에서도 이 중국의 상용한자규범자전을 본떠서 우리의 상용한자 규범자전을 만들어 한자교육과 일용에 편의를 도모할 수 있게 되기 바라는 마음 간절하다. 그리고 자전의 편찬방법도 보다 현대화하여야 할 것으로 믿는다. 출판사 명문당(明文堂)은 우리나라의 옥편(玉篇) 출판을 대표하고 있는 출판사라 할 수 있다. 명문당에서 이 자전을 간행하는 까닭도 이상 얘기한 이유들을 종합적으로 인식한 때문일 것이다. 출판계의 어려운 여건에도 불구하고 이 자전의 간행을 결정한 명문당 사장 김동구 씨의 출판에 대한 사명감에 저절로 머리가 숙여진다.

2001. 8. 30

3

『현대한어규범자전(現代漢語規範字典)』 한국판 서문

–명문당 간 중국 『현대한어규범자전』 한국판 앞머리에–

1. 『현대한어규범자전』이란 어떤 자전인가?

『현대한어자전』이란 "현대 중국어, 곧 푸퉁화(普通話)에서 쓰이는 규정(規定)된 표준이 되는 한자(漢字) 자전(字典)"이다. 곧 중국에서 자기네 표준어인 푸퉁화(普通話)를 올바로 잘 펴 나가기 위해서 편찬한 자전이다. 따라서 이 자전은 현재 중국에 있어서 가장 엄격하게 전면적(全面的)으로 국가의 규범표준(規範標準)을 따라서 편찬한 책이다. 이 책은 1992년에 고문(顧問) 류이슈샹(呂叔湘), 주편(主編) 리싱젠(李行健)을 비롯 20여 명의 어학자들이 동원되어 편찬에 착수한 뒤 1998년 1월에야 편찬을 완료하고, 같은 해 4월에 초판이 발간된 것이다.

중국의 국가어언문자공작위원회(國家語言文字工作委員會)에서는 책이 발간도 되기 전인 1998년 2월 2일에 전국 각성(各省) 및 자치구(自治區)와 직할시(直轄市)의 어위(語委, 語文工作機構)에 공문을 내려보내어 언어문자의 규범화(規範化)와 표준화(標準化)의 중요성과 필요성을 설명하고 그때 막 완성된 『현대한어규범자전』의 내용과 특징 등을 설명하고 나서 이렇게 지시하고 있다.

> "이 자전은 목전(目前)의 언어와 문자 사용에 있어서의 혼란을 해결하고 잘못을 바로잡고 습속(習俗)을 올바로 이끌기 위하여 광대(廣大)한 독자들, 특히 중학교, 소학교의 선생님과 학생들 및 신문 잡지의 발행자들을 조국의 언어와 문자를 정확하게 사용하도록 인도하는 데에 중요한 작용을 할 것이다. 각지의 어위(語委)에서는 선전에 힘을 기울이는 한편 어문출판사(語文出版社)의 책의 주문판매 업무에 잘 협조하여 (어문출판사에서는 여러 분들에게 직접 연락을 할 것임), 언어와 문자의 규범화 공작(工作)을 진일보 발전시키기를 희망한다. 이 자전에 관계되는 의견도 제때에 우리 위원회에 알려주기 바란다."

이 『규범자전』의 출판은 중국의 언어문자 정책을 책임지는 국가어언문자공작위원회(國家語言文字工作委員會)가 자기네 언어와 문자를 규범화하기 위하여 추진하는 중요한 사업 중의 하나이며, 이 자전은 그러한 목적을 위하여 중국의 국가 언어 문자의 규범표준을 근거로하여 편찬된 최초의 어문공구서(語文工具書)이다. 이 자전의 편찬은 『현대한어규범사전(現代漢語規範詞典)』의 편찬과 동시에 추진되고 있다 한다. 이 『규범사전』은 우선 『현대한어성어규범사전(現代漢語成語規範詞典)』이 2000년 7월 장춘출판사(長春出版社)에서 나왔고, 그 책에는 『현대한어관용어규범사전(現代漢語慣用語規範詞典)』·『현대한어헐후어규범사전(現代漢語歇后語規範詞典)』·『현대한어언어규범사전(現代漢語諺語規範詞典)』의 세 종류 사전이 『현대한어규범사전』 편사조(編寫組)에 의하여 계속 편찬되어 연내에 출판될 것이라는 광고가 뒷면에 실려있다. 『현대한어규범사전』에 실릴 낱말들은 이처럼 성어(成語)·관용어(慣用語)·헐후어(歇后語)·언어(諺語) 등으로 분류되어 대략 13책으로 나뉘어 우선 출간될 것이라 한다.

2. 『규범자전』의 필요성

한자(漢字)는 본시 천하(天下)에 통용되어 천하의 수많은 언어와 풍습을 달리하는 민족들이 사용하던 문자이다. 근대에 이르러 중국이라는 거대한 국가가 이루어졌지만 그 중국 영토 안에는 여전히 50수종의 소수민족(少數民族)이 언어와 풍습을 달리하면서 중국인으로 생활하고 있는 것이다. 따라서 언어문자의 통일은 중국으로서는 다른 어떤 나라보다도 절실하고 중요한 것이다. 그리고 한자는 수천 년 동안이나 온 천하의 여러 종족들에 통용되어왔기 때문에, 본시부터 글자의 모양이나 쓰는 방법 및 그것을 읽는 독음도 제각각 달랐고 글자의 뜻도 때와 곳에 따라 변화가 심하였다.

따라서 중국에서는 옛날부터 『옥편(玉篇)』이니 『광운(廣韻)』 또는 『자전(字典)』 등을 편찬하여 한자의 사용방법을 통일하려 하였으나 그것은 거의 불가능한 일이었다. 옛날에는 그런대로 괜찮았으나, 중국이라는 국가가 확정되고 국제적인 경쟁이 여러 모로 치열해지며 과학문명이 고도로 발전하고 있는 현대에 있어서는 언어문자를 그전처럼 버려둘 수는 없는 일이었다. 중화인민공화국(中華人民共和國)이 수립된 뒤 정치 · 경제 · 문화의 통일을 강화하기 위하여 1955년 전국문자개혁회의(全國文字改革會議)와 현대한어규범문제학술회의(現代漢語規範問題學術會議)에서 중국민족 공통어(共通語)의 표준을 푸통화(普通話)로 규정하고 이를 강력히 펴나가는 정책을 추진하기로 결정하였다. 그 뒤로 시행된 한자에 관한 중요한 정책 항목만 보더라도 다음과 같다.

1955년에는 중화인민공화국 문화부(文化部)와 중국문자개혁위원회(中國文字改革委員會)가 「제일비이체자정리표(第一批異體字整理表)」를 발표하고, 1958년에는 중화인민공화국 제일계인민대표대회제오차회의(第一屆人民代表大會第五次會議)에서 「한어병음방안(漢語拼音方案)」을 통과시키고, 1985년에는 국가어언문자공작위원회(國家語言文字工作委員會)와 국가교육위원회(國家教育委員會) 및 방송전시부(廣播電視部)에서 「보통화이독사심음표(普通話異讀詞審音表)」를 공표하였고, 1986년에는 국무원(國務院)의 비준을 거쳐 국가어언문자공작위원회(國家語言文字工作委員會)에서 이전의 중국문자개혁위원회가 편찬한 「간화자총표(簡化字總表)」를 다시 공표하였고, 1988년에는 국가어언문자공작위원회와 중화인민공화국신문출판서(中華人民共和國新聞出版署)에서 「현대한어통용자표(現代漢語通用字表)」를 발표하였고, 1997년에는 국가어언문자공작위원회와 중화인민공화국신문출판서에서 「현대한어통용자필순규범(現代漢語通用字筆順規範)」을 공포하였다.

중국에서는 이처럼 한자의 자형(字形)과 자음(字音) 및 부수검자(部首檢字) · 쓰는 법 · 자의(字義) 등을 통일시키려 노력해 왔으나 한자 사용에 있어서의 여러 가지 혼란은 여전히 계속되었다. 중국의 사회주의 시장경제가 급속도로 발전하고 첨단과학이 나날이 발전하여 이에 따른 사회의 변화도 정신을 차릴 수가 없는 속도인 현대에 있어서 언어문자의 규범화(規範化) 공작(工作)은 더욱 절실한 문제로 대두되고 있다.

1995년 12월 26일자 『인민일보(人民日報)』에 실린 문자개혁과 현대한어규범공작(現代漢語規範工作) 40주년 기념대회에서 행한 연설에서 국무원(國務院) 부총리(副總理) 리란칭(李嵐淸)은 "발전이란 면에서 볼 적에 개혁개방(改革開放)과 현대화(現代化)의 정도가 높아질수록 언어문자의 규범화와 표준화에 대한 요구도 더욱 높아지고 있다. 그러므로 언어문자의 규범화와 표준화는 틀림없이 잘 진행시켜야만 한다."고 말하고 있다. 언어문자의 규범화 사업은 그처럼 국가로부터 중시되고 있었던 것이다. 이에 중국에서는 언어문자 사용의 공통된 표준규범을 이룩하기 위한 바탕으로 이 『규범자전』을 편찬 출간하게 된 것이다.

중국에 있어서의 언어규범공작(言語規範工作)의 목표를 본 자전의 주편인(主編人)인 리싱젠(李行健)은 다음과 같은 두 가지를 들어 설명하고 있다.

첫째로는 전국에 통용되는 공동어(共同語)인 푸퉁화(普通話)를 널리 펴나가 방언구(方言區)의 사람들까지도 모두 푸퉁화를 사용하게 함으로써 사회 내부의 교류(交流)와 발전을 촉진케 하기 위한 것이고, 둘째로는 푸퉁화 내부의 규범을 마련하여 푸퉁화가 더욱 순결(純潔)하고 더욱 건강하게 발전하여 한민족

(漢民族)과 전국의 각 민족 사이의 교제공구(交際工具)로서의 작용을 더욱 잘 발휘하도록 하기 위한 것이라는 것이다.

3. 『현대한어규범자전』의 특징

1) 이 자전에는 기본적으로 1988년 국가어언문자공작위원회에서 공포한 「현대한어통용자표(現代漢語通用字表)」에 들어있는 7,000개의 통용자(通用字)와 일부분의 현대 한어에서 늘 쓰이는 글자들을 수록하기로 하고 있다. 그리고 정식으로 수록한 글자 이외에도 꼭 필요한 일부 잘 쓰이지 않는 글자들을 더 보태어 모두 1만 자 가까운 글자로 불어났다. 그런데 여기에 표제자(標題字) 뒤에 괄호 안에 넣은 번체자(繁體字)와 이체자(異體字)까지 합친다면 이 자전에 실린 한자는 전부 13,000여 자가 된다.

2) 이 자전은 중국에서 전국적으로 공동으로 사용하고 있는 언어문자 규범의 표준이 되도록 편찬된 것이다. 곧 중국에서는 이 자전을 바탕으로 하여 그들이 쓰고 있는 한자의 자형(字形)과 자음(字音)·자의(字義) 및 쓰는 순서 등을 통일하려는 것이다. 이러한 통일이 전국적으로 이루어지기만 한다면 언어의 규범화, 곧 푸퉁화의 공용(共用)도 아무런 문제가 없게 될 것이다.

3) 한자의 규범 표준을 확실하게 하고 사람들의 규범의식을 강화하기 위하여 글자의 뜻을 풀이한 뒤에 '제시(提示)' 항목을 두고 있다. 언어문자는 사용하는 중에 혼동이나 분기(分岐) 현상이 일어나기 쉽고, 또 착오도 생겨나 언어의 규범에서 어긋나는 일들이 생겨나기 때문에 그런 것들을 '제시'를 통해서 밝혀주려 한 것이다. 곧 필획(筆劃)을 잘못 쓰기 쉬운 것, 자음(字音)을 잘못 읽기 쉬운 것, 규범으로서 분명치 않은 것, 규범에 어긋나는 일반 습성, 일반 사람들이 주의하지 못하는 규범 표준 등을 '제시'하여 밝혀 놓은 것이다.

4) 여러 가지 뜻을 지니고 있는 글자의 뜻풀이는, 가능한 한 그 글자의 뜻이 늘어나고 발전한 맥락(脈絡)을 따라 순서대로 풀이 항목을 배열하고 있다. 한 글자의 여러 가지 뜻들은 반드시 그 뜻이 발전한 맥락을 따라 서로 연관이 있을 것이다. 따라서 그 뜻풀이 항목을 역사적인 발전순서를 따라 배열함으로써 독자들은 각 뜻풀이 항목들이 서로 유기적(有機的)으로 조성(造成)되어 있음을 알게 되고, 그 서로 다른 뜻을 전체적으로 조리있게 파악할 수 있게 된다. 그러나 여기에는 아직도 해결하지 못한 적지 않은 문제들이 남아있다는 점도 간과해서는 안될 것이다.

5) 뜻풀이에 앞서 그 품사(品詞)를 표시하고 있다. 이것은 중국의 자전으로서는 처음 시도된 획기적인 일이다. 이 품사의

표시가 성공을 거두기만 한다면 푸퉁화의 규범문법(規範文法) 제정에도 진일보의 성과를 올리는 셈이 될 것이다. 한자는 품사의 규정이 간단치 않다는 것은 누구나 다 알고 있는 사실이기 때문이다.

6) 뜻풀이를 따라 그 예구(例句)와 예사(例詞)를 표시하여 그 뜻을 보다 분명히 하기에 힘쓰고 있다.

앞쪽의 「부수검자표(部首檢字表)」를 통해서는 간체자(簡體字)의 글자 모양을 공부하는 데에도 주의해야 하려니와 획수(劃數)도 달라졌음에 주의해야 한다. 보기를 들면, 초두(艹) 같은 것은 전에는 4획이었으나 지금은 3획으로 세고 있는 것이다. 끝으로 뒤에 붙어있는 「부록(附錄)」도 중국어를 공부하는데 편리한 참고가 될 것이다. 「한어병음방안(漢語拼音方案)」·「표점부호용법(標點符號用法)」·「신구자형대조표(新舊字形對照表)」·「부분계량단위명칭통일용자표(部分計量單位名稱統一用字表)」·「중화인민공화국법정계량단위(中華人民共和國法定計量單位)」·「중국역대기원표(中國歷代紀元表)」 등 모두가 요긴한 것들이다.

언어와 문자의 사용은 시대를 따라 언제나 그 방식이 변화하고 있다. 따라서 영원한 규범자전이란 있을 수가 없는 것인지도 모른다. 그러나 언어문자의 규범 표준을 위하여 이 자전에 기울이고 있는 이상과 같은 중국언어학자들의 노력은 매우 값진 것이며, 앞으로 매우 큰 성과를 기대할 수 있다고 믿는다.

4.『현대한어규범자전』을 어떻게 펴고 있는가?

언어문자의 규범화와 표준화에 대하여는 중국의 당중앙(黨中央)과 국무원(國務院)에서도 매우 큰 관심을 가지고 중시하고 있어서 이미 적지 않은 성과를 올리고 있다. 앞에서 얘기했듯이 국가어언문자공작위원회에서는 이『현대한어규범사전』의 편찬이 완료되자, 곧 그 책이 발행되기도 전에 먼저 산하기관에 그 의의와 특징을 소개하며 그 책의 보급을 위하여 산하 각 기관에 공문을 발송하고 있는 것이다. 그리고 1997년 3월 14일자『신문출판보(新聞出版報)』에 의하면, 1997년 중국 인민대표대회(人民代表大會)에 제출된 신문출판에 관계되는 의안(議案)은 16건(件)이었는데, 그 중 5건이 언어문자의 규범화문제와 관련이 있을 정도로 언어문자 규범화의 문제는 인민대표대회에서까지도 중요한 문제의 하나로 떠오르고 있는 것이다.

1998년 2월『현대한어규범자전』의 간행식(刊行式)에 참석한 국가어언문자공작위원회 주임(主任)과 교육부(教育部) 부부장(副部長)을 역임하고 당시는 교육부 총독학(總督學)이었던 류빈(柳斌)은 축사의 끝 부분에서 다음과 같이 역설하고 있다.

"어언문자 규범화의 기초는 중소학(中小學)에 있다. ---
나는 우리 교육계의 선생님들과 학생들 및 많은 교육업무에 종사하는 분들이 모두가 이 『규범자전』을 쓰게 되기 바란다. 이 자전을 사용함으로서 어언문자의 규범화 의식을 증강(增强)시키고, 조국의 어언문자를 정확히 사용할 수 있는 능력을 제고(提高)시키며, 이를 따라 우리나라 국민의 어언문자 소질(素質)의 훌륭한 기초 건설을 제고시키게 될 것이다."

당국에서 이처럼 적극적으로 이 『규범자전』의 보급에 열의를 올리기 때문에, 이 자전은 1998년 4월에 초판이 나왔는데, 내가 입수한 자전은 같은 해 4월 달에 제3차로 인쇄한 것이다. 지금쯤은 수십 차의 인쇄를 거쳤을 것으로 짐작이 간다. 그러니 이 자전이 얼마나 많이 전국에 보급되어 중국에서 사용하는 한자의 규범화에 공헌할까 짐작이 가고도 남을 것이다.

5. 우리나라에서 이 자전을 간행하는 뜻

물론 이 자전은 원칙적으로 우리나라의 중국어를 공부하는 사람들이 보다 쉽사리 이 자전을 구득하여 이용하도록 하기 위함이다. 중국 이외에 일본과 싱가폴 등지에서도 이 자전 간행이 진행되고 있다 한다. 이 자전을 통하여 중국어를 배우면서 처음부터 한자를 올바로 쓰고 올바로 읽는 훈련을 하여주기 바라는 것이다.

그밖에 우리나라의 언어문자 정책을 수행하는 분들도 중국의 이 자전을 간행하는 것 같은 언어문자의 규범화를 위한 노력을 해주었으면 하는 바램이 있다. 우리는 국립국어연구원을 중심으로 하여 오랫동안 우리 국어의 순화운동을 벌여오고 있다. 그러나 우리말의 대부분이 한자어에서 왔거나 그 영향을 받고 있음은 아무도 부인 못할 것이다. 그렇다면 우리는 먼저 우리가 쓰는 한자를 정비, 이 자전처럼 규범화 또는 표준화에 노력하지 않으면 안될 것이다.

우리의 한자 현실을 보면, 자형(字形)과 자의(字義)에도 혼란이 많지만 여기에선 독음(讀音)의 경우만을 얘기하기로 한다. 첫째 우리말에 없는 괴상한 음으로 읽히는 글자들이 많다. 갹(醵, 噱) · 괵(摑, 虢) · 녜(禰) · 닉(溺, 匿) 등이다. 이런 중국에도 없는 이상한 한자음을 두고 국어순화가 이루어지기는 힘들다. 그밖에도 같은 글자 같은 뜻의 글자를 두 가지로 읽는 경우(行-행, 항; 車-차, 거, 推-추, 퇴), 심지어 『논어(論語)』 같은 책에서만 달리 읽는 경우(一簞食-일단사, 樂山-요산)도 있다. 게다가 우리나라 한자 옥편을 보면 쓰지도 않는 글자들이 보통 쓰이는 글자보다도 훨씬 많다. 보기로, 첫째 일(一)부를 보기로 하자(『明文新玉篇』). 丄(上의 옛 글자) · 丅(下의 옛 글자) · 丂(巧의 옛 글자) · 丌(기) · 丒(且의 옛 글자) · 丆(五의 속된 글자) · 弌(一의 옛 글자) · 与(與와 같은 글자) · 丏(면) · 㞢(之의 옛 글자) · 疋

(자) · 丣(酉의 옛 글자) · 兲(天의 옛 글자) · 㪽(所의 속자) · 㽜(두) 등 거의 반수에 가까운 글자들이 잘 쓰지 않는 글자이다. 그러니 쓰지도 않는 글자들을 가지고 일반 사람들과 공부하는 사람들을 얼마나 번잡하게 만들고 있는지 모를 일이다.

이상 몇 가지 이유를 통해서 우리나라에서도 한자규범자전이 얼마나 절실한가 짐작이 갈 것이다. 지금은 정보화 사회이다. 컴퓨터 사용의 편의를 위해서도 세계적으로 한자를 쓰고 있는 나라들이 중국과 함께 공용할 수 있는 한자규범자전이 나와 준다면 더욱 좋을 것이다. 혹시 이 『현대한어규범자전』이 그러한 세계적인 규범자전의 씨앗이 되어주었으면 하는 바램까지 갖고 이 한국판의 서문을 맺는다.

2001. 8. 30

4
동아출판사 간 중국 『현대한어사전(現代漢語詞典)』 한국판 앞머리에

1. 이 사전의 성격

중국에서는 중국어를 한어(漢語), 중국문자를 한자(漢字)라 일컫는다. 따라서 이 『현대한어사전』은 이 사전의 '전언(前言)' 에서도 밝히고 있듯이 현대의 중국인들이 그들의 문자로 그들의 말인 보통화(普通話) 어휘를 위주로 하여 편찬한 사전이다.

'보통화' 란 한민족(漢民族)의 공동어로서 중국의 표준어를 뜻하는 말이다. 중화인민공화국(中華人民共和國)이 수립된 뒤, 중국에서는 정치 · 경제 · 문화의 통일을 강화하여 사회주의 건설을 순조롭게 추진할 목적으로 한민족 공동어의 규범(規範)

을 정하고, 그것을 전국에 널리 펼 계획을 세웠다. 그리하여 1955년에 전국문자개혁회의(全國文字改革會議)와 현대한어규범문제학술회의(現代漢語規範問題學術會議)를 열어 토론을 거친 끝에 민족 공동어의 표준을 확정하고 '보통화' 에 대하여 과학적인 정의를 내린 다음, 이를 널리 펴나갈 방침과 시책을 마련하였다.

이 '보통화' 는 어음(語音) · 어휘(語彙) · 어법(語法)의 세 부분으로 나누어 사정하였다. 첫째, 어음은 중국의 수도이며 경제와 문화의 중심지인 북경(北京)의 어음을 표준으로 삼고 있다. 이는 이전의 관화(官話)나 국어(國語)가 북경 어음을 표준으로 삼았던 거나 같다. 둘째, 어휘는 중국의 북방 방언을 기초로 하여 다른 지방 방언에서의 특수한 표현 및 아직도 생명력이 있는 옛말과 외래어까지를 포함하고 있다. 그 결과로 언어생활의 편익을 위한 어휘가 매우 풍부해진 셈이다. 셋째, 어법은 "전범(典範)이 될 만한 현대 백화문(白話文)으로 쓰인 저술들의 어법"을 규범으로 삼고 있다.

이상과 같은 기준 아래 사정된 '보통화' 는 1956년 국무원(國務院)에서 "「보통화」를 널리 펴는 데에 관한 지시"를 전국에 반포함으로써 중국의 표준어가 되어 널리 쓰이기 시작하였다. 때문에 현재의 '보통화' 는 이전의 관화(官話)나 국어(國語)와는 그 규범이 많이 달라진 것이다.

이와 같은 이유로 하여 중국어를 가르치거나 배우는 처지에 있으면서도 '보통화' 로부터 멀리 떨어져 있던 이들에게 '보통화' 를 수록 대상으로 삼은 이 사전의 한국판 발간은 그 의의가 매우 크리라 생각한다.

2. 이 사전의 편찬 목적과 출판 경위

이 사전은 1956년 국무원(國務院)에서 "'보통화' 를 널리 펴는 데에 관한 지시"를 반포하면서 중국사회과학원(中國社會科學院) 어언연구소(語言研究所)에 위촉, '보통화' 의 본보기로 삼아 널리 사용케 하기 위하여 편찬토록 한 것이다. 위촉을 받은 어언연구소에서는 곧 사전편집실(詞典編輯室)을 조직하고 그해 여름부터 자료를 수집하기 시작하였다. 그리하여 1959년 말에는 초고(草稿)를 완성하고, 그 이듬해에 시인본(試印本)을 내놓아 각계의 의견을 수집, 1차 수정을 가하여 1965년에는 시용본(試用本)을 펴내었다. 그러나 사전편집실에서는 여기서 그치지 않고 지속적인 수정작업을 펼쳐 1978년 12월에 드디어 베이징(北京)의 상무인서관(商務印書館)에서 초판본을 간행케 되었던 것이다.

홍콩의 상무인서관에서도 독자적으로 이 사전을 출간하였

고, 북경의 상무인서관에서는 한 판을 인쇄할 때마다 20만 부를 박아냈다고 하니, 가히 이 사전의 위력을 짐작할만한 일이다. 그뿐만 아니라, 이 사전의 내용에 대한 중국사회과학원 어언연구소의 철저한 관리는 그 후로도 꾸준히 이어져, 1989년 4월에는 『보편(補編)』을 따로 펴내는 데까지 이르게 되었다. 우리나라에서 발간하는 이 사전은 1990년 9월에 베이징의 상무인서관에서 펴낸 118차 인쇄본을 저본(底本)으로 하였으나 이 『보편』은 제외되어 아쉬움이 남는다. 우리나라에서도 곧이어 이 『보편』이 나오게 되기를 고대한다.

3. 이 사전의 내용 및 특징

이미 우리나라에도 몇 가지 중국어사전이 나와 있다. 그러나 이 사전은 기존의 중국어사전과는 전혀 다른 성격을 가지고 있다. 그 까닭은 글자 · 낱말 · 발음 · 어의(語義) 등에 있어서 가장 현대적이고 가장 표준적이며 가장 정확한 내용을 담고 있기 때문이다. 다시 말하면, 현대의 중국어에서 쓰이고 있는 '보통화'의 규범을 보여주는 중국어사전의 전형(典型)이라는 뜻이다.

아울러 밝혀두자면, 이 사전에는 현대 중국어뿐만 아니라 중국에서 널리 그리고 흔히 쓰이고 있는 방언(方言)과 그것의 말뜻은 물론, 오늘날에는 쓰이지 않는 옛말과 지명(地名)이나 인명(人名) 등에만 특별히 쓰이던 글자들도 함께 달구고 있다. 또한, 책에서나 보게 되는 문언(文言)의 사어(詞語)와 각 분야의 전문 술어도 적지 않게 수록하였다.

따라서 중국어를 학습하는 모든 이, 또는 중국에 관한 학문, 특히 중국의 문학이나 역사 · 철학 등을 공부하는 이라면 반드시 한 권씩은 지녀야만 할 공구서(工具書)라 해도 그다지 틀린 말은 아니다.

4. 한국판 『현대한어사전』의 간행 경위

『현대한어사전』의 한국판 발간은 1991년 1월 31일에 북경 상무인서관의 린얼위(林爾蔚) 총경리(總經理)와 리스징(李思敬) 부총편집(副總編輯)이 내한하여 우리나라 동아출판사(東亞出版社)의 김현식 사장과 공동 출판에 관하여 협약함으로서 이루어졌다.

협약의 내용을 개략(概略)하면 다음과 같다. 중국의 상무인서관이 판권을 소유한 『현대한어사전』을 한국의 동아출판사가 한국판 출판의 저본으로 삼는 일에 동의하며, 동아출판사는 이 사전의 각 항목을 검토하여 한국의 실정에 적합하지 않은 어구(語句)가 발견되면 상무인서관에 수정의견을 제시한다. 상무인서관은 이 수정의견을 존중하되 수정 여부의 결정 권리는 전적으로 상무인서관에 귀속한다.

이에 따라 필자가 직접 수정의견을 가지고 중국을 방문하여 중국사회과학원 어언연구소의 관련 학자 및 상무인서관의 관계자들과 회동, 충분한 토의를 거쳐 한국실정에 적합하지 않은 미소한 부분에 대해 수정을 가하게 된 것이다.

5. 한국판 『현대한어사전』의 수정 원칙

본디 동아출판사에서는 필자에게 이 사전의 내용 중에서 어구(語句) 설명에 사회주의적인 편향이 뚜렷한 부분에 대하여 수정해 줄 것을 요청하였다. 수정을 위촉받은 필자 또한 그와 같은 요청에 별다른 이의가 없어 일단 응락하고 내용 수정을 시도하였다. 그러나 수정작업을 진행하면서 필자는 당초의 의도가 잘못된 것이었음을 인정하지 않을 수가 없었다. 이 사전의 내용 수정은 결코 가벼이 손댈 문제가 아님을 절감했기 때문이다.

그 까닭은 첫째, 이 사전은 이미 활자로 조판된 책이라서 수정에 있어서도 일정한 제한을 받아야만 하였다. 바꿔 말하면, 글자 한두 자를 고치는 일은 그다지 어렵지 않은 일이겠으나 낱말풀이의 전체나 어느 한 부분을 빼내거나 보태기란 매우 어려운 일이었다. 둘째, 수정의 평형을 유지하기가 손쉬운 일이 아니었다. 곧 어느 한 단어의 풀이를 수정한다면 그와 같은 기준 아래 그와 관련된 모든 단어의 풀이도 아울러 수정해야 하는데, 그것이 특히 사회주의 이데올로기와 연관이 있는 문제일 때에는 여간 어려운 일이 아닐 수가 없었다. 그러나 무엇보다도 크고 중요한 것은 이 사전이 갖는 중국어사전으로서의 규범성(規範性)에 관한 문제였다. 만약에 사회주의적인 편향을 보이는 모든 말들을 우리의 실정에 알맞게 고친다면 그것은 사회주의국가인 중국의 현대어를 대표할 수도 없고 보통화(普通話)의 규범도 될 수가 없을 것이기 때문이다. 실례를 들면, 다음과 같은 경우가 있다.

『현대한어사전』에서 '기회주의(機會主義)'라는 말을 찾아보면 이렇게 풀이되어 있다.

"노동 운동 가운데 또는 무산계급(無産階級)의 정당 내부에 있어서의 반(反)마르크스주의 사조이다. 기회주의에는 두 가지가 있다. 한 가지는 우경(右傾) 기회주의로서, 그 중요한 특징은 노동자 계급의 영구적이고도 전반적인 이익을 희생하여 일시적이고도 국부적인 이익을 추구하며 혁명을 반대하거나 심지어는 반혁명(反革命) 세력에 투항하는 것이다. 다른 한 가지는 좌경(左傾) 기회주의로서, 그 중요한 특징은 객관적이고 실제적인 가능성은 거들떠보지도 않고 투쟁 책략에도 주의를 기울이지 않은 채 맹목적인 모험 행동을 취하는 것이다."

이것은 지나치게 사회주의 이데올로기에 바탕을 둔 주관적인 해석임이 분명하다. 하지만 현재 중국에서 쓰이는 '기회주의(機會主義)'란 말의 뜻은 위의 풀이가 잘못된 것이 아니다. 이것을 우리나라의 국어사전에 풀이되어 있는 것처럼 다음과 같이 풀이한다면 어떻게 될까?

"그때그때의 정세에 따라 유리한 쪽으로 행동하는 경향."

"어떤 일에 있어서 종국의 목표를 위하여 철저하지 못하고, 정세에 따라서 기회를 관망하고 지조 없이 편의적으로 행동하는 경향."

우리가 보기에 이 해설이 객관적일 수는 있으나, 현대중국어로서의 '기회주의'는 아니려니와 '보통화'는 더더욱 아닌 것이다.

이것은 필자가 수정작업에 착수한 지 한참 뒤에서야 알게 된 사실이다. 이 때문에 수정작업을 진행하다가 중도에서 수정원칙을 다시 조정해야만 하였다.

『현대한어사전』의 현대 중국어의 표준을 지향하고 보통화의 규범을 추구하는 기본적인 성격에 조금도 영향을 끼치지 않는 범위 내에서 수정한다.

이상과 같은 수정원칙이 세워진 뒤에는 이전에 수정했던 많은 부분에 대하여 다시 수정을 하거나 본래대로 풀이를 환원시키지 않을 수가 없었고, 수정태도도 이전과는 크게 달라질 수밖에는 없었다.

6. 수정 내용

사실을 털어놓자면, 이러한 수정원칙 아래 작업을 진행시키다 보니 필자로서는 손댈만한 부분이 별반 없었다. 한국과 중국의 두 출판사가 한국판 공동출판을 계약할 때, 수정에 관한 사항은 문제시 않기로 하는 편이 옳았을 것이라는 생각까지 들었다. 본디 동아출판사 측에서는 이데올로기에 치우친 풀이 말 때문에 내용수정을 내세웠을 터이지만, 이 사전의 특징과 권위를 받아들이는 한 내용상 손댈 여지는 거의 없었기 때문이다.

결국 수정은 한자(漢字)나 한자어(漢字語) 뜻풀이에는 근본적으로 영향을 끼치지 않는 범위에 머물렀다. 예를 들면, '아국(我國)'을 '중국(中國)'이나 '본국(本國)'으로 고치는 정도의 표현상의 편향을 수정하는 일이 대부분이었고, 일부 이데올로기에 지나치게 기울어져 있다고 생각되는 일부 예문(例文)의 수정 정도였다.

하지만, 이것조차도 베이징 상무인서관(商務印書館)에서 그들의 편집진과 중국사회과학원 어언연구소(語言研究所)의 사전 편집자들이 모여 필자의 수정안을 놓고 최종안을 마련하는 데에는 상당한 논란을 거쳐야만 하였다. 이 사전은 중국의 국가기관에서 국책을 바탕으로 편찬하여 현대 중국어의 규범으로 삼은 것이기 때문에 사회과학원 학자들로서는 한국판 간행을 위한 수정 제의에 신중하게 대응함이 당연한 일이라 이해되었다. 그러나 필자가 이 사전의 본디 편찬 목적이나 특징을 충분히 이해하고 있으며, 이 사전의 권위를 존중하고 있다는 점이 받아들여져 필자의 수정안은 축조심의한 끝에 최종안이 마련되었다. 따라서 한국판 『현대한어사전』은 실제로 북경 판본과 기본적으로는 차이가 없는 우리에게는 더 적합한 것이라 여겨도 좋을 것이다.

다만, 부록(附錄) 가운데서 「세계국명일람(世界國名一覽)」·

「세계각국수도명칭(世界各國首都名稱)」·「주요국가(主要國家)의 신문 · 잡지 · 통신사 · 방송국 명칭」·「중국소수민족일람(中國少數民族一覽)」·「중국의 친족(親族) 칭호」는 북경 판본엔 없는 것이나 한국판 이용자들을 위하여 보충 수록하였음을 밝혀둔다.

7. 왜 『현대한어사전』이 필요한가?

앞에서도 대략 밝혔듯이 이 사전은 중국어를 학습하는 이들에게 꼭 필요한 공구서(工具書) 구실을 할 수 있는 사전이다. 그것은 다른 어떤 사전으로도 대체할 수 없는, 중국 보통화(普通話)의 규범을 바로 이 사전만이 보여주고 있기 때문이다. 그렇다면 이 『현대한어사전』이 일반 중국어사전들과 어떻게 다른가? 이 물음에 대한 답은 다음에 든 몇 가지 비교례(比較例)를 살펴보면 금시 드러난다.

다만 한 가지 분명히 밝혀두어야 할 것은, 비교 대상으로 삼은 『중한사전(中韓辭典)』과 이 사전은 근본 성격부터가 다른 만큼 이를 대등한 시각에서 비교 · 평가하려는 것은 아니다. 일반적으로 『중한사전』은 중국어에 대한 우리말의 대응어(對應語) 제시를 기본 목적으로 삼음으로써 그 기능을 다하지만,

『현대한어사전』은 중국어의 국어사전으로서 중국문자의 독음을 표준화하고 표준이 되는 문법을 문례(文例)를 통하여 보여주는 한편 중국어에 대한 현대적 어의를 정의하고 개념을 설명한다는 점에서 판이한 성격을 띄고 있기 때문이다.

여기에서 비교의 초점으로 삼는 것은 현대 중국어를 공부하는 이들로서 현대 중국인이 표준으로 삼고 있는 단어의 어의(語義)와 개념(槪念)을 사실 그대로 파악할 수 있게 풀이되어 있는가 하는 점이다. 표제자(標題字) [패(覇)] 항에 수록된 아래 단어의 뜻풀이를 참고하면 쉽게 이해될 것이다.

[覇道(패도)] ⇒ 『중한사전』 … ① 패도. ②횡포하다. 포악하다.
『현대한어사전』 … ① 중국의 고대 정치철학 중에서 무력 · 형법 · 권세 등을 빌어서 통치하는 정책. ② 포악무도함. 횡포를 부림.

[覇權(패권)] ⇒ 『중한사전』 … 패권. 헤게모니.
『현대한어사전』 … 국제관계에 있어서 실력으로 조종하거나 통제하는 권력.

위의 낱말풀이를 보면, 일반 중한사전으로는 중국어의 현대적 어의를 제대로 파악할 길이 없다. 때문에, 그것을 정확하게 알려면 오늘날 중국에서 표준으로 삼는 중국어 사전을 다시 펼쳐보아야만 비로소 그 어의를 정확하게 알게 된다.

현대용어인 '패권주의(覇權主義)'의 경우에도 이와 마찬가지이다. 일반 중한사전에는 우리말 대응어(對應語)로서 그냥 '패권주의'라고만 풀이되어 있다. 이것은 그 사전의 성격이나 편찬방침에 따른 당연한 처리방법이다. 그러나 이용자로서는 『현대한어사전』에 보인 "국제간에 군사와 경제의 힘을 빌려 세계를 제패하는 정책을 가리킴"이라는 중국의 현대적 정의를 파악할 수 없게 된다.

그렇다고 해서 중국어의 우리말 대응어(對應語)를 국내의 국어사전을 통해 해결하려 들면 현대 중국어의 정의와는 동떨어진 풀이를 만나게 되는 경우도 생기게 된다.

아래에 보기를 더 들어 설명하기로 한다.

[第二國際(제이국제)] ⇒『중한사전』… 제이(第二) 인터내셔널(international). =[國際社會黨(국제사회당)]. [黃色國際(황색국제)].

『현대한어사전』… 무산 계급 정당의 국제연합 조직으로, 엥겔스의 지도와 영향 아래 1889년 파리에서 성립된 것이다. '제2국제'의 시기에 엥겔스는 기회주의 노선과 견실한 투쟁을 전개, 마르크스주의로 하여금 더욱 광범하게 전파되도록 하여 국제 노동자 운동에 더욱 큰 발전을 이룩하였다. 엥겔스가 죽은 뒤에는 '제2국제'의 영도권이 기회주의자들의 손아귀로 들어가 점차 변질되었다. 제1차 세계대전이 시작된 뒤에는 '제2국제'에 참가했던 여러 정당이 제각기 자기 나라의 자산계급 정부를 지지하며 전쟁을 수행하여 '제2국제'의 수령인 베른슈타인·카우츠키의 무리들은 자산계급의 공개적인 대리인이 되었다. '제2국제'는 형체도 없이 와해되어버렸던 것이다.

[第五縱隊(제오종대)] ⇒『중한사전』… 제5열. 제5부대. 스파이. 내통자.＝[第五部隊(제오부대)].

『현대한어사전』… 1936년 10월, 스페인 내전 당시에 반란군은 네 개의 부대(縱隊)로 나뉘어 수도인 마드리드로 진군했는데, 마드리드 성 안에 잠복해 있다가 파괴활동에 종사했던 반혁명 조직을 '제오종대'라고 불렀다. 뒤에는 내부에 잠복해 있는 적 측의 조직을 널리 지칭하게 되었다.

여기에서도 앞의 '패도(覇道)'나 '패권(覇權)'의 경우처럼 일반『중한사전』에는 우리말의 대응어로만 풀이되어 있어 중국어의 현대적 어의가 무엇인지 파악하기가 힘들다. '제2 인터내셔널(國際社會黨·國際黃色)'이나 '제오열(第五部隊·스파이 · 內通者)' 등이 우리나라에서 쓰이는 말뜻과 중국에서 쓰이는 말뜻이 서로 같다면 국내의 국어사전에서 그 표제어(標題語)를 찾아보면 문제는 쉽게 해결될 것이다. 그러나 아쉽게도 두 나라에서 그 말이 같은 뜻으로 쓰이고 있는지 여부를 판단하기도 어렵거니와, 주요 전문용어들 특히 정치 · 경제 · 사회 등에 관련된 용어라든지 중국에서만 쓰이는 특수 어휘에 이르면 중국의 표준어사전 이외엔 달리 해결할 대안이 없는 것이다.

일반 중한사전과 중중사전(中中辭典)인 이 『현대한어사전』의 성격이나 편찬 방법상의 차이점을 번연히 알면서도 고집스럽게 두 가지 사전의 내용을 대비하며 설명한 까닭도 바로 여기에 있다.

8. 맺음말에 갈음하여

주지하다시피 한 · 중 두 나라는 지정학적으로 이웃해 있음은 물론이려니와 역사 · 문화 · 사회 등 각 방면에 걸쳐 오랫동안 밀접한 관계를 맺어왔다. 그러던 것이 20세기에 들어서면서, 특히 중국대륙에 중화인민공화국(中華人民共和國)이 수립되면서부터 서로 다른 정치 체제로 말미암아 오랜 관계 단절의 시대를 지내야 했다. 작금에 와서야 비로소 경제교류의 길이 열리고 문화적인 소통도 가능하게 되어 다시 두 나라 사이의 호혜의 기회를 맞이하게 되었다.

이번에 동아출판사에서 펴내는 이 『현대한어사전』도 이러한 호혜의 기회를 문화적인 차원에서 유대를 더해가도록 하자는 두 나라 출판인들 사이의 뜻이 합치되어 결실을 보게 된 것이다. 때문에 한국판을 발행함에 있어 교열 · 수정이라는 막중한 임무를 위촉받은 필자로서는 한치도 소홀함이 없어야 한다는 생각에 한동안 부심(腐心)의 날들을 보내야 했다. 아울러, 이 사전은 한 · 중 양국의 출판역사상 공동 출판으로 펴내는 최초의 합작품으로서, 장차 폭넓게 전개될 양국 출판문화 교류의 지표가 될 것이기에 더욱 그러했다. 앞에서도 밝힌 바처럼, 중국 현대 보통화의 규범을 보여주고 있는 이 사전의 권위와 국내의 현실적인 여러 여건 사이에서 양국의 처지를 통분(通分)하는 임의의 수(數)를 찾기 위해 수정방향을 변경하는 등의 곡절을 겪은 것도 바로 이러한 까닭에서이다.

이제 한국판 『현대한어사전』 발간사의 마지막 장을 넘김에 있어, 필자로서는 최초의 한 · 중 출판문화교류라는 역사적 현장에서 중국어 전공자로서의 한 가지 소임을 다했다는 뿌듯한 자긍심과 함께, 이 사전이 우리나라에서 과연 얼마만큼의 활용을 기대할 수 있을까 하는 두려움을 감출 수가 없다. 그러나 이 사전은 곧 발행사인 동아출판사와 필자의 손에서 떠나 중국어를 공부하거나 중국학을 연구하는 이용자 여러분 곁을 찾아가게 될 것이고, 이 사전의 기여도(寄與度) 또한 여러분의 활용 여하에 따라 결정될 일이기에 그 결과를 겸허히 기다릴 뿐이다. 다만, 필자로서 한 가지 바램은 여러분이 걷는 저 먼 학해(學海)의 항해에 이 사전이 등불의 구실을 하게 되는 것이다.

1992. 1.

III. 양서추천의 글

1

이홍진 교수 역 『중국경학사(中國經學史)』 앞머리에

『經學歷史』의 번역(皮錫瑞 저)

한(漢) 무제(武帝, B.C. 140−B.C. 87 재위) 이래로 청(淸) 말(1910)에 이르는 2천여 년간의 역사를 통하여 중국의 정치사상과 사회윤리를 지배해 온 것은 유가(儒家)사상이다. 따라서 유가의 경전(經傳) 연구는 중국학술의 중심을 이루어 왔기 때문에 중국 경학 발전의 역사적인 이해는 중국 사상사나 문학사 · 정치사 · 사회사 등을 연구하는 바탕이 되는 것이라 할 수 있다.

그러므로 『중국경학사』는 중국과 관계되는 공부를 하는 모든 사람들이 꼭 읽고 새겨두어야만 할 책이다. 그럼에도 불구하고 청(淸) 말에 나온 이 피석서(皮錫瑞)의 『경학역사(經學歷史)』는 중국에 있어서도 근래에 이르기까지 전무후무한 유일한 그에 관한 저서이다. 대체로 경학사(經學史)는 모든 경전(經

傳)에 통달한 위에 각 시대의 경학(經學)과 경학사상의 흐름이 나 특징에 대하여도 이해가 깊어야만 저술이 가능함으로 어떤 책보다도 쓰기가 어려운 것이었기 때문인 듯하다. 어떻든 이 중국의 개척적인 『경학역사』는 좀 더 일찍이 우리 학계에 번역 소개되어 널리 읽혔어야만 했을 책이다.

이번에 이홍진 교수의 노력에 의하여 이 책의 번역이 나온 것은 우리나라 학계를 위하여 진실로 경하해야 할 일이다. 우리나라 학계에의 소개는 늦었지만, 대신 이 교수처럼 성실한 학자의 손에 의하여 번역이 이루어진 것은 때늦음을 보상하고도 남을 일일 것이다. 본시 이 책의 본문은 중국학자라 하더라도 경학(經學)에 상당한 조예가 있는 사람이 아니라면 올바로 읽고 이해하기가 어려운 성격의 것이다. 그러기에 1928년에는 주여동(周予同)에 의하여 주석(注釋)이 붙여진 판본이 나왔다. 주석본(注釋本)까지 나왔다 하더라도 외국어로 이 책을 번역하기란 매우 어려운 일에 속한다. 이홍진 교수는 이미 이 책의 제1장에 대한 번역과 자세한 주석(注釋)을 1978년 2월에 나온 『북악한학(北岳漢學)』(국민대학 漢文學硏究室)에 발표하고 있으니, 이 책의 번역에 기울인 시간과 노력 및 성의를 짐작할 수 있을 것이다. 그 뒤로도 이 책의 여러 장(章)의 번역과 주석을 영남중국어문학회(嶺南中國語文學會)에서 발행하는 『중국어문학(中國語文學)』에 연재하여 왔고, 여러 번에 걸친 개고(改稿)와 수정이 있었던 것을 알고 있다.

중국학자들은 특히 자기네 경학이나 경학사에 대하여는 두드러진 중국인으로서의 선입견(先入見)이 있고, 또 그가 속하는 학파에 따른 선입견도 지니고 있다. 『경학역사』의 저자인 피석서도 청대의 중엽부터 다시 성행하기 시작한 금문학파(今文學派, 또는 公羊學派)에 속하는 학자여서, 중국인으로서의 선입견 이외에도 금문학파에 속하는 학자로서의 선입견에 입각하여 경학을 이해한 사람이다. 그러니 저자가 박학(博學)한 학자라는 장점에도 불구하고 객관적인 경학사라 말하기는 어려운 성격의 것이라 말할 수도 있다. 그러나 이홍진 교수는 『경학역사』 본문 이외에도 주여동(周予同)의 주석까지도 완역하고 있고, 자신의 주석을 더 붙인 이외에 부록으로 경학사에 관한 여러 가지 자료와 함께 색인(索引)까지도 붙여, 자세히 읽으면 경학사 자체뿐만이 아니라 금문경학파(今文經學派)의 특징까지도 이해할 수 있도록 하고 있다.

이 책이 우리 학계에 크게 기여하게 될 것을 믿어 의심치 않는다.

1984. 7. 30

2

오태석(吳台錫) 지음 『황정견시연구(黃庭堅詩硏究)』 출간에 부쳐

중국문학사상 송(宋)대는 당(唐)대에 발전하였던 여러 가지 문학의 내용과 형식을 계승하여 다시 한 단계 더 높여놓았던, 중국문학 발전의 정점(頂點)에 해당하는 시기이다. 곧 송대는 시를 중심으로 하여 산문 · 사(詞) · 강창(講唱) · 희곡(戲曲) 등의 정통문학과 민간문예 등이 모두 높은 발전을 이룩하였던 시대이다. 그리고 그것은 직접 두보(杜甫) · 백거이(白居易) · 유우석(劉禹錫) · 한유(韓愈) · 유종원(柳宗元) 등 중당(中唐)의 문학 개혁운동(文學改革運動)을 계승 발전시킨 성과였다고 할 수 있다.

시는 중국고전문학의 중심을 이루고 있음으로 문학사상 가장 중요한 것은 시의 발전 문제이다. 중국시는 송대로 들어와 당대에 완성시킨 고체(古體) · 근체(近體)의 여러 가지 형식과 초당(初唐)에서 만당(晩唐)에 이르기까지 여러 시인들에 의하여 추구되었던 시의 내용을 구양수(歐陽修) · 소식(蘇軾) · 왕안석(王安石) 같은 사람들이 종합적으로 계승 발전시킴으로써 새로운 차원의 송시(宋詩)를 이룩하게 된다. 이들을 이어 다시 황정견(黃庭堅)이 나와 중당(中唐) 때 한유(韓愈)가 시도한 진지하면서도 개성적인 시의 표현 추구를 계승하여 이른바 강서시파(江西詩派)를 이룩한다. 이 책의 저자인 오태석 교수는 이러한 황정견의 개성적인 시의 표현을 대체로 덕성(德性)과 학문을 바탕으로 한 "표현의 창신(創新)"이라 말하고 있다. 이후로 황정견을 필두로 하는 강서시파는 남송(南宋)뿐만이 아니라 원(元)대와 명(明)대에 이르기까지 중국 시의 발전에 큰 영향을 끼치게 된다. 따라서 황정견은 중국시사상(中國詩史上) 다른 어떤 작가보다도 중요한 위치에 있는 사람이라고 할 수 있는 것이다.

우리 조선(朝鮮)시대에 있어서도 구양수 · 소식 · 왕안석과 함께 황정견은 시인으로서 가장 존중되었다. 간혹 종당파(宗唐派) 시인들도 있기는 하였지만, 도연명(陶淵明)을 위시하여 당대의 이백(李白) · 두보(杜甫) · 한유(韓愈) · 유종원(柳宗元) · 백거이(白居易) 등의 시가 널리 읽히고 존중되었던 것도 송대 문인들의 표창(表彰)에 힘입은 때문이라고까지도 말할 수 있을 정도이다.

송대는 중국문학사상 중국고전문학을 최고 수준으로 발전시켰던 나라이다. 실은 문학뿐만이 아니라 음악 · 미술 · 연예 등 중국문화 전반에 걸쳐 최고수준의 발전을 이룩하였던 시대라고 할 수 있을 것이다. 그러나 실제로 중국사람들은 송대를 별로 중시하지 않으려는 경향이 있는 듯하다. 송은 북송(北宋) · 남송(南宋)을 막론하고 요(遼) · 서하(西夏) · 금(金) · 원(元) 등 외국의 세력에 계속 밀리다가 마침내는 몽고족의 원나라에게 멸망 당하고 만 나라여서, 중국사람들로서는 송나라는 별로 남들 앞에 내세우고 싶지 않은 왕조(王朝)인 듯하다. 이에 따라 송대의 문화나 문학까지도 별로 크게 보지 않으려는 경향이 생겨난 게 아닌가 싶다. 중국학자들이 쓴 수많은 중국문학사들을 훑어보아도 송대를 중국문학의 발전이 정점(頂點)에 이르렀던 시대로 다루고 있는 책들은 거의 찾아보기 힘들다.

이에 따라 황정견 시의 "표현의 창신"은 생경(生硬) · 회삽(晦澀)으로 몰아붙이기 일쑤이고, 그의 "점철성금(點鐵成金)" 및 "환골탈태(換骨奪胎)"의 시론을 끌어내어 가지고는 의고(擬古) · 표절(剽竊)로 몰아붙이는 것이 보통이다. 이러한 실정이기에 황정견에 대한 공정하고도 객관적인 연구는 온 중국문학계가 절실히 요망하고 있던 터였다. 황정견에 대한 올바른 연구는 다시 송시에 대한 올바른 연구를 가능케 하고, 송대의 문학과 문화에 대한 올바른 이해를 가능케 할 것이다.

오태석 교수는 서울대 중문과를 졸업한 이래 10여 년의 세월을 줄곧 황정견을 중심으로 하여 중국문학 연구를 추진하여 온 소장(小壯) 학자이다. 몇 년 전 타이완(臺灣)의 국립중앙연구원(國立中央研究院)에 연구교수로 가 있으면서도, 주로 황정견 연구에 필요한 자료를 수집하는 한편 유관(有關) 학자들과 교유하며 의견을 교환하고 연토(研討)를 거듭했던 것으로 알고 있다. 그리고 「황정견 사륙잡언시고(四六雜言詩考)」(『중국어문학』 제14집) · 「황정견 문학의 사상기반」(『중국어문학』 15집) 등 여러 편의 대표적인 논문들도 이미 발표한 바가 있다. 그러니 이번의 『황정견 시 연구』는 이제껏 쌓아온 오태석 교수의 황정견 시 연구를 총결(總結)한 것이라 할 수 있을 것이다.

이 역저(力著)의 출현은 바로 우리 중국문학계의 요망에 부응하고 시의(時誼)에도 들어맞는 것이어서 우리 학계의 커다란 공헌이 될 것이다. 한편 오태석 교수는 아직도 연부력강(年富力强)한 젊은 학자이기에 동학인(同學人)으로서 몇 가지 요구를 더 보태고 싶은 욕심이 생긴다. 무엇보다도 황정견 및 강서시파의 시론을 좀 더 체계적으로 정리하여 그들 시론의 특징을 좀 더 분명히 해주었으면 좋겠다. 강서시파란 호칭에 대하여는 누구나 다 들어 알고 있지만, 그들의 특징에 대하여는 시구(詩句)의 단련(鍛鍊) 이외에 아는 게 별로 없는 것이 일반적인 현상이기 때문이다. 다음으로는 황정견 시에 대한 전체적인 해석 및 분석 평가가 이루어지기 바란다. 황정견의 시는 난해(難解)한 것이 적지 않을뿐더러, 그에 대한 평가도 좋고 나쁜 정반대의 의견이 아직도 흔히 발견되고 있기 때문이다. 이는 황정견의 시 전체에 대한 번역과 자세한 주석을 요구하는 것으로 받아들여도 좋을 것이다.

끝으로 이 역저를 이룩한 저자의 노고를 치하하며, 앞으로 더욱 큰 정진이 있기를 간절히 빈다.

1991. 5. 15

3
신지영 저
『중국 전통연극의 이해』
추천하는 글

중국의 전통연극은 음악과 노래와 춤으로 사람들의 생활에 관한 문제를 연출하는 연극이다. 그리고 배우들의 화장이나 복장은 그 색깔과 모양이 그 인물의 성격을 대변할 수 있도록 강조하고 있다. 따라서 중국의 전통연극은 음악과 노래와 춤과 미술과 그 시대의 생활상 등이 다 동원되고 있기 때문에 다른 어떤 예술보다도 종합적으로 그 시대 그 시대의 문화를 전반적으로 반영한다고 할 수 있다.

그것은 중국 전통연극의 이해는 바로 중국의 전통문화를 이해하는 지름길임을 뜻하기도 한다. 그러나 우리나라는 중국과 같은 문화권에 속해있으면서도 중국의 전통연극에 대한 소개나 이해는 불모에 가까운 처지이다. 우선 중국 전통연극의 대본은 옛날 중국에 쓰이던 각종 문체 – 곧 시 · 사(詞) · 곡(曲) · 속요(俗謠)와 고문(古文) · 변문(騈文) · 속어(俗語) 등 – 이 모두 쓰이고 있어 공부하기 어렵고, 노래와 춤으로 연출되는 연극은 그 표현수법이 상징적이라 이해하기 쉽지 않다는 여러 가지 장애요소가 있기 때문일 것이다.

그러나 중국문화를 올바로 이해하고 또 우리 것을 제대로 찾기 위해서도 우리는 중국의 전통연극을 제대로 이해하지 않으면 안 된다. 그러나 우리나라에는 중국 고전연극을 전공하는 이들이 매우 적어 아직도 이 방면에 관한 저술이 극히 적은 실정이다. 더욱이 중국의 전통연극을 일반사람들이 이해하기 쉽도록 쉽게 해설한 책은 그 필요성이 절실한 데도 불구하고 이제껏 한 가지도 나온 것을 보지 못한 듯하다.

그런데 이번에 이를 쉽게 해설한 『중국 전통연극의 이해』란 저서가 나오게 되었으니 우리 문화계를 위하여 경하할 일이라 할 것이다. 이 책에는 중국 전통극의 발달사에서 시작하여 지금도 중국에 연출되고 있는 경극(京劇)과 각종 지방희(地方戱)의 특징과 내용 등에 대한 쉽고도 자세한 해설이 엮어져 있다. 곧 한눈에 중국 전통연극에 대한 대체적인 이해를 꾀할 수가 있다는 것이다.

저자는 이대 중문과를 졸업하고 서울대 대학원에서 중국 고전극에 관한 연구로 박사학위를 취득한 재원이다. 이 방면에 관한 저술을 할 수 있는 가장 적절한 인재이다. 중국의 전통연극뿐만이 아니라 중국문화에 관심이 있는 분이라면 누구나 한 번 읽기를 권하는 뜻에서 이 추천하는 글을 쓴다.

2002. 4. 26

4

명문당 편간 『그림으로 공부하는 한자』 추천의 글

한자는 옛날에 천하에 통용되어 말이 서로 다른 동양의 수십 민족이 함께 써오던 문자이다. 말할 것도 없이 우리 조상들도 주로 한자를 사용하여 글을 써왔다. 그러기의 우리의 옛 문서들은 거의 전부가 한자를 사용하여 쓴 한문으로 이루어진 글이다. 따라서 우리 조상들이 남겨놓은 글을 읽는 일은 한자를 모르고는 될 수가 없는 일이다. 그리고 오랫동안 한자를 써왔기 때문에 우리말에는 한자를 바탕으로 이루어진 말들이 엄청나게 많다. 그것은 국어사전을 아무 곳이건 펼쳐 보기만 하여도 누구나 실감하게 되는 일이다. 따라서 우리 조상들의 생각과 생활을 이해하고 우리 문화를 올바로 계승하며, 우리의 말뜻을 제대로 파악하려 한다면 한자를 공부하지 않으면 안

된다.

이러한 한자 공부는 빨리 시작할수록 좋다. 말을 배우면서 한자도 공부하여야만 여러 가지 말뜻을 정확히 파악할 수 있을 것이기 때문이다. 그뿐 아니라 한자는 그 구조와 쓰임이 미묘하고도 조리가 있어 한자공부는 한편으로 아동들의 지능 발달에도 크게 기여하게 된다는 것이 여러 학자들의 연구 결과이다.

그런데 출판사 명문당에서는 이 한자를 어린아이들이 쉽게 공부할 수 있도록 도와주기 위하여 〈그림으로 공부하는 한자〉라는 책을 편찬하였다. 얼핏 보기에도 편찬자의 땀과 노력이 느껴지는 책이다. 전체적으로 한자가 만들어진 원리를 바탕으로 하여 쉽고도 재미있게 그림을 통하여 한자를 공부하도록 한 것이다. 이 책을 통하여 어린 학생들 누구나가 별 부담 없이 쉽고 재미있게 한자를 익힐 수 있을 것이다. 다만 한자는 수천 년을 두고 여러 민족이 함께 써온 글자여서 그 사이 글자 모양이나 읽는 음과 뜻에 있어 적지 않은 변화가 있었다. 따라서 한자가 만들어진 여러 가지 원리를 간단히 설명하기 어렵게 된 글자들도 적지 않다. 그처럼 복잡한 한자를 원리에 따라 쉽고 재미있게 아이들이 그림을 통하여 공부할 수 있도록 책을 엮자니, 자연히 적지 않은 무리가 가지 않을 수가 없다.

그럼에도 불구하고 이 책의 편자는 그러한 불가피한 무리를 현명하게 잘 극복하고 있다. 우리나라 아동교육에 크게 공헌할 수 있는 책이 되리라 믿어져 이에 감히 추천하는 바이다.

2002. 2. 12

5

김용직 교수의 『먼 고장 이웃나라 내가 사는 땅』을 접하고

중국에서 가장 널리 읽혀 온 여행기는 명(明)나라 때 서굉조(徐宏祖, 1586-1641)가 쓴 『서하객유기(徐霞客遊記)』이다. 그는 중국의 오악(五岳)은 물론 오대산(五臺山)·천대산(天臺山)·황산(黃山)·여산(廬山)·무이산(武夷山) 등을 두루 다녀보고, 북쪽은 허베이(河北)·샨시(山西)에서 서남쪽은 후난(湖南)·광시(廣西)·구이조우(貴州)·윈난(雲南)의 오지에 이르기까지 온갖 곳을 다 돌아다녔다. 그리고 그의 눈앞에 펼쳐지는 아름다운 풍경과 그곳에 살고 있는 여러 사람들의 정경과 그것들을 대하는 필자의 정감과 아울러 그곳의 문물과 명소의 유래 등을 자세히 기록하고 있다. 그리고 이 책을 정리 발간한 사람은 서문에 "먼지 세상을 벗어나는 생각이 없다면 산수는 완상하고 이해할 수가 없는 것이다.(無出塵之胸襟, 不能賞會山水.)" "한가하고 많은 세월이 없다면 본성을 따라 노닐 수가 없는 것이다.(無閑曠之歲月, 不能稱性逍遙.)"는 등의 말을 하고 있다. 세상을 여행하며 즐기는 모습이 무척 부럽기도 하였지만 나는 "먼지 세상을 벗어나는 생각"도 전혀 지니지 못하고 "한가하고 많은 세월"도 갖고 있지 않아 진실한 여행은 할 수 없는 몸이라고 체념하고 살아왔다. 더구나 서굉조처럼 박학하지 못한 지라 특별한 지역을 가게 되더라도 그 고장의 풍토나 인물과 사적 등을 아우르는 여행기 따위는 쓸 능력이 없는 위인이라 자처하여 왔다.

그런 내가 김용직 교수의 여행기를 접할 적의 기대는 무척 컸다. '연구탐사기행' 이라 밝히고는 있지만 『서하객유기』가 '자기가 사는 고장' 에서 시작하여 '이웃 나라' 를 거쳐 '먼 고장' 에 이르는 천하의 풍경을 차례로 담아갔던 내용이 연상되었기 때문이다. 저자는 나와 같은 학구생활을 하여 왔으면서도 나보다는 훨씬 넓고 큰 풍도를 지니어 뛰어난 학술연구 업적도 올리면서 이런 글까지 쓰는 것이라 감복하면서 책을 열어보았다.

우선 앞머리에 실린 많은 사진들이 눈을 즐겁게 해주었다. 사진들을 들여다보면서 나도 그 지역을 여행하고 있는 것 같은 기분조차 느껴졌다. '책머리에' 서는 저자가 어릴 적에 산

협촌(山峽村)에서 자랐기 때문에 아침 햇살이 창문에 쏟아지는 것을 보고 해가 뜨는 고장 동해를 동경하면서 동해에 가보고자 하는 여행의 원초 형태 체험을 하였다고 쓰고 있다. 그것은 내가 바다가 없는 충청북도의 남한강 상류 강가 마을에 태어나 자랐기 때문에 소학교에 들어가기 전부터 매일 강가로 뛰어나가 강물 속에서 헤엄을 치고 놀면서 하동 노릇을 하였으나 틈이 날 때면 늘 마음속으로 한없이 넓고 한없이 깊은 바다를 그리면서 바다에 가서 헤엄쳐보고 싶어했던 모습과 비슷하여 저절로 웃음이 지어졌다.

본문으로 들어가 '제1부 내가 가 본 먼 나라' 를 접하면서 이 책의 저자도 역시 나의 동료로구나 라는 느낌을 받았다. 스웨덴은 물론 리투아니아와 프랑스 모두 학회 참석차 갔던 것이기 때문이다. 내 자신이 중국이나 대만 · 일본 등 가까운 나라는 수십 차례나 다녀왔지만 거의 모두 학회 참석 차 갔던 것이기에 실상 그곳의 명승지를 찾아가 느긋하게 노닌 경험은 극히 적기 때문이다. 그러나 리투아니아 기행은 많은 사람들이 지구의 어느 부분에 박혀있는지는 잘 모를 그 나라 여러 곳의 풍물과 문화 등을 자세히 소개해 주어 읽는 이들을 즐겁게 해주고 있다. 그리고 스웨덴과 프랑스는 그 나라의 풍물보다는 그 나라와 한국학 및 한국문학의 연관을 잘 알 수 있도록 해주어 반가웠다.

그리고 무엇보다도 처음부터 저자는 가는 곳마다 곳곳에서 한시를 짓고 있는 데에는 머리가 숙여졌다. 중국의 고전문학을 전공한 나로서는 옛날 대학에서 중국의 고시를 배울 적에 고체시(古體詩)와 근체시(近體詩)의 차이를 익히기 위하여 한시를 시험삼아 지어본 일이 있으나, 지금은 손도 대지 못하고 있는 실정이기 때문이다. 중국 사람들은 시뿐만이 아니라 사(詞)나 곡(曲)은 말할 것도 없고 변문(騈文)이나 팔고문(八股文)과 고문(古文) 같은 산문에 있어서까지도 '성(聲)'을 매우 중시하는데, 우리로서는 그 경지를 이해하기도 어렵고 또 현대에 와서는 꼭 그것을 이해할 필요도 없다고 생각되기 때문이다. 그래서 나는 중국 글은 대체로 공부하는 데 필요한 논문만을 써왔다고 할 수 있다. 그런 글들은 글을 읽는 소리나 억양에 상관없이 뜻만을 정확히 표현하며 논리만 철저히 추구하면 되기 때문이다.

이 책 저자의 진가는 '먼 고장' 얘기보다도 '제2부 이웃나라 여기 저기'에서부터 발휘되기 시작한다. 특히 '이웃 나라'에 관하여 쓴 부분보다도 '저항시인 윤동주와 나'에서 크게 빛을 발하고 있다. 우선 나는 일본 후쿠오카(福岡)를 여러 번 갔었고 그곳에 장기 체류한 일도 있었으나 일찍이 「서시」로 나에게 큰 감동을 준 윤동주임에도 불구하고 그의 발자취를 더듬어 볼 생각도 지녀 본 일이 없었다. 그런데 김 교수는 후쿠오카를 잠깐 들러서도 그에 관한 긴 한시를 남기고 있지 않은가! 뒤이어 윤동주의 무덤과 비석을 찾아가 쓴 글에서는 열정이 느껴졌다. 윤동주 시인은 저자가 인용하고 있는 시 「별 헤는 밤」에서 "이 많은 별빛이 내린 언덕 위에 내 이름자를 써 보고 흙으로 덮어 버리었습니다."고 하고는, 다시 "내 이름자 묻힌 언덕 위에도 자랑처럼 풀이 무성할 게외다."고 하였는데, 시인은 이미 뒤에 김 교수 같은 사람이 찾아줄 것을 예견이라도 하고 있었던 것 같다.

중국 옌지(延吉)의 룽징(龍井) 윤동주 시인의 묘소를 찾아가 본 일이 있는 독자라 하더라도 이 글에서 새삼 그곳 풍경을 떠올리며 우리 민족의 고난과 시인의 참된 모습을 발견하고 머리를 숙일 것이다. 그리고 이 글에 옮겨 싣고 있는 묘비의 본문과 그 번역문을 통해서 다시 제대로 시인의 묘비를 접하게 될 것이다. 앞머리에 실린 사진도 윤동주에 관한 것들은 특히 정성을 기울여 모아 정리한 느낌이다. 많은 독자들이 이미 김 교수가 써서 발표했다고 한 「윤동주 시의 문학사적 의의」, 「현해탄의 해거름」, 「비석에는 그림자가 없었다–윤동주의 북간도」 등의 글도 읽어보고자 할 것이다.

'이웃 나라'의 고구려 유적지 답사나 산둥(山東)의 지난(濟南)이나 취푸(曲阜)의 공자 관련 유적지는 이미 많은 사람들이 다녀와 널리 알려져 크게 관심을 끌지는 않을 것 같으나, 역시 저자 자신이 그곳의 풍물보다도 두 곳 모두 옛날 그 고장에서의 독립운동이나 고구려의 역사에 관한 얘기를 뜨거운 관심을 지니고 쓰고 있어 독자들은 많은 것을 공감하게 될 것으로 믿는다. 그리고 저자가 여러 학자들과 함께 참석한 학회의 내용과 진행 모습을 자세히 소개하고 있어 그 편이 보다 소중한 기록으로 여겨진다. 북화대학에서의 학술회의는 한 · 중 · 일 세 나라 학자들의 모임임은 분명한데 주제가 분명하지 않게 느껴졌다. 다만 한국 학자들은 우리나라와 중국 사이의 문화교류 문제와 한국문학의 특징을 드러내 보여주려고 노력하는 모습이 느껴졌다. 김 교수 자신도 「동북아시아의 문화전통과 한국현대시」라는 제목으로 이육사의 「광야」, 김소월의 「초혼」, 한용운의 「알 수 없어요」 등 작품읽기를 한시와 대비시키면서 꾀해본 내용의 논문을 발표하였다고 하였다.

지난의 산동대학에서 열린 한중국제학술대회는 김 교수가 속해있던 제5분과의 발표를 중심으로 회의 진행이 소개되고 있다. 제5분과의 제1부에서는 김 교수가 「창조와 전략 – 시조 창작을 위한 몇 가지 문제」라는 논문을 발표하고 있고, 나머지 한국 학자들의 발표 논문도 모두 한국 시와 시인들의 특징을 드러내 보여주려는 것들이다. 제2부는 주제가 '문화 교육의 현주소' 인데, 특히 일본과 베트남 학자들이 각자 자기 나라에서의 한국어를 중심으로 하는 문화교육 문제를 논하고 있는 것이 인상적이었다. 한국과 중국학자들의 발표 논문도 한국 내 또는 중국에 있어서의 한국어 교육과 한국문화 교육문제를 논한 내용이어서 세계로 향하는 한국학 발전에 크게 기여할 모임이라고 여겨졌다. 김 교수도 일본과 베트남 학자의 논문 내용을 보다 자세히 소개하고 있는 것을 보면 이에 대하여 각별한 관심을 지녔던 것 같다. 한국어와 한국문학을 세계에 알리고자 하는 학자들의 노력이 이 글을 통해서 피부로 느껴졌다.

그리고 공자묘의 참관은 맨 앞의 영성문에서 시작하여 대성전에 이르는 주변의 경관이 잘 소개되어 있고 간단한 도표까지 곁들여 있어서 공자묘의 규모를 이해하면서 함께 여행하는 것 같은 즐거움을 느끼게 하였다. 그리고 김 교수의 중간 중간에 곁들어진 공자와 유학에 관한 조예는 독자들에게 새삼 공자사상의 현대적인 가치를 음미하게 하고 있다.

역시 이 책의 백미는 '제3부 내 고장 이곳저곳'이다. 여기에서 나는 김 교수야말로 진짜 한국 사람이고 한국 학자로구나 하고 느꼈다. 두 번째의 「조지훈(趙芝薰) 문학 주변과 나」는 시인의 유적이 있는 주실의 방문기라기보다는 김 교수의 「시인 조지훈론」이라고 제목을 바꾸어도 괜찮다고 여겨질 정도이다. 김 교수는 시인에 대한 자신의 정의를 『청록집』의 기억을 통하여 강조하면서 우선 8 · 15 직후 우리 문단을 농단한 문학가동맹계의 비판에 맞서 자신의 문학적인 신념을 꿋꿋이 지켰던 시인의 자세를 설명하고 있다. 시인의 고향을 찾아간 대목에서도 김 교수는 시인의 대표작 「파초우(芭蕉雨)」를 읊으면서 시인과 자신의 관계와 함께 조지훈 시의 소중한 값을 강조하고 있다. 끝머리에 시인의 한시까지 들어서 시를 논한 것은 김 교수의 개인 취향이라 여긴다.

'내가 사는 땅' 의 첫 번째 글인 강진(康津) 여행은 김영랑 시인에 대한 얘기가 중심을 이루고 있다. 인간 김영랑의 생활 주변과 잡다한 시인 관련 고사를 소개하면서 그의 '시와 인간'을 문학사보다도 더 자상히 드러내 얘기하고 있다. 지금 내 주변에는 술만 취하면 남들이 노래 부를 적에 언제나 「모란이 피기까지는」을 비롯한 김영랑의 시를 자신의 감정을 듬뿍 읊는 친구가 있어 김 교수의 글은 더욱 재미를 느끼게 하였다. 그 친구에게 이 책을 읽어보라고 추천할 생각이다. 김영랑이 한때 이북으로 간 무용가 최승희를 사랑하였고 집안에서 반대하자 김영랑이 자살 소동까지 벌였다는 얘기는 특히 눈을 번쩍 뜨게 하였다. 뒤에 최승희는 중국 경극의 세계적으로 유명한 여역 남배우인 메이란팡(梅蘭芳)에게 역대 중국 미녀들의 요염한 자태를 무대 위에 제대로 되살리기 위하여 우리 춤의 춤사위를 가르쳐 주었다고 하는데, 그 뒤 다시 우리나라의 여러 유명한 무용가들이 반대로 메이란팡에게 찾아가 그 춤사위를 배워왔다고 한다. 이런 최승희가 김영랑과 잘 맺어졌더라면 어떻게 되었을까 상상해 보게 되기 때문이다. 그 고장 출신으로 김현구라는 비극적인 일생을 마친 시인이 있었음을 알려준 것도 매우 고마웠다.

강진을 얘기하면서 정다산(丁茶山)은 거의 빼어놓을 수 없는 대학자이다. 다산의 학문 업적은 여러 방면에 걸쳐 있으나 역시 김 교수의 관심은 백련사 풍경과 그에 관한 여러 가지 얘기를 거치면서도 다산의 한시로 모아지고 있었다. 다산초당(茶山草堂)을 찾아가는 도중 백련사 입구에서 동백나무 숲을 대하고는 갑자기 선운사의 동백나무로 생각이 옮겨가 서정주 시인 얘기로 열을 올리고 있는 것도 김 교수다운 일이라고 여겨졌다. 다만 한시에 있어서는 근체시만을 고집하는 경향인 김 교수가 그 시대의 참상을 읊은 다산의 시로 『전간기사(田間記事)』의 사언시(四言詩)를 보기로 들고 있는 것은 뜻밖이었다. 조선시대에 있어서도 시대상을 반영하는 시는 고체에 보다 접근할 수밖에 없었음을 말해주는 것도 같다. 시가 사언이라서 직접 번역하지 않고 다른 학자의 번역을 인용한 것도 같다.

끝머리 「산태극(太極) 물태극의 고장 안동 하회(河回) 마을」도 이미 하회 마을을 다녀온 여러 사람들에게도 새로운 지식을 듬뿍 넣어주는 글이다. 김 교수는 이미 몇 해 전에 『안동 하회 마을』이란 책을 내고 있다. 하회는 김 교수와는 각별한 정감이 교류되고 있는 고장이라는 것을 독자들은 이미 모두 느꼈을 것이다. 무엇보다도 하회 마을의 중요한 많은 주택과 그 부속 건물들 및 정각(亭閣)과 서당 같은 것들을 하나하나 들어가면서 자세히 소개하고, 그곳에 생활하였던 명사들과 그 집안의 문물까지도 곁들여 많은 것을 알게 해주고 있다. 어떤 책보다도 조선시대 양반 선비들의 생활 분위기를 잘 깨우쳐 주는 기록이다. 그러나 많은 사람들이 끝머리에 쓴 하회의 별신굿과 탈놀이 및 줄불놀이 등 그곳 민속문화에 관한 기록에 마음이 더 끌릴 것으로 믿는다.

하회를 유명하게 한 인물들은 양반인지 모르지만 김 교수는 너무 양반들 생활문화에 관심이 집중되어있는 것 같다. 하회 별신굿 탈놀이는 이제는 순수한 마을 굿의 형태로 전승되고 있는 것이 아니라 전수회관을 중심으로 보존회 회원들을 중심으로 하여 연행되고 있는 것임에는 틀림이 없다. 그러나 별신굿을 비롯하여 거기에 수반되는 제의(祭儀)나 여러 가지 민속 행사는 모두 서민들의 것이다. 김 교수 스스로도 별신굿에서 광대는 전원이 하회 유(柳)씨가 아닌 다른 성씨의 소유자이고, 이 마을에서 유씨가 아닌 다른 성의 사람들은 대개가 더부살이거나 소작인들이었음을 밝히고 있다. 하회 마을의 집들도 양반들의 기와집보다는 서민들의 초가집을 더 소개해 주었으면 좋겠고, 그곳의 서낭당·도령당·삼신당 등의 실태가 더

궁금하다. 그리고 별신굿의 배경이 되었던 민속 종교의 성격을 비롯하여 그곳 서민들의 독특한 생활문화를 알려주었으면 금상첨화일 것이다. 그런 점은 이두현 교수와 조동일 교수 등의 조사 연구에 미루고 있는지도 모르겠다.

다만 출판사가 좀 더 주의했어야만 할 점은 작자가 한시에 관심이 많아 한시를 많이 짓고 한문도 적지 않게 인용하고 있는데 특히 책 속의 한자에 잘못된 글자가 많다는 것이다.

끝으로 저자에게 간절히 주문하고 싶은 것은 역시 먼 고장보다도 자신이 애정을 지니고 있고 누구보다도 거기에 대하여는 많은 것을 알고 있는 '내가 사는 땅' 에 대하여 더 많은 글을 써주십사고 하는 것이다. 이것은 이 책을 읽은 많은 사람들의 바람이기도 할 것이라 믿는다. '내가 사는 땅' 에 대한 기록에는 저자의 짙은 정감이 서려 있고 어떤 문학 관련 서적보다도 우리 문학과 문학자들에 관한 독자들의 이해를 넓혀줄 것이기 때문이다. 제발 '내가 사는 땅' 만으로 두툼한 김 교수의 저서가 나와 주기를 바란다.

6

이정재·이창숙 교수 공역 『모란정(牡丹亭)』의 번역을 접하고

무척 기쁘고 반가웠다. 우리나라 중국 희곡연구의 두 기둥이라 할 수 있는 이정재 교수와 이창숙 교수가 손잡고 옮긴 명(明)나라 때(1368-1661)의 전기(傳奇)의 대표작인 『모란정』의 우리말 번역이 나왔기 때문이다.

중국의 희곡은 본시부터 노래와 춤으로 연출하는 것이어서 이전에는 모두 우리나라 탈놀이와 비슷한 간단한 가무희(歌舞戲)가 그 주류였다. 몽고족의 원(元)나라(1206-1368)에 이르러서야 보통 4절(折)로 이루어진 장편의 잡극(雜劇)이 나와 크게 유행한다. 그러나 명나라에 들어와서는 『모란정』처럼 수십 척(齣)으로 이루어진 매우 긴 장편의 연극이 유행한다. 그리고 청(淸)나라(1661-1911)에 이르러는 화부희(花部戲)라 부르는 '전기'와 비슷한 형식의 각 지방의 가락을 살려 만든 지방희(地方戲) 및 경극(京劇)이 성행한다. 대체로 왕궈웨이(王國維, 1877-1927)의 『송원희곡고(宋元戲曲考)』가 나온 이래 중국문학자들은 문학적인 면에서 원대의 '잡극'을 가장 중시하고 있다. 그러나 이들 작품이 이루어진 이래 지금에 이르기까지 명대에 나온 『모란정』만큼 세상에 널리 읽히며 공연되고 있는 작품은 드물다.

특히 2001년 5월 UNESCO에 의하여 중국의 곤곡(崑曲)이 〈인류의 구술(口述) 및 비물질 문화유산의 대표작〉으로 지정된 뒤로 『모란정』의 공연 열기는 더욱 뜨거워졌다. '곤곡'이란 명나라 때 유행하던 희곡 음악 가락의 일종인데, 이 가락을 이용하는 '전기'만은 청대를 거쳐 지금까지도 전해져 오고 있어, 중국 사람들은 곤곡은 자기네 가장 오래된 희곡음악이라고 자랑하고 있는 것이다. '곤곡'은 곤극(崑劇)이라고도 부르는데, 특히 『모란정』의 공연을 통하여 세상 사람들이 좋아하는 창의 가락으로 유행하였기 때문에 『모란정』은 곤곡의 대표작이라고 할 수 있는 것이다. '곤곡'의 명배우를 많이 갖고 있는 소주곤극단(蘇州崑劇團)과 상해곤극단(上海崑劇團) 등은 중국 내뿐만이 아니라 미국과 유럽 여러 나라 등 온 세계를 돌면서 『모란정』을 공연하며 곤곡을 세계적인 가극으로 발전시키겠다고 열을 올리고 있다. 미국대학에서 교수로 일하던 유명한 소설

가인 바이셴융(白先勇)은 타이완(臺灣)으로 돌아와 작품의 주인공들과 같은 젊은 배우들을 동원하여 이른바 청춘판(青春版) 『모란정』을 새로 만들어 중국 각지를 돌며 공연하여 큰 반향을 일으키기도 하였다.

『모란정』의 작자인 탕현조(湯顯祖, 1550-1616)는 중국문학사에 있어서 희곡뿐만이 아니라 시와 산문에 있어서도 청신(淸新)하고도 개성적인 글을 써서 명대 말엽에 새로운 문학운동을 폈던 공안파(公安派)의 선구자 중의 한 사람으로 알려져 있다. 실상 공안파 문학가들이 내세웠던 문학에 있어서의 '성령(性靈)'의 이론과 '진인(眞人)의 진성(眞聲)이어야 한다.'는 주장은 그들이 『모란정』이란 작품을 보고 발전시킨 이론이 아닌가 한다. 왜냐하면 『모란정』은 『환혼기(還魂記)』라고도 하는데, 두여낭(杜麗娘)과 유몽매(柳夢梅)라는 젊은 남녀 주인공의 삶과 죽음을 초극(超克)하는 사랑 얘기를 다룬 것이기 때문이다. 작자는 그의 작품 앞에 서문처럼 붙인 「제사(題詞)」에서 "정은 생겨나는 곳을 알 수 없지만 한 번 생겨나서 깊어지면 산 사람을 죽게 할 수도 있고, 죽은 사람을 살릴 수도 있다."고 말하고 있다. 여기의 '정'은 남녀 사이의 애정을 말한다. 사람들 사이의 참된 사랑은 본성(本性)에서 우러나는 것이고 삶과 죽음도 초극하게 되는 신령(神靈)스러운 것이라고 믿은 것이다. 그리고 『모란정』은 이러한 '성령'을 통하여 사랑을 실천하는 '참된 사람(眞人)' 의 '참된 소리(眞聲)' 로 이루어진 작품이기 때문이다.

중국 희곡은 처음부터 완전히 노래와 춤으로 연출되는 일종의 뮤지컬이다. 물론 중간에 간단한 대화나 독백도 들어간다. 그러나 그중에서도 가장 중요한 것은 노래인 창이다. 그런데 그 창사(唱詞)는 시(詩)나 사(詞) 또는 곡(曲) 같은 운문으로 이루어져 있다. 특히 『모란정』은 뜨거운 사랑 얘기의 전개 못지않게 아름다운 창사로도 유명한 작품이다. 『모란정』을 읽는 이는 번역이라 하더라도 얘기의 전개에만 마음 졸이지 말고 이들 창사도 시를 읽듯 한 편 한 편 감상하면서 나간다면 중국 희곡을 이해하는 데에 큰 도움이 될 것이다. 번역문 중간 중간에 보이는 [만정방(滿庭芳)] · [동선가(洞仙歌)] · [전강(前腔)] · [미성(尾聲)] 등은 모두 창곡의 곡조를 뜻하는 곡패(曲牌)라 부르는 것이다. 한 사람이 창을 하기도 하지만 두 사람 이상이 한 구절씩 서로 주고받으며 창하는 경우 등도 많다. 모두 이에 주의하며 읽어야 할 것이다. 그래야 노래와 춤으로 연출되는 중국 희곡을 이해할 수 있고 작품에 담긴 성(性)과 영(靈)을 깨닫게 될 것이다.

그밖에 중간의 산문으로 이루어진 대화나 독백은 고문(古文) · 변문(駢文) · 백화(白話) 등 모든 형식의 글이 다 동원되고 있다. 그러니 희곡에는 중국의 운문 · 산문의 모든 문체의 글이다 쓰이고 있는 것이다. 그러기에 중국문학 작품 중 희곡 번역이 가장 어려울 수밖에 없다. 때문에 이제껏 우리나라에는 중국희곡의 좋은 번역이 극히 적었다. 여기의 두 이 교수 정도로 중국의 희곡 작품을 우리말로 잘 옮길 수 있는 사람은 많지 않다.

한국 사람들이 중국 희곡에 대하여 소원한 것은 그 글을 읽고 이해하기도 어렵다는 데도 까닭이 있을 것이다. 여러 해 전에 『모란정』의 두여낭 역으로 이름을 날린 곤곡의 명배우인 장지칭(張繼靑)을 비롯하여 중국 최고의 연극상인 매화장(梅花獎)을 받은 배우들 너덧 명이나 낀 강소곤극단(江蘇崑劇團)이 내한하여 예술의 전당에서 공연한 일이 있는데 한국 사람들의 반응은 싸늘하였다. 또 얼마 전에는 중국의 명감독인 츤카이꺼(陳凱歌)가 만든 중국의 유명한 여자 주인공역의 남자배우 메이란팡(梅蘭芳, 1894-1961)을 주제로 한 영화가 들어왔었는데 관람자가 적어 며칠 상영하지도 못하였다. 모두 우리가 중국 연극에 대하여 너무 모르고 무관심하기 때문이다. '메이란팡'은 무척 잘 만들어진 영화이고, 또 그는 중국에서 장관급 이상의 대우를 받던 인물이며 일찍이 『모란정』의 여주인공 두여낭 역도 맡은 일이 있는 배우이다. 우리는 좀 더 그들의 전통연극을 통하여 중국을 알고 중국에 대하여 관심을 지녀야만 한다. 경극(京劇) 같은 극종은 중국의 위아래 사람들과 소수민족까지도 포함하는 13억 중화민족 모두가 함께 즐기는 위대한 대중 예술이 되고 있기 때문이다.

다행히도 우리 앞에 빼어난 『모란정』 번역이 나왔다. 많은 분들이 아름다운 창으로 이어지는 『모란정』의 빼어난 글을 번역을 통해서라도 음미하면서 삶과 죽음을 초극한 두여낭과 유몽매의 뜨거운 사랑 얘기에 빠져보기 바란다. 그리고 이 대작을 옮긴 두 분 교수는 앞으로 더 많은 중국 희곡 작품을 번역하여 한국 사람들의 중국 희곡에 대한 이해와 관심을 유도하여 중국문화에 대한 지식을 끌어올려주기 간절히 빈다.

2014. 3. 1

IV.

저서 서문의 글

1

『중국문학사』 머리말

이 책은 필자의 『중국문학개론(中國文學槪論)』(新雅社刊)·『중국문학의 이해』(新雅社刊)·『중국문학서설(中國文學序說)』(新雅社刊)·『고대중국문학사(古代中國文學史)』(明文堂刊)와 폐간된 『중국문학사(中國文學史)』(공저)를 바탕으로 하여 다시 쓴 것이다. 아직도 직접 읽어보지 못한 작품이 많고 잘 알지 못하는 작가들도 많아 여전히 자신 없는 부분이 많지만, 주위의 격려와 요구에 힘입어 이 책을 내게 되었다.

마오둔(茅盾, 1896-1981)은 중국문학사를 "장기적이고도 반복적인 현실주의와 반현실주의의 투쟁의 진행"(『夜讀偶記』)이라 보았다. 이러한 공식주의적인 생각에는 많은 문제가 있는 것은 사실이지만, 적어도 중국문학사 전체를 현실주의적인 입장에서 한 번 검토해 보는 것은 매우 뜻있는 일이 될 것이다. 왜냐하면 『시경(詩經)』의 연구와 해석에서 출발한 중국의 정통적인 문학론은 시종 "풍유(諷諭)"의 개념이 주류를 이루어왔고, "풍유"란 문학의 정치적, 사회적 기능을 중시하는 것이어서 현실주의적인 문학관에 매우 가까운 것이기 때문이다. 따라서 이 『중국문학사』를 씀에 있어서는 매 시대의 작가와 작품을 검토함에 있어 문학의 "풍유"의 뜻을 중시한다는 입장을 지키려 노력하였다.

그러나 중국문학은 서한(西漢)시대에 글의 내용과는 관계없이 수사(修辭)를 위주로 하는 "사조(辭藻)"를 통해서 비로소 문학의 가능성을 발견하고 있는 것이다. 서한에 와서야 넓은 뜻의 학문을 뜻하던 "문학(文學)"이란 말이, "문(文, 文章)"과 "학(學, 學術)"으로 구분되는데, 이때의 "문"이나 "문장"은 바로 "사조"를 위주로 하던 "사부(辭賦)"를 뜻하기도 하였던 것이다(『魏晋南北朝文學批評資料彙編』 曾永義 叙文 참고). 곧 문학론은 "풍유"의 뜻을 뼈대로 하면서도 문학의 창작이나 작품의 평가에 있어서는 "사조"를 중시하는 경향이 생겨났던 것이다. "풍유"가 현실주의적인 개념에 가까운 것이라면, "사조"는 문학의 내용과는 상관없이 문장의 형식만을 존중하는 반현실주의적인 개념이어서, 이 두 가지 개념은 서로 모순되는 것인데도 이후 중국문학에 있어서는 근세에 이르기까지 공존하는 현상을 보여주고 있다. 곧 명분상으로는 문학의 의의로서 "풍유"를 내세우면서도, 실제로 글을 짓고 평가하는 데 있어서는 "사조"를 위주로 하는 경향을 계속 보여주었던 것이다.

따라서 중국문학 작가와 작품의 평가와 중국문학 발전의 흐름을 파악함에 있어 문학의 "풍유"의 뜻을 중시한다고는 하지만 중국문인들의 "사조" 위주의 전통을 무시할 수는 없다. 중국문학을 이해함에 있어 이 "풍유"와 "사조"의 균형은 필자에게 영원히 고민거리가 되고 말 것임에 틀림없다.

그러나 이 『중국문학사』가 다른 문학사들과는 달리 문학발전의 흐름을 파악하거나 작가와 작품을 평가함에 있어 이 서로 모순되는 "풍유"와 "사조"라는 두 면으로부터의 검토를 바탕으로 하였기 때문에 그것은 나름대로의 적지 않은 특징을 갖게 하였다. 예를 들면, "사부(辭賦)"를 논함에 있어 중국학자들처럼 초사(楚辭)와 한부(漢賦)를 분리하지 않은 것도, 이들이 "풍유"나 "사조" 두 면에 있어서 모두 별다른 차이가 없다는 점이 큰 뒷받침이 되었다. 그리고 역대 문학을 논함에 있어 중국학자들과는 달리 전통문학이나 민속문학 모두 북송(北宋)대를 발전의 정점으로 삼은 것도 "풍유"를 중시하는 기본 입장으로부터 얻어진 확신이다.

다만 아직도 공부가 모자라는 터라 문학사 전반에 걸쳐 적지 않은 잘못이나 문제되는 점이 있을 줄로 믿는다. 이 점에 대하여 여러분들의 가차없는 가르침과 고견이 있기를 간절히 바란다.

끝으로 공자의 종손이시며 필자의 대만대학 은사이신 공덕성(孔德成) 선생님께서 직접 이 책의 제자(題字)를 써 주신 데 대하여 깊은 감사의 뜻을 표한다. 특히 공자가 산정(刪定)한 『시경(詩經)』을 바탕으로 발전하는 중국문학사이기에 공자의 직계 후손이신 공덕성 선생의 제자는 더욱 값지고 뜻깊은 일이 되는 것이다.

1989. 7.

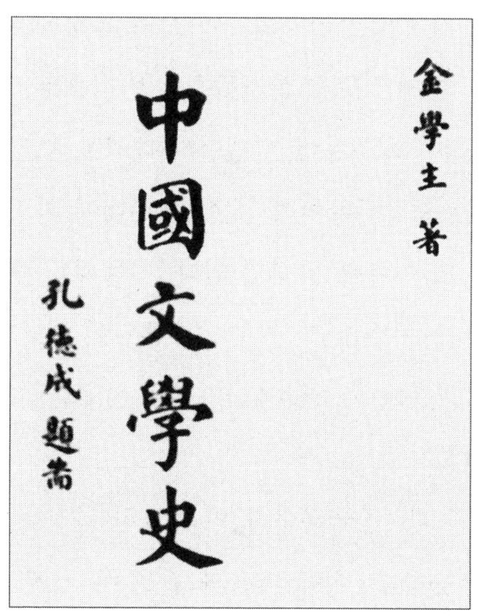

2
『중국문학사』 수정판 서문

중국에서 발행되는 『대륙문적주보(大陸文摘週報)』(1990, 5 · 6월호)에 실린 서평에서 필자의 문학사의 특징을 두 가지로 지적하고 있다. 첫째: "중국 학자들은 일반적으로 당(唐)대를 중국문학의 발전이 최고봉에 달했던 시대라고 보고 있으나, 김학주(金學主)는 중국문학의 발전은 송(宋)대에 최고봉을 이루었다고 여기며 그 이유를 밝히고 있다." 둘째: "중국의 고전문학에 있어 시(詩) · 부(賦) · 산문(散文) 뿐만이 아니라 민간의 변문(變文) · 설창(說唱) · 소설(小說) · 희곡(戱曲)에도 큰 관심을 기울이고 있다."

이상 서평은 본 『중국문학사』의 중요한 특징을 충분히 파악하지는 못한 듯하다. 이에 다음과 같은 두 가지 특징을 더욱 분명히 하기 위하여 여기에 수정을 가하게 된 것임을 밝힌다.

첫째: 시대구분에 있어, 중국문학사를 고대와 근대의 두 시기로 크게 나눌 때, 그 분계점을 북송(北宋) 말(1126) 남송(南宋) 초로 잡는다. 고대는 시를 중심으로 하는 중국 정통문학이 계속 발전하여왔던 시기이고, 근대는 정통문학은 더 이상의 발전을 이룩하지 못하고 정체되는 반면 소설과 희곡의 창작을 중심으로 문학사가 전개되었던 시대이다. 문화사의 면에서 보면 고대는 중국의 전통문화가 계속 발전하여 세계 최고의 지위를 자랑하던 시대이고, 근대는 그 문화의 발전이 다른 지역에 비하여 뒤쳐지기 시작한 시대이다.

둘째: 당(唐)대 문학에 있어서는 성당(盛唐, 713-755)보다도 중당(中唐, 756-835)을 더욱 중시한다. 그리고 중당의 시 · 고문 · 사 · 변문 · 소설 등에 걸친 문학의 개혁운동과 새로운 분야의 발굴은 북송(北宋)에 이르러 모두 열매 맺게 된다. 결과적으로 북송은 온갖 중국의 전통문학이 극도의 발전을 이루었던 시대가 된다.

이 밖에도 몇 가지 수정과 보충이 이뤄졌다. 그러나 아직도 불완전하다. 여러 독자들의 거리낌 없는 고견을 빈다.

1998. 8.

3
『중국문학사』를 다시 수정을 하면서

필자의 중국문학사에 대한 전체적인 견해는 『중국문학사론』(서울대학교 출판부, 2001 발간)에 집약되어 있다.

이 책에 실린 도합 20편의 논문은 대부분이 먼저 국내외에서 개최된 국제학술대회에 발표되어 학계에 적지 않은 반향을 일으킨 것들이다. 이제는 좀 더 철저히 필자의 문학사론에 입각한 문학사를 이룩해야겠다는 생각에서 다시 수정을 가하였다.

수정작업을 통해서는 완전히 새로운 저서를 이루기 어렵다. 그것은 아직도 필자의 견해가 충분히 반영되지 못한 부분이 있음을 뜻한다.

사실은 문학사론 자체가 세월을 따라 늘 조금씩 변해가고

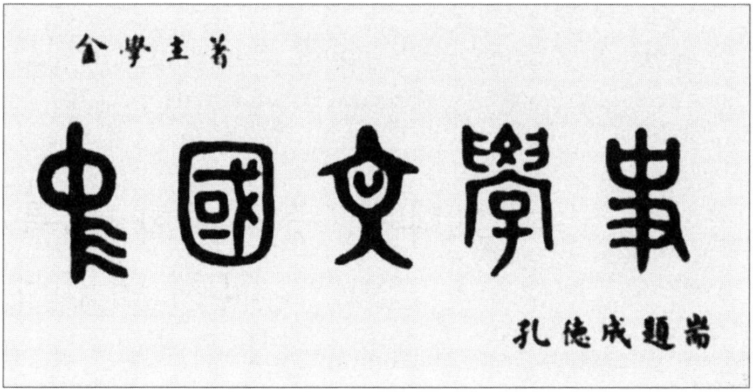
金學主著
中國文學史
孔德成題耑

있다는 점도 부정할 길이 없다. 그러니 이 『중국문학사』는 또 다른 수정이 이어지는 수밖에 없을 듯하다. 독자 여러분의 고견과 격려를 보내주시길 간절히 빌 따름이다.

2004. 6.

4
또다시 『중국문학사』를 고쳐 내면서

『중국문학사』는 아무리 고쳐 보아도 만족스런 결과가 나오지 않는다. 문학사를 보는 눈이 계속 달라지고 있기 때문이다. 필자는 1998년에 개정판을 내고 다시 2004년에는 본인의 『중국문학사론』(서울대출판부, 2001)을 근거로 수정판을, 다시 2007년에도 개정판을 내었으나 나의 달라진 문학사에 대한 견해를 제대로 반영하지 못하였다.

본인은 정년퇴직을 한 뒤에도 「中國文學史上的 "古代" 與 "近代"(중국문학사상의 '고대'와 '근대')」(『夏旦學報』 社會科學版 第3期, 上海夏旦大學校 발행, 2002)을 필두로, 「중국문학사의 몇 가지 문제점을 논함」(『學術院論文集』 第49輯 1號, 大韓民國學術院, 2010), 「中國戲曲史上的幾個問題(중국희곡사상의 몇 가지 문제)」

(『戲曲硏究』 第83輯, 中國藝術硏究院 戲曲硏究所 발행, 2011), 「再論中國文學史上的 '古代' 與 '近代' (중국문학사상의 '고대'와 '근대'를 다시 논함)」('實証與演變' 中國文學史國際學術討論會, 2012. 6. 上海 夏旦大學 주최 발표논문), 「三經與周公(삼경과 주공)」(章培恒紀念講座, 2012. 6. 上海 夏旦大學 주최 강의 원고) 등 본인의 중국문학사에 대한 새로운 견해를 국내외 학술지와 국제학술대회에서 여러 번 발표하였다.

이러한 본인의 논문들과 본인의 문학사의 내용이 크게 어긋나서는 안 된다고 생각되어 다시 여기에 수정을 가하게 된 것이다. 그러나 나의 문학사에 대한 견해는 확정적인 것이 못되는 부분이 많아 이번 수정의 결과도 만족스럽지는 못하다. 최선을 다할 뿐이라고 생각한다.

2007년 개정판을 내면서 필자는 "훌륭한 『중국문학사』를 이루어 놓는 것이 나의 꿈"이라고 말하였다. 이 꿈이 이루어지도록 독자 여러분들께서도 많은 격려가 있으시길 간절히 부탁드립니다.

2012. 11. 9

5
『중국고대문학사』 서문

이미 수많은 중국문학사들이 세상에 나와 있다. 우리나라에만도 육칠 종에 달하는 중국문학사가 나와 있을 것이다. 그러나 이들 중국문학사는 특히 고대문학의 경우 중국학자들이 자기네 고대문화에 대하여 지녀온 선입견(先入見)을 바탕으로 하였거나, 그 영향을 크게 벗어나지 못한 것들이라 생각된다. 이 책은 그러한 중국학자들의 선입견으로부터 완전히 탈피하여 보다 객관적인 새로운 입장에서 중국문학사의 근간을 이루는 중국고대문학의 성격과 발전의 흐름을 밝혀보자는 의욕 아래 쓴 것이다.

지금 여기서 다루고 있는 '고대'란 지금으로부터 대략 3000년 전에서부터 2000년 전에 이르는 1000여 년에 걸친 시대를 가리킨다. 따라서 이 시대는 중국이라고는 하지만 후세의 중국과는 그 성격이 완전히 다른 시대이다. 우선 중국의 강역(疆域)이란 면에서 큰 차이가 있고, 중국을 구성하는 민족도 후세의 중국 민족과는 크게 다르다. 따라서 정치 · 사회의 여러 가지 제도나 풍습도 달랐고, 심지어 문학의 바탕이 되는 언어와 문자에 있어서도 큰 차이가 있는 시대이다.

사실상, 중국 북부 황하유역의 일부 지역을 중심으로 한족(漢族)에 의하여 발달한 한문화(漢文化)는 지금처럼 넓어진 강역 위에 수많은 종족들에 의하여 유지되고 있는 후세의 중국문화와 그대로 정통적인 계승관계에서 계승 발전되고 있는 것인가를 따져볼 필요가 있는 것이다. 중국학자들은 중국의 강역은 마치 아무런 마찰도 없이 고무 풍선이 불어나듯 커져서 지금의 중국의 것이 되었고, 한족을 중심으로 다른 소수민족들은 모두 천에 물이 들듯 자연스럽게 동화되어 한족이 커진 듯이 전제하고 그들의 문화를 설명하고 있다. 문학에 있어서는 중국 고대문학사의 자료들인 선진(先秦)의 전적들이 고대에 기록된 그대로 전승되어 후세의 문학을 발전시키고 있다는 논리 아래 중국문학사들이 모두 저술되고 있는 것이다. 이것은 얼핏 보기에 매우 자연스러운 방법인 듯하면서도 실제로는 시대에 따른 정치 사회의 큰 변화들을 간과한 안이한 방법인 것이다.

이 책에서는 시대구분에 있어 고대를 서주(西周) 초(B.C.1027)로부터 동한(東漢) 장제(章帝, A.D. 75-88)에 이르는 시대까지로 보고자 하면서도(5. 여론(餘論) 4절 한자와 그 서사방법(書寫方法)의 발달을 통해 본 중국 고대문학사의 시대구분 참조), 실제로는 선진시대(先秦時代)에 국한되고 있다.

상한(上限)을 서주(西周) 초로 잡은 것은 그 이전의 자료들은 문학사에서 다룰만한 것들이 못된다고 단정한 때문이다. 하한(下限)을 동한 장제(章帝) 때라 생각한 것은 이때에 와서야 한자가 지금까지도 쓰이는 해서체(楷書體)로 확정되고, 곧이어 행서(行書)가 생겨났으며, 채륜(蔡倫)이 종이를 발명하여 글을 보편화시킬 수가 있는 바탕이 마련되었고, 지식인 또는 문인들인 사(士)도 비로소 그들의 사회적인 지위와 책임을 자각하여 독자적인 양식을 지니고 비판 능력을 갖게 되었다는 등의 이유에서이다. 그것은 장제 이후에야 비로소 개성적인 문학창작이 가능해져 중국문학사가 본격적인 전개를 하게 되었음을 뜻하는 것이다. 그럼에도 불구하고 이 책이 하한을 진(秦)대에 둔 것은, 중국 전통문학의 바탕은 그 시기에 이르는 기간에 이루어졌다고 믿었기 때문이다.

이 책의 구성은 중국 고대문학사에 대한 필자의 기본 입장을 밝히는 「서설(序說)」이 첫머리에 놓였고, 끝머리에는 이 문학사에서 다 다루지 못한 중국 고대문학사에 관한 필자의 견해를 밝히는 6편의 글이 모아진 「여론(餘論)」이 붙여져 있다. 이 「여론」은 필자의 중국 고대문학사론의 일단이라 보면 될 것이다.

따라서 이 문학사의 본문은 「시경(詩經)」·「서경(書經)」·「전국시대(戰國時代)의 문학」이라는 3장으로 이루어져 있다. 이로서 볼 때 필자는 「시경」과 「서경」은 서주(西周)에서 춘추시대(春秋時代)에 이르는 기간의 문학을 대표하고, 나머지 선진(先秦) 문헌들은 춘추(春秋) 말엽을 포함하는 전국시대의 문학을 대표하는 것이라는 입장을 취하고 있는 것이다.

제1장 「서설(序說)」은 필자의 중국 고대문학사에 대한 기본 태도를 밝힌 것이기 때문에 이 책의 기반이 되는 부분이다. 내용은 「고대의 문학사적 특징」·「고대문학에 있어서의 작자」·「고대문학에 있어서의 독자」·「고대의 한자와 그 서사(書寫) 방법」·「고대 중국인의 문학의식」·「중국고대문학사의 방법」의 여섯 절로 이루어져 있고, 뒤에 부록으로 「문학사 참고도서」가 붙어있다.

1절 「고대의 문학사적 특징」에서는 주로 시대구분에 있어 '고대'가 서주(西周, B.C. 1027–B.C. 771) 초에서 시작하여 진(秦, B.C. 221–B.C. 206)에서 끝나고 있는 이유를 설명하였다. 그리고 이 시기를 다시 서주(西周)와 동주(東周, B.C. 770–B.C. 256)로 나눈 위에, 동주를 다시 춘추(春秋)와 전국(戰國)으로 구분하여 그 시대적 특징을 논하였다. 그러나 고대문학의 변전(變轉)의 매듭은, 첫째 주(周) 선왕(宣王, B.C. 827–B.C. 782)의 태사(太史) 주(籒)가 한자 자체(字體)의 통일노력을 했던 때, 둘째 공자(孔子, B.C. 551–B.C. 479)가 육경(六經)을 편정(編定)한 때, 셋째 전국(戰國)의 시작, 넷째 진시황(秦始皇, B.C. 246–B.C. 210)의 한자 자체의 통일 때로 보아야 한다는 입장이다.

2절 「고대문학에 있어서의 작자」에서는 뤄근저(羅根澤)의 「전국(戰國) 전에는 사가(私家)의 저작이 없었음을 논함」이란 논문의 주제를 살피면서, 중국고대문학사에 있어서의 작자의 문제는 다시 한 번 생각해 보아야함을 논하였다. 왜냐하면 옛날의 책들은 그 작자로 알려져 있는 사람보다도 실제로는 그 전사자(轉寫者)나 편찬자, 주석자(註釋者) 또는 그 제자들이 실제로는 작자로서 작용한 경우가 더 많기 때문이다. 예를 들면, 장주(莊周)가 썼다는 『장자(莊子)』란 책만 하더라도, 거기에는 후세의 도가(道家)의 글이 더 많이 보태어져 있다고 생각되며(內篇을 제외한 外篇, 雜篇의 글은 莊子의 글이 아니라고 보는 것이 일반적인 견해이다), 자체의 변화도 있고 하여 각 시대의 전사자(轉寫者)들은 문장의 성격이나 내용에 큰 변화를 가져왔을 것이고, 더욱이 지금의 책 모양으로 이를 편찬한 사람이나 후세의 주석자들도 실제로는 지금 우리에게 전하는 『장자』에 장주보다도 더 큰 영향을 끼쳤다고 보아야 한다.

3절인 「고대문학에 있어서의 독자」에서는, 실제로 주(周)나라 시대의 경우 서주(西周)에는 모든 글이 순전히 천자(天子)를 위하여 사관(史官)이 적은 것이었고, 동주(東周)에 와서도 글은 모두 일부 통치자들에게 읽히기 위하여 쓴 것이었음을 밝히고 있다. 그것은 곧 지금 우리에게 전하는 고대문학의 작품이란 본시 천자만이 그 독자였거나 크게 확대해 보아도 제후(諸侯)와 귀족의 범위를 벗어나지는 못하는 것임을 뜻하는 것이다. 따라서 그 시대에는 글을 쓰는 전문가도 따로 있었지만 글을 읽는 전문가도 따로 있었던 것이다. 이러한 독자의 성격에 대한 올바른 이해도 고대문학을 제대로 파악하는데 큰 전제조건이 될 것이다.

4절 「고대 한자와 그 서사(書寫) 방법」에서는 우선 고대 중국에 있어서는 한자의 자체가 전혀 통일되어있지 않았을 뿐만이 아니라 그것도 불완전한 서사용구(書寫用具)로 죽간(竹簡)이나 목독(木牘)에 썼던 것임을 밝히었다. 이러한 사실은, 고대에 있어서는 문학이 보편화 될 수가 없는 조건이었음을 뜻하는 것이다. 전문가가 아니면 글을 쓸 수도 없거니와 또 그것을 읽을 수도 없었고, 천자나 왕후(王侯)가 아니라면 그러한 글을 쓰고 읽고 하는 행위를 뒷받침해 줄 수도 없는 일이었다. 따라서 개인적인 글이나 순수한 문학적인 글 같은 것은 기대할 수도 없는 시대였다. 기왕의 중국문학자들은 고대문학을 논하고 고대문학사를 씀에 있어서 이러한 중요한 사실들도 전혀 고려하지 않았다.

5절 「고대 중국인의 문학의식」에서는 이상과 같은 사실과 옛사람들의 「문(文)」이라는 글자에 대한 개념 등을 살피면서 중국 고대 사람들이 글 또는 문학을 어떻게 의식하고 있었는가를 추구해 보았다. 특히 복잡한 한자의 자체와 불편한 서사용구 및 쓰고 읽는 사람들의 전문화 등은 처음부터 글을 특수한 성격의 것으로 인식케 하였다, 곧 글을 쓰고 읽는다는 것은 처음부터 보통 사람들은 가까이 가지도 못할 대단한 일이었고, 많은 공이 가해져야 되는 일이었음으로 일찍부터 수사(修辭)가 매우 중시될 수밖에 없었다. 그 때문에 중국전통문학은 처음부터 시를 중심으로 하여 발전하는 현상을 보이고 있는 것이다.

6절 「중국 고대문학사의 방법」에서는 이전의 학자들이 별로 주의하지 않은 이상의 여러 가지 특징을 토대로 하여 중국문학 형성과 발전을 이해하여야 함을 논하였다.

제2장 「시경(詩經)」에서는 중국문학의 원류로서의 『시경』의 성격과 내용 등을 논하면서 그것들이 후세 문학 발전에 어떻게 기여하게 되는가를 분석하였다. 그중에서도 역점이 두어진 부분은 2절 「중국 고대의 시에 대한 인식」 및 4절 「『시경』의 문학적인 성격」이라 할 것이다. 『시경』은 대체로 공자가 살았

던 춘추시대(春秋時代)를 대표하는 문학작품이라 보면서(물론 작품 중에는 西周의 것들도 있지만), 사람들이 『시경』을 읽는 태도가 어떻게 변화하여 왔는가를 추구하였다. 그리고 『시경』의 작품들의 수사(修辭)를 논하면서 『시경』이 지니는 경전(經典)으로서의 성격과 문학적인 성격을 논하였다. 『시경』의 내용을 보면 대체로 서정시(抒情詩), 사회시(社會詩), 전례시(典禮詩)의 세 종류가 있는데, 이러한 성격은 후세 중국문학에 있어서까지도 문학론에 있어서는 풍유(諷諭)를 시종 내세우면서도 실제 작품 창작에 있어서는 서정의 아름다움을 더욱 추구하는 양면성을 지니게 하였음을 논하였다.

제3장 『서경(書經)』에서는 위고문(僞古文)의 성격을 소개하면서 그 저작시기와 문학적인 시대는 대체로 『시경』과 비슷함을 논하였다. 공자가 육경(六經)의 하나로 편찬한 『서경』은 그 내용이 사관(史官)의 기록을 바탕으로 한 역사적인 자료라고 하지만 실제로는 거의 모두가 후세에 이루어진 허구적(虛構的)인 글임과, 그 문장은 대부분이 직접화법(直接話法)으로 이루어져 있지만 전혀 그 시대의 일상용어를 그대로 적은 것은 아니며 수사의 노력이 매우 많이 가해진 것임을 논하였다. 이는 전체적으로 후세의 산문에 비하여 간결한 운문에 가까운 글임을 밝히었다. 이러한 여러 가지 『서경』의 특성도 모두 후세문학 발전에 크게 영향을 끼치고 있는 것이다.

제4장 「전국시대(戰國時代)의 문학」은 다시 「기사(紀事)의 글」과 「입언(立言)의 글」로 크게 나누어 엮어놓았다.

1절 「기사의 글」에서는 옛부터 사서(史書)라고 알려진 『좌전(左傳)』·『국어(國語)』·『전국책(戰國策)』의 세 책에 대하여 논하고 있다. 이것들은 모두가 역사를 기록한 책들이 아니라 실은 사실(史實)을 빙자하여 다른 작자의 뜻을 드러내려고 한 허구적인 글임을 논증하면서, 『좌전』과 『국어』는 다 같이 유교(儒敎)의 교리 선전이 주목적인데, 『국어』쪽이 더욱 권선(勸善)의 뜻을 위주로 한 교리를 분명히 드러내고 있음을 논하였다. 『전국책』에서는 윤리나 도덕도 무시하고 목적의 달성을 위해서는 수단을 가리지 않는 책사(策士)와 유사(游士)들의 얘기가 중심을 이루는데, 앞의 것들보다도 더욱 사실로부터 벗어난 내용들이다. 어떻든 사서라고 알려진 이 책들의 내용이 허구적인 글들이 중심을 이루고 있다는 것은 이 책들의 문학적인 성격을 더욱 높여주는 근거가 되기도 한다. 그리고 이 책들은 동주(東周)시대의 문장 발달과정을 잘 드러내 보여주는 것이기도 하다. 『좌전』의 문장은 『서경』에 비하여는 발달한 것이지만 아직도 서술문은 적고 불완전하며 대화의 형식이 글의 중심을 이루고 있다. 그러나 그 문장이 보다 생동하고 변화가 많으며 부과(浮誇)하다고까지 느껴지는 부분도 있다. 『국어』는 『좌전』보다 논설의 기능이 훨씬 발달해 있고 대화로 이루어진 글들도 훨씬 극적인 효과를 발휘하는 성격의 것으로 발전해 있다. 따라서 『좌전』의 감동적인 표현의 글과 『국어』의 소설적인 표현의 글은 후세 산문의 규범이 되고 있다. 『전국책』의 글은 더욱 매끄럽고 글의 수사(修辭)와 구성능력이 뛰어난다. 그 표현능력은 후세 산문에 이미 매우 접근하고 있다.

2절 「입언의 글」에서는 대체로 제자서(諸子書)에 속하는 『논어(論語)』·『맹자(孟子)』·『묵자(墨子)』·『장자(莊子)』·『순자(荀子)』·『한비자(韓非子)』·『여씨춘추(呂氏春秋)』 등의 문헌의 내용과 문장발달 실상 등을 논하고 있다. 이것들은 앞의 「기사의 글」보다 문장의 발달과정을 좀 더 자세히 드러내 보여준다. 『논어』가 간결하면서도 생동하는 대화체의 글이 중심인데 비하여, 『맹자』에서는 말이 훨씬 길어지고, 활기있는 논설을 통하여 말하는 이의 개성과 기세까지도 잘 드러내고 있다. 논리는 불완전하나 많은 비유의 활용이 표현의 효과를 크게 드러낸다. 『묵자』의 겸애(兼愛)사상은 그 시대 서면의 입장을 대변하는 것이라고는 하지만 문장도 서민적이어서 질박하고 평이하며 수사의 노력이 별로 보이지 않는다. 문체는 대화의 경지를 넘어서서 자상한 논리를 전개하여 중국산문을 발전시키는데 공헌하고 있다.

『장자』는 그의 사상이나 마찬가지로 문장에도 거침이 없고 변화가 많으며 자유스러워서 중국문장을 한 단계 더욱 발전시키고 있다. 특히 많은 우화(寓話)의 활용은 글에다 많은 상상력까지도 가미시켜 주고 있다. 『순자』의 글은 현실적이고도 냉정하여 설득력 있는 논설문을 이룩하고 있다. 중국의 옛글 중에서는 가장 논리가 정연한 편이며 주지(主旨)도 뚜렷하다. 그 밖에 「성상(成相)」과 「부(賦)」의 두 편은 한부(漢賦)라는 새로운 문체의 발전에도 공헌했다고 볼 수 있다. 『한비자』는 아름답고 멋진 논설문으로 이루어졌으며 글의 표현이 분명하고 날카롭다. 「기사의 글」의 『전국책』과 비슷한 발전단계를 대표하는 글이라 할 것이다. 『여씨춘추』에 와서는 문장이 아름답고도 무게가 있으며, 광박(廣博)하고 막힌 데가 없다. 글의 조리도 분명하고 수사도 글의 내용과 조화를 이루고 있다. 여기에서 우리는 다각도로 발전을 이룬 중국산문의 본보기를 비로소 접하게 되는 것이다.

제5장 「여론(餘論)」은 이 책의 본론 못지 않게 중요한 의의를 지닌다. 특히 1절 「중국문학사에 있어서의 『초사(楚辭)』의 문제」는 종래의 문학사들이 지녀온 사부(辭賦)에 대한 개념을 바꿔놓기 위해서 쓴 글이다. 『초사』도 한부(漢賦)와 조금도 다를 바가 없는 같은 성격 같은 시대의 문학임을 증명하려 한 글이다. 2절인 「중국문학사에 있어서의 소설 · 희곡」도 이제까지의 중국소설사와 희곡사의 관점을 바꿔놓기 위하여 쓴 글이다. 흔히 중국학자들은 소설이나 희곡이 중국에서는 늦게 발

전했다고 여기고 있지만 실은 고대문학사의 자료들 모두가 소설사나 희곡사의 자료도 될 수 있는 것들이라는 것이다. 중국 소설과 희곡의 특징을 고려할 적에, 여기에서 다룬 모든 전적들이 소설이나 희곡의 관점에서 다시 다루어질 수가 있는 것들이다. 끝머리의 「중국 고대문학의 성격」과 「한자와 그 서사방법(書寫方法)의 발달을 통해 본 중국고대문학사의 시대구분」 두 편의 글은 모두 필자의 중국고대문학사의 기본자세를 제대로 다루지 못한 본 문학사의 미진한 점을 보충하려는 뜻에서 붙여진 글이다.

1983. 5. 8

*1983년 이 초판본이 나온 뒤 다시 2003년에 수정판을 내었는데, 이 수정판에서는 본문에 수정을 가한 이외에도 「제5장 여론(餘論)」에 「소설사 자료로서의 『서경(書經)』 및 「서한(西漢) 학자들의 『시경(詩經)』 해설에 대한 새로운 이해」·「중국 고적(古籍)의 또 다른 성격에 대하여」라는 세 편의 논문을 추가하여, 그 사이 달라진 중국 고대문학에 대한 필자의 견해를 보충하였다.

6

『중국문학개론』 서문

완벽한 중국문학에 관한 개론서(概論書)의 출현은 우리 학계의 오랜 소망이었다. 중국문학은 수천 년에 걸친 긴 역사를 통하여 무수한 작가와 무한에 가까운 작품을 산출하였고, 그 발전은 다양한 형식상 사조상(思潮上)의 변전(變轉)을 통하여 이룩되고 있다. 따라서 중국문학을 공부하려면 그 대체적인 개요를 파악한다는 것부터가 엄청난 일이어서 개론서에 대한 요망이 더욱 절실하였던 것이다. 그러나 한편 그것을 책으로 쓴다는 것은 더욱 지난(至難)한 일인 것이다. '중국문학개론'은 무엇보다도 중국문학 전반에 걸친 풍부한 지식과 수천 년에 걸친 다양한 변화에 대한 일가견(一家見)이 없이는 제대로 쓸 수가 없는 것이다. 비재(菲才)를 자인하는 필자로서 감히 이러한 과중한 일을 하게 된 것은 학계의 이에 대한 요망이 너무나 절실하다는 이유도 있었지만, 한편 더 훌륭한 개론서의 출현을 자극하는 일이 된다는 구실도 있었기 때문이다.

이 책은 이 한 권을 통하여 중국문학 각 분야에 걸친 형식과 내용뿐만이 아니라 그 역사적인 발전의 개요까지도 이해할 수 있도록 유의하면서 썼다. 그리고 대학에서의 교재로서 뿐만이 아니라 중국문학을 전공하거나 이에 관심을 둔 분들이 홀로 통독하여도 그 내용을 이해할 수 있도록 배려하였다. '서설(序說)' 이외에 10장으로 분류하여 서술된 중국문학 각 부문의 개설 중에서 중국 전통문학의 중심을 이루는 시 · 문이나 사부(辭賦)보다도 그 밖의 사(詞) · 곡(曲) · 소설과 심지어 강창(講唱) 같은 데에 더 많은 역점을 둔 것은, 전통적으로 대아지당(大雅之堂)에 오르지 못하였던 민간적인 색채를 띈 문학의 의의를 좀 더 강조하려는 뜻 이외에도, 그 방면에 관한 자료가 희귀한 쪽에 좀 더 친절한 설명을 가하고자 하였기 때문이다. 그 때문에 서술의 체례(體例)는 부문에 따라 얼마간의 차이가 생겨났지마는 편폭에 있어서는 어느 정도 균형이 취해질 수 있었다.

각 장마다 부록으로 붙인 '참고예문(參考例文)'과 '참고문헌(參考文獻)'도 본문 못지 않은 의의를 지닌 것이다. '참고예문'은 각 부문마다 문체의 변천사상(變遷史上) 가장 특징 있는 작품을 위주로 하되 문학사상의 의의도 참작하였다. 단, 지면 관계로 되도록 간략한 작품을 택하였고, 부득이할 때에는 그 일부를 절록(節錄)하는 수밖에 없었다. 그러나 이 '참고예문'은 본문과 함께 읽으면 중국의 각종 문체의 특징과 그 발전을 이해하는 데에 큰 도움이 될 것이며, 그것만을 따로 모아도 특색이 있는 시문선집(詩文選集)이 될 것으로 믿는다. '참고문헌'은 한국을 비롯하여 중국·일본·구미(歐美)의 자료들이 망라되었다. 특히 한국의 경우에는 관련이 있는 논문까지도 다 뽑도록 노력하였다. 다만 근래의 구미 관계 자료와 국내 자료는 완벽을 기할 수 있을 정도로 모았으면서도 이를 정리할 겨를을 얻지 못하여 제대로 싣지 못하였음을 유감으로 생각한다. 뒷날의 보정(補訂)을 기약한다.

졸저로 이 『중국문학개론』과 자매 관계를 이룰 『중국문학사』와 『중국문학서설』이 있다. 함께 참조해주기 바라며, 독자 여러분의 격의 없는 가르침을 간절히 빈다. 그리고 끝으로 이 어려운 여건을 무릅쓰고 이러한 영리성이 없는 학술서적을 꾸준히 내고 있는 신아사 정석균 사장의 사명감과 용기에 경의를 표하며 아울러 출판사의 무궁한 발전을 빈다.

1976. 12. 1

7
『중국문학의 이해』를 내면서

이 『중국문학의 이해』는 중국문학의 기본적인 사항들을 종합적으로 독자들이 보다 쉽게 읽고 이해하여 중국고전문학 공부에 보다 쉽게 입문하도록 하려는 뜻에서 쓴 것이다. 그리고 이것은 이미 나와 있는 『중국문학개론』에 어려운 한자들이 너무 많이 쓰여 있어 읽기가 어려우니 책의 글을 읽기 쉽도록 고쳐 달라는 중국문학계 여러 분들의 요구에 응하려는 뜻에서 착수한 것이다.

필자의 『중국문학개론』은 1976년에 초판본이 나왔다. 그 사이 공부를 하면서 중국문학사 및 여러 가지 문학에 대한 필자 자신의 견해에도 많은 변화가 생겨 새로 중국문학을 개설한 책을 쓸 필요성을 절실히 느끼고 있었다. 이러한 바깥으로부터의 요구와 필자 스스로의 필요성이 어우러져 이룩된 것이 이 책이다. 다만 아직도 학문이 부족한데다가 시간에 쫓기어 책을 완전히 다시 쓰지 못한 것을 유감으로 생각한다.

책의 기본 구성은 서설 · 시 · 사 · 부 · 산문 · 사 · 산곡 · 희곡 · 강창 · 소설 · 평론 · 현대문학의 11장으로 이루어지는 『중국문학개론』의 모양을 그대로 따랐다. 옛날에는 서민적이고 속된 성격 때문에 보다 경시되어 오던 사 · 산곡 · 희곡 · 강창 · 소설 등의 해설에 시 · 사부 · 산문 같은 전통문학 못지않게 큰 힘을 준 점도 이전의 책과 다를 바가 없다.

그러나 중국문학의 전체적인 특징과 그 발전과정 등을 종합적으로 해설한 「서설」(제1장)과, 「사부」(제3장)에 있어서의 초사(楚辭)와 관련된 부분, 「산문」(제4장)에 있어서의 고대부분, 「현대문학」(제11장)에 있어서의 근대부분 등은 거의 새로 썼다고 할 수 있을 정도이다. 그 밖에도 전체적으로 내용을 고쳐 쓰고 한자를 부득이한 경우에만 괄호 안에 넣으면서 글을 쉽게 풀어쓰려 노력하였다.

각 장 뒤에 붙인 「참고예문」은 문체에 따라 가려 뽑은 시문선집이라 할 수 있는 것이어서, 본론과 함께 읽으면 중국의 각종 문체의 특징과 그 발전을 이해하는 데 도움이 될 것이므로 『중국문학개론』에서 그대로 옮겨 실었다. 그러나 「참고문헌」은 그 사이 국내에 나온 뛰어난 연구 업적들을 새로 정리하면서 많이 바꾸어 실었다.

아직도 부족한 점이 많으나 필자의 『중국문학사』(신아사) · 『중국문학서설』(신아사) · 『중국고대문학사』(명문당) 등과 함께 읽으면 어느 정도 그것이 보충될 것으로 믿는다. 그러나 이 책이 더욱 훌륭하고 충실한 내용으로 발전하기 위해서는 이 책에 대한 독자 여러분들의 거리낌 없는 고견과 가르침이 있어야 할 것이다.

끝으로 어려운 여건 아래에서도 평생을 힘든 학술서의 출판에만 몸바쳐 오며, 이 책의 출판을 흔쾌히 맡아 주신 신아사 정석균 사장에게 깊은 감사를 드리는 한편 신아사의 무궁한 발전을 빈다.

1992. 섣달 그믐

8

『중국문학서설』 서문

이 책은 몇 년 전에 담당했던 「중국문학서설(中國文學序說)」이란 강좌의 강의 노트를 다시 정리한 것이다. 「중국문학서설」은 계열별로 대학에 입학한 학생들에게 중국문학의 기본적인 특징이나 중요한 성격 등을 강의함으로써 학생들이 중국문학을 이해하고 중국문학의 공부를 시작하는 데에 초보적인 길잡이를 마련하자는 것이었다. 그러나 한 학기라는 짧은 기간에 이러한 목적을 이루기 위하여 어떻게 강의의 실마리를 풀어나가야 하는가 하는 문제를 놓고서 무척 고심하였다. 『문학사』의 체계를 따른 강의는 절대 시간이 부족하였다. 『문학개론』식의 강의는 한문과 중국어의 실력이 부족한 학생들에게는 이해하기도 어렵고 흥미 없는 것이 될 것 같았다. 결국은 장님이 코끼리 더듬는 식으로 머리 부분부터 더듬어 내려가면서, 머리는 어떻게 생기고 귀는 어떻게 생겼다고 하는 식으로 설명해 주는 수 밖에는 다른 방법이 없을 것 같았다.

그러나 수천 년의 역사와 수 많은 작가와 작품을 지닌 중국문학이라는 거대한 코끼리는 장님의 손으로는 완전한 형체가 더듬어지기 어려운 노릇이다. 손이 닿지 않은 부분도 많을 것이고, 손으로 더듬었다 하더라도 그 윤곽조차도 잘못 파악할 경우가 많을 것이다. 이 책에서는 코끼리의 거대한 몸통에서 긴 코와 멋진 이빨, 큰 귀와 작은 눈, 굵은 다리와 가는 꼬리 같은 특징 있는 부분들을 빼놓지 않고 설명하려고 애썼지만, 역시 손이 닿지 않은 곳이나 손이 닿았다 하더라도 그 모양을 그릇 판단한 부분이 많을 것이다. 그 때문에 이 책을 내는데 있어서 크게 주저하지 않을 수가 없었다.

이 책을 내기로 결심하는 데에는 「중국문학서설」 강의를 들은 학생들의 반응이 크게 작용하였다. 이 강의를 계기로 아주 중국문학을 전공하기로 결정한 학생들도 생겨났고, 계속 중국문학에 관심을 가지고 공부를 하는 학생들도 생겨났다.

우리나라는 문학에 있어 중국문학의 영향을 크게 받아왔으면서도 그 방면에 관한 관심은 매우 엷은 형편이다. 거기에는 여러 가지 이유가 있겠지만, 무엇보다도 중국문학에 접근하는 길잡이가 되어 줄만한 책 한 권도 나와 있지 않다는 데에도 원인이 있을 것 같다. 학생들뿐만이 아니라 일반 독자들에게도 그러한 책이 절실히 필요한 것이라 생각하고, 엉성한 이 책을 내기로 결심한 것이다. 이 책은 엉성하지만 다른 훌륭한 학자들에 의한 더 좋은 저서들이 여기의 결함을 메워주고 잘못을 바로잡아 줄 것을 확신한다.

중국문학은 중국민족의 생성과 함께 시작되어 수천 년의 역사를 통하여 끊임없는 발전을 하여왔다. 이처럼 면면히 계승 발전된 문학의 역사는 세계 인류역사상 다시 유례(類例)가 없는 기적이다. 중국 문학은 처음부터 인류를 위하는 글로서의 방향이 뚜렷하여 문학가들은 인류의 존재와 사회현상을 자신들의 책임으로 자각하였다. 이것이 전통으로 굳어져 중국문학 발전의 바탕이 되어왔기 때문에 그들은 언제고 문학활동을 하는 의의나 목표를 두고 방황하는 일이 없었다. 중국 문학이 오랜 역사를 통하여 끊임없는 계승 발전을 이룩할 수 있었던 까닭이 바로 여기에 있다. 이러한 편향(偏向)은 순수문학의 입장에서 볼 때 문제가 없는 것은 아니다. 그러나 중국인이 수천 년을 두고 끊임없이 발전시킨 문학의 의의와 지혜는, 현대 문학이 나갈 길을 모색하고 반성하는 데 있어서도 무엇보다도 귀중한 자료가 될 줄로 믿는다.

그 때문에 이 책이 학생들뿐만이 아니라 모든 문학에 관심을 둔 분들에게 중국문학에 접근하는 계기가 되어주기를 간절히 바라는 것이다. 이러한 큰 욕심 때문에 여기에는 잘못된 점과 소홀한 곳이 적지 않을 줄로 믿는다. 여러분들의 거리낌 없는 고견과 가르침을 간절히 빈다.

1980. 5.

9
『중국문학사론』 책머리에

졸저 『중국문학사』(修正版, 新雅社, 1994)는 여러모로 부족한데도 불구하고, 우리나라 대학의 중국문학과에서 중국문학사 교재로 상당히 많이 쓰이고 있다. 이 점이 필자로서는 잘못되면 한국의 중국문학계에 누를 끼치게 될까 하여 상당히 무거운 책임을 느끼고 있다. 그리고 개인적으로도 필자 평생의 학문과 중국문학에 대한 이해가 모두 집약되어있는 필자의 대표적인 저술도 이 『중국문학사』라 여겨져 무척 소중하면서도 더욱 조심스럽게 생각하고 있다.

그런데 1990년 5월 중국청년보사(中國青年報社)가 펴내는 『청년참고(青年參考)』에는 양구이시우(楊桂修)라는 사람이 쓴 「남조선인이 쓴 『중국문학사』(南朝鮮人寫 『中國文學史』)」란 제목

아래, 필자의 중국문학사에 대한 서평이 다음과 같이 실렸다.(1990년 5 · 6월호. 『大陸文摘週報』에도 전재됨. 앞머리에 필자를 소개하는 글이 한 토막 있으나 생략하겠음.)

"이 책은 다른 『중국문학사』들에 비하여 '독특한 견해'가 많다. 예를 들면, 중국 대륙의 학자들은 일반적으로 당(唐)대를 중국 고대문학 발전의 정점으로 보고 있는데 비하여, 김학주는 중국문학의 발전은 송(宋)대에 이르러 정점에 도달했다고 보고 그 이유를 논술하고 있다. 그 밖에도 중국 고대문학을 논술하고 분석함에 있어서 사대부(士大夫)들 위주의 시 · 부(賦)와 산문에 대하여도 평가를 하고 있지만 또 민간의 변문(變文) · 설창(說唱) · 소설 · 희곡 등에 대하여도 매우 큰 관심을 기울이고 있다."

이 서평을 보고 필자 자신은 크게 놀랐다. 중국문학에 대하여 늘 송(宋)대를 중시하고, 민간 연예(演藝)와 속문학(俗文學)에 많은 관심을 기울이고는 있지만, 아직 필자 자신의 학문이 성숙하지 못하였고, 또 이 책은 대학 교재용이 집필의 목적이었음으로, 되도록 개인적인 견해는 억누르고 일반적인 학설을 좇으며 문학발전의 맥락을 설명한다는 기본입장을 지니고 쓴 책이기 때문이다. 그런데도 서평이 이러하니, 필자의 『중국문학사』는 본인의 속마음은 감추려 노력했는데도 전혀 감추지 못했음을 절감하게 되었다.

이에 필자는 좀 더 적극적으로 필자의 견해를 문학사에 반영시켜 보다 개성있는 『중국문학사』로 발전시키기로 하고, 문학사의 개정작업에 들어갔다. 그리하여 문학사의 시기구분(時期區分)에서 시작하여 『시경(詩經)』·『초사(楚辭)』를 비롯한 중국 고대문학에 대한 독특한 생각, 중당(中唐) 문학의 변화와 송(宋)대 문학 및 근대(近代) 문학사에 있어서의 전통과 개혁 및 혁명의 문제 등에 대하여 좀 더 과감하게 필자의 견해를 드러내었다. 그리고 그 근거를 위하여 오래 전부터 적지 않은 논문을 써왔지만, 특히 중요한 문제들은 계속 국제학술회의에 들고 나가 발표하여 외국 학자들과의 토론과 의견교환을 거쳤다.

이 『중국문학사론』은 이러한 논문들을 다시 정리한 것이다. 여기에 실린 글의 태반이 국제학술회의에 발표했던 논문을 다시 손질한 것이다. 이는 필자의 『중국문학사』를 보다 올바로 이해케 하려는 데에도 큰 목적이 있다. 문학사를 개정하면서도 사실은 필자의 생각을 제대로 반영하지는 못하였다고 생각되기 때문이다. 따라서 이 『중국문학사론』은 졸저 『중국문학사』의 미진한 점을 보충하려는 의도도 있다.

다만 여기에 실린 글들은 1970년대에 시작하여 2000년에 이르는 기간에 쓴 글들을 모은 것이라서, 뒤에 손을 대었다고는 하지만 시차로 인한 시각의 차이를 깨끗이 해소하는 수는 없었다. 오히려 어떤 경우에는 시차에서 오는 시각의 차이를 그대로 살려둔 곳조차도 있다. 이러한 불균형을 독자들께서는 미리 이해해 주기를 바란다.

끝으로 더욱 올바른 『중국문학사』가 나올 수 있도록 독자 여러분들의 거리낌 없는 비판과 고견을 전해주시기를 간절히 빈다.

2000. 10. 25

10

『한대시 연구』 서문

여러 해를 두고 『시경(詩經)』을 비롯한 선진문학(先秦文學)을 대학에서 강의해 오면서 언제나 중국 고대 문학에 관한 중요한 문제들이 모두 한대(漢代)로 집약(集約)되어 옴을 절실히 느끼게 되었다. 그것은 선진(先秦)의 문헌(文獻)이라 하더라도 실상은 거의 모두가 한대에 우리가 지금 보는 형태의 텍스트로 확정되었기 때문이다.

그것은 한편 경학(經學)을 비롯한 중국의 전통학문(傳統學問)이 본격적으로는 한대로부터 시작되고 있다는 생각을 갖게 되었음을 뜻하기도 한다. 중국문학을 공부하는 사람으로서 한대문학(漢代文學)에 관심을 갖게 된 동기는 바로 여기에 있다.

그러나 한대에 관한 자료들을 읽고 정리하면서 두어 편의 논문도 발표하였으나 본격적으로 한대문학에 달려들 기회를 좀처럼 얻을 수가 없었다. 다행히도 지난 1년 동안 미국 Princeton 대학의 초청으로 안정된 여건 속에서 오랫동안 마음속에 품어온 연구과제에 달려들 기회를 얻었다.

더욱이 그곳 Gest Library의 훌륭한 장서들과 그곳 여러 교수들의 호의와 협조는 이 책자를 이루는 데 원동력이 되었다. 지면을 빌어 Princeton 대학, 특히 Dept. of East Asian Studies의 여러 교수들 및 Gest Library 직원들께 감사드린다.

이 책자의 제목은 『한대시연구(漢代詩硏究)』라 했지만 사실은 그 연구의 서설(序說)이나 같은 성격의 것이다. 새로운 입장에서 중국 전통문학의 바탕을 올바로 모색(摸索)하려는 의기를 잃지는 않았지만, 아직도 미숙한지라 잘못된 점이 많을 줄로 안다. 게다가 초고(草稿)를 정리할 겨를도 없이 책으로 인쇄해야 할 사정에 몰리어 소홀까지 덧보태어졌다. 선배와 독자 여러분의 가르침을 간절히 빈다.

1974. 11. 10

*이 『한대시 연구』는 필자의 박사학위 논문임. 미국 Princeton 대학에 초빙교수로 1년간 가 있다가 1974년 10월에 귀국했는데, 윗분들이 '우리 학과의 구제 박사학위 접수는 금년으로 끝내겠으니 너도 뜻이 있으면 금년 11월 안으로 내어야 한다.'는 엄명이 있었다. 그때는 논문을 책으로 인쇄하여 내도록 되어 있었다. 이에 광문출판사(光文出版社)의 적극적인 협조로 한 달 안에 논문을 쓰면서 한편으로 인쇄작업도 진행하여 이 책을 완성하고 박사 학위도 다음 해에 취득할 수가 있었다. 이에 2002년에 다시 『한대의 문인과 시』라는 제목으로 이 책의 수정판을 내게 된다.

11
『한대의 문인과 시』 서문

이 책은 필자의 학위논문 『한대시(漢代詩) 연구』(1974, 서울 光文社 刊)의 수정본이다. 한대는 중국 전통문학이 본격적으로 발전하기 시작한 시대여서 한대의 문학은 중국 전통문학의 기반이 되고 있다. 따라서 중국 전통문학의 특징을 올바로 파악하기 위하여는 무엇보다도 그 발전의 중심을 이루어 온 시를 바탕으로 한 한대문학을 올바로 이해하지 않으면 안된다고 생각하고 오랫동안 연구해온 성과가 이 책이다.

그러나 책에 한자와 한문을 그대로 쓰고 있어서 일반 사람들은 읽기가 쉽지 않았다. 이에 한자를 모두 한글로 바꾸고, 한글만으로는 알기 힘든 사람 이름이나 지명 또는 특수한 한자말 같은 것은 모두 괄호 안에 넣었다. 그리고 뜻이 바뀌지 않는 범위 안에서 어려운 한자말들을 쉬운 우리말로 바꾸기도 하였다.

본문에 논거(論據)나 참고(參考)를 위하여 인용된 한문으로 쓴 작품이나 전적의 글들은 모두 번역문을 덧붙이었다. 이 방면에 관심을 지닌 일반 사람들이 쉽게 읽을 수 있도록 하기 위함이다.

학위논문이기 때문에 글의 내용이나 논문의 뼈대에는 되도록 손을 대지 않기로 하였다. 그러나 박사학위를 얻은 뒤에도 한대문학에 관하여 여러 가지 면에서 견해의 차이가 생겼으므로 내용에 있어서도 약간의 수정은 피할 수가 없었다.

예를 들면, 『초사(楚辭)』의 작자로 알려진 굴원(屈原)의 실존 여부에 대하여도 그 당시엔 회의를 품은 정도였으나 지금 와서는 완전히 부정론자로 바뀌어 있어 자신도 모르게 그런 방향으로 수정이 가해졌다.

이 책이 완성된 뒤의 한대문학에 관한 연구성과는 『한대의 문학과 부(賦)』(2002, 明文堂 刊)에 모아져 있고, 『악부시선(樂府詩選)』(2002, 明文堂 刊)은 앞의 두 책을 이루면서 부수적으로 얻어진 성과를 정리한 것이다. 이 세 가지 책은 명문당에서 거의 동시에 출간될 것 같다. 함께 참조하며 읽으면 더 큰 도움이 될 것으로 믿는다.

끝으로 어려운 여건에도 불구하고 양서의 출판에 정성을 다

하는 명문당 사장 김동구 씨와 여러 직원들의 노고에 감사를 드린다.

2002. 3.

12

『한대의 문학과 부』 서문

이 책에 실린 글은 1968년부터 시작하여 1981년에 이르는 기간에 쓰여진 글을 모은 것이다. 필자는 1961년부터 1967년에 이르는 기간에는 대학원에 입학하면서 전공하기로 마음먹었던 희곡연구가 공부의 중심을 이루었다. 그 시절에는 희곡 중에서도 중국학자들은 희곡에서 도외시하고 있던 나희(儺戱)에서 시작하여 가무희(歌舞戱) · 잡희(雜戱) 등의 연구에 관심이 기울어져 있었다. 중국학자들은 1980년대에 와서야 나희 연구에 착수했으므로 그 기간에 발표했던 그 방면의 논문들은 중국학자들로부터도 선구적인 업적이라 평가받고 있다.

그러나 우리의 60년대는 중국문학계가 거의 불모지에 가까운 상태였으므로 필자에 대한 주위의 요구가 중국문학의 일반적인 분야에 대한 개척으로 집중되고 있음을 느꼈다. 이에 전공을 버리고 힘겹게도 중국문학사 전반을 부여잡고 씨름하는 한편 중국학 공부의 기초가 되는 『시경』과 『서경』을 비롯하여 선진(先秦)의 경전과 제자서(諸子書)의 번역에 몰두하기 시작하였다. 다행히 1959년부터 1961년 사이 대만대학에 유학하여 그곳 중국문학과에서 취완리(屈萬里) 교수의 『시경』·『서경』 강의와 타이징눙(臺靜農) 교수의 『초사(楚辭)』 강의를 통해서 중국 고대문학에 대한 공부를 착실히 한 것이 큰 도움이 되었다.

그런 중에 중국문학사의 본격적인 전개는 한자(漢字)의 자체(字體)가 완전히 통일을 이룬 한대(漢代)로부터 시작되고 있으므로, 중국 전통문학에 대한 올바른 이해를 위하여는 한대 문학에 대한 이해가 선행되어야 함을 절감하게 되었다. 1968년부터 필자의 관심은 한대 문학으로 기울어져, 1974년에는 필자의 박사학위 논문인 『한대시연구(漢代詩硏究)』(光文出版社, 2002년 개정판 『한대의 문인과 시』(明文堂 刊)가 이루어졌다. 그러나 처음에는 여전히 희곡에 대한 미련을 버리지 못하여, 한대의 악부시(樂府詩)를 연구하면서도 그것을 희곡과 연관지어 「악부시(樂府詩)와 가무희(歌舞戱)」(1968년)·「악부시와 무곡(舞曲)」(1971년)을 발표하였다(모두 『한·중 두 나라의 가무와 잡희』 서울대출판부, 1994년에 수록).

그리고도 한대 문학에 관한 공부는 계속되어 『한대시연구』 속에 포함되지 못했던 성과들과 그 뒤로 1981년까지 이루어진 성과들을 모아 이 『한대의 문학과 부(賦)』가 이루어진 것이다. 한대 문학을 보다 깊이 이해하고 중국 전통문학의 바탕을 파악하기 위하여 어느 정도의 도움이 될 것으로 믿는다. 『악부시선(樂府詩選)』(明文堂, 2002)도 그 사이에 부산물로 이루어진 것이니 함께 읽으면 좋을 것이다.

끝으로 이 자리를 빌어 어려운 여건에도 이런 학술서의 출판을 맡아준 명문당 김동구 사장의 문화사업에 대한 열의에 경의를 표한다.

2002. 3.

설창(說唱)하는 도용(陶俑) : 동한(東漢) 때의 것으로서 사천성(四川省) 천회산(天回山) 무덤에서 출토한 것이다.

13

『장안과 북경』 머리말

장안과 북경은 중국이라는 큰 나라의 역사상 대표적인 도읍이다. 그러나 18세기 무렵에 와서 중국의 영토로 확정된 시장·신짱·칭하이·깐수·닝샤·네이멍구·랴오닝·찌린·헤이룽짱 등 여러 성을 빼버리고 중국역사의 무대였던 만리장성 안쪽의 이른바 중원 땅만을 놓고 보면 이 두 도시는 변두리에 자리하고 있다. 장안은 중원 땅의 서북쪽에 있고 북경은 동북쪽에 있는데, 북경에는 바로 만리장성이 걸쳐져 있고 장안도 만리장성이 그다지 먼 곳에 있지 않은 변두리이다.

필자는 정년퇴직을 한 뒤 연세대학교에서 '중국문화와 사상' 이라는 교양강좌 강의를 맡아왔다. 이제껏 서울대학에서는 전공인 중국 고전문학을 주로 강의하다가 폭을 넓혀 '문화와 사상' 을 강의하게 된 것이다. 중국의 문화와 사상은 오랜 세월을 두고 다양한 조건 아래 발전하여 온 것이기 때문에 한 학기 한 강좌로는 그 대체적인 실정을 개략적으로 설명하기조차도 쉽지 않다. 이에 필자는 강의의 기본 방법을 중국의 '문화와 사상' 에 있어서 중요하다고 여겨지는 문제들을 찾아내어 학생들에게 제시하면서 그 문제의 해결은 강의를 듣는 학생들 스스로가 공부하여 해결하도록 하는 방법을 썼다. 학생들이 중국에 관한 공부를 스스로 하도록 유도하려는 욕심에서였다. 결과적으로 먼저 나 자신이 전공에만 매달려 지내던 때보다도 중국에 대하여 많은 여러 가지 새로운 문제를 발견하게 되었고, 본인의 전공인 고전문학에 대한 이해도 여러 면에서 새로워졌다. 전공에 대한 이해가 심화되었다고 까지도 말할 수 있을 것이다. 이 책 『장안과 북경』은 강의 중에 제시한 문제들을 상징적으로 크게 요약한 표현이다. 아래에 우선 『장안과 북경』이 제시하는 문제가 어떤 것들인가를 개략적으로 들어 보이려 한다.

장안에는 서기 기원전 1027년으로부터 기원후 907년에 이르는 기간에 서주(西周) · 진(秦) · 서한(西漢) · 수(隋) · 당(唐) 등의 나라가 도읍을 삼고 나라의 위세를 온 세계에 떨쳤고, 북경에는 서기 1206년으로부터 1911년 사이에 원(元) · 명(明) · 청(淸)의 나라들이 도읍을 삼은 뒤 다시 현대 중국으로 이어지고 있다. 그러나 현대의 문제는 뒤에 따로 논하게 될 것이다.

장안과 북경은 모두 이민족이 중원으로 쳐들어와 힘으로 온 중국을 지배하기 위하여 정한 도읍이다. 중국의 지배자들은 나라의 변두리에 자리 잡고 앉아서 나라 안 백성들의 삶 같은 따위는 거들떠보지도 않고 자신의 욕망을 추구하기 위하여 무자비하게 백성들을 억누르고 멋대로 부리면서 착취하였다. 그런데 특기할 만한 사실은 장안을 도읍으로 삼았던 왕조와 북경을 도읍으로 삼았던 왕조는 나라를 다스리는 지배자들의 성격이며 그들이 보여주는 문화와 사상이 거울의 앞뒷면처럼 판이하게 서로 다르다는 점이다.

우선 장안시대 왕조의 지배자들은 중원 밖으로부터 무력으로 쳐들어온 이민족이지만 중원을 지배하면서 스스로가 중원의 주인인 한족(漢族)이 되고 한족의 전통문화를 이룩한 뒤 그것을 계속 발전시킨다. 주나라와 한나라의 경우에 볼 수 있듯이 그들은 스스로 새로운 거대한 한족을 이루었기 때문에 나라에 문제가 생기면 중원 내륙의 중심도시인 낙양(洛陽)으로 도읍을 옮겼다. 지배자들이 중원 내륙으로 들어와서는 직접 백성들의 생활을 접하게 되므로 변두리에 있을 때처럼 힘으로 가혹하게 백성들을 부리지 못하여 나라의 위세는 약해진다. 동주(東周)며 동한(東漢)이 모두 그러하였다. 그러나 부드러운 정치는 지식인들에게 활력을 주어 그들의 문화와 학술은 장안에 있을 적보다도 더욱 크게 발전한다. 그것은 '낙양' 뿐만이 아니라 이들 왕조 중간에 일어나 내륙 도시인 남경(南京)이나 임안(臨安, 지금의 杭州)·변경(汴京, 지금의 開封) 같은 도시에 도읍을 하였던 나라들이 모두 그러하였다.

북경시대의 주인공은 몽고족의 원나라와 만주족의 청나라이다. 이 무렵에는 중국 주변의 이민족들에게 민족의식이 생겨 이들 지배민족은 자기들의 생활방식을 그대로 유지하고 오히려 한족에게도 자기들의 것을 강요하면서 중원 땅을 힘으로 지배하였다. 몽고족과 만주족은 사막과 초원에서 이리저리 떠다니며 유목을 일삼던 야만민족이다. 이 문화수준이 낮은 지배자들이 오랜 역사를 통하여 찬란한 문화를 발전시켜온 한족들에게 자기네 문화를 강요한 것이다. 이에 북경시대의 문학이나 음악·미술·연예 등의 성격이 모두 갑자기 바뀌고 중국문화가 이전과는 다른 이질적인 방향으로 발전하게 된다. 원나라와 청나라의 중간에 한족의 왕조인 명나라가 있었다. 명나라 때에는 많은 지식인들이 몽고족에 의하여 변질된 자기네 전통문화를 되찾아보려고 노력하였지만 일단 전통을 잃은 처지에서는 아무런 성과도 올릴 수가 없었다. 다시 그 뒤를 청나라가 이으면서 그 문화의 이질화는 더욱 심해졌다.

사상 면에 있어서 장안시대는 공자의 유학이 이루어져 발전하면서 여러 왕조의 봉건전제 정치를 뒷받침해주고 그 사회윤리를 지배해온 시대이다. 공자의 학문은 어떻게 하면 사람들이 사는 사회의 질서를 유지하여 태평세계를 이룩하고 사람들을 올바르고 착하게 살도록 이끌 수 있느냐고 하는 현실적인 문제만을 학문의 명제로 삼아왔다. 중국의 전통문화는 주로 이러한 공자의 사상을 바탕으로 하여 발전하였다.

그러나 북경시대에 와서는 유학이 불교와 도교의 영향 아래 놓여 현실적인 문제보다도 무엇이 현실을 존재케 하고, 무엇이 어떻게 현실을 움직이고 있느냐와 같은 형이상학적인 문제를 학문의 명제로 삼게 되었다. 이에 진리를 추구하는 방법으로 이기론(理氣論)을 내세우면서 예(禮)를 천리(天理)라 규정하고 학문의 목표를 성인(聖人)이 되는 데에 두었다. 그리고 학문 전승에 있어서는 도통론(道統論)을 내세워 공자로부터 증자(曾子) · 자사(子思)로 이어지던 유학은 맹자(孟子)에 이르러 전승이 끊어져 있다가 송대에 이르러 다시 자기들이 계승하게 되었다고 주장하였다. 이에 사람으로서는 아무리 애써도 될 수 없는 성인을 추구하는 일에 평생을 두고 전념하다보니 남이나 외부에 대한 관심은 지닐 여유도 없게 되었고, 도통에 속하는 학문만을 참된 학문으로 인정하다 보니 선배들의 업적이나 전통도 모두 무시하게 되었으며, 새롭거나 자기와 다른 학문은 모두 배척하게 되어 더 이상 학문이 발전할 수가 없게 되었다. 그리고 '예'를 '천리'로 아는 학문을 앞세워 이족의 지배자들은 천하를 보다 쉽사리 다스릴 수가 있었다. 지식인들은 이른바 거경궁리(居敬窮理)나 하고 있어서 이민족의 군대가 쳐들어 온대도 거기엔 관심을 지닐 여유가 없었다.

이러한 중국문화의 실상을 실감케 하기 위하여 중간에 중국의 전통연극인 경극(京劇)을 학생들에게 보여주고 그것을 통하여 중국문화의 특징을 실감케 하였다. 경극은 그들의 전통적인 문학과 음악 · 미술 · 무용 · 무술 · 잡기 등이 모두 동원되어 이루어지고 연출되므로 무엇보다도 종합적으로 중국문화를 잘 대표하고 있다고 믿기 때문이다. 그리고 더 중요한 것은 중국의 전통문화가 중간에 완전히 이질적인 방향으로 발전하게 되었다는 것이다. 곧 북경시대의 문화와 사상은 장안시대의 문화와 사상과는 전혀 다른 성격의 것으로 만들고 있는데, 그 이질화의 시기와 성격을 가장 극명하게 보여주고 있는 것이 그들의 전통연극이기 때문이다.

중국연극사에 있어서 중국문화의 이질화는 북송 말 남송 초(1127)를 전후하여 그때 중원지역을 차지하고 있던 만주족의 금나라와 몽고족의 원나라의 압력으로 갑자기 나타난다. 곧 이전의 중국 전통연극은 탈놀이를 중심으로 하는 가무희와 같은 규모가 작은 이른바 소희(小戲)였는데, 1127년 무렵에 갑자기 규모가 큰 대희(大戲)가 나타나는 것이다. 중국 최초의 대희는 남쪽 쩌짱성 원조우(溫州)지방에서 연출되었던 남희(南戲,

또는 戲文)이다.[1] 아마도 이미 북쪽에서 만주족 또는 몽고족의 영향을 받아 습성이 바뀌어버린 사람들이 남쪽으로 피란 가서 연출한 새로운 연극이었을 것이다.

그 뒤 금나라가 원나라에게 멸망 당한 1234년 무렵에는 잡극(雜劇)이 생겨나 대희가 본격적으로 성행하기 시작한다. 잡극은 한 작품이 대체로 4절(折, 막과 비슷함)로 이루어진다. 명대에는 다시 한 작품이 4, 50척(齣)으로 이루어진 전기(傳奇)가 유행한다. 청대에는 각 지방마다 기본 형식은 전기를 따르면서도 제각기 자기 지역의 음악 가락을 사용하는 지방희(地方戲)가 성행한다. 경희는 청나라 후기에 수도인 북경에서 이루어져 전국 각지에 가장 널리 공연되는 대표적인 중국의 전통 연극이다.

그런데 가장 중요한 문제는 중국의 전통 연극은 소희나 대희를 막론하고 모두 춤과 노래로 여러 가지 얘기를 연출하는 것인데, 소희로부터 대희로 변하면서 연극에 쓰이는 음악과 악기며 배우들의 화장이나 입는 옷과 연출 방식이 모두 바뀌었다는 것이다. 곧 그 각본이 보여주는 문학이며 연출을 통해서 보여주는 음악과 악기 및 춤과 배우들의 모습이나 무대를 통하여 드러나는 미술 등에 관한 의식이 모두 달라졌다는 것

1 明代 祝允明『猥談』및 徐渭『南詞敍錄』의거.

이다. 연극의 이러한 사항이 갑자기 달라졌다는 것은, 곧 그들의 문화가 갑자기 달라진 것을 뜻한다고 보아도 좋을 것이다.

이러한 갑작스런 문화의 이질화는 남송 때 황하 유역의 중원지방을 차지하고 송나라를 거의 멸망시켰던 만주족과 몽고족의 압력으로 말미암은 것이다. 이때에 와서는 이전과는 달리 그들의 민족의식이 뚜렷해져 한족과 그들의 문화를 극복하려는 노력이 강해졌기 때문이다. 이러한 변화를 단적으로 소희로부터 대희로 갑자기 변질된 연극이 보여주고 있는 것이다. 곧 연극의 대희로의 발전은 음악 · 미술 등 예술성 전반에 걸친 오랑캐화 또는 저질화를 뜻하기도 하는 것이다. 그 때문에 우리는 중국과 같은 한문화권 안에 살아왔으면서도 경극의 음악이나 거기에 응용되고 있는 미술에 공감을 못하고 있는 것이다. 따라서 경극에 대해서는 관심도 없고 좋아하지도 않는다. 이것은 중국문화가 이질화한 이후 우리는 중국을 문화면에 있어서 오랑캐나라로 보기 시작하였고 우리와 중국과의 관계가 소원해졌음을 뜻하기도 하는 것이다.

이런 바탕 위에 필자는 『중국문학사』[2]를 쓰면서 남송 이전을 '고대', 그 이후를 '근대'로 크게 구분하고, 고대는 시를 중심으로 하는 중국의 전통문학이 이루어져 꾸준한 발전을 이

2 서울 新雅社 발행, 2007년 개정본.

루어온 시대, 근대는 전통문학은 더 이상 발전을 이루지 못하고 창작의 중심이 이전에는 천시하던 소설과 희곡으로 옮겨온 시대라는 관점을 유지하였다. 근대에는 퍽 우수한 소설이나 희곡이 나오기는 하였으나 전통을 잃은 시대라서 그것을 이어받아 더욱 발전시키지는 못하고 모든 창작이 일과성을 보여주고 있다. 이러한 입장 때문에 여기에서 문학의 문제를 따로 한 편(제3편) 다루고 있는 것이다. 그 중 특히 '사(詞)와 곡(曲)'을 따로 한 장(제3편 5. 사와 곡) 논술하고 있는 것은, 중국문화 이질화 시기의 문화 성격의 미묘한 변화를 중국 전통문학의 중심을 이루어 온 시가가 '사와 곡'이라는 또 다른 시가를 이룩하여 유행시키면서 잘 대변해 주고 있다고 믿기 때문이다.

여기에서 가장 큰 문제가 된다고 여긴 것은 중국학자들이 이러한 자기 문화의 이질화에 대한 이해가 부족하다는 것이었다. 그들은 되도록 문화의 이질화로부터 머리를 돌리고 모른 체 하면서 근세에 와서 서양문화와 학술에 밀려 자기네 전통문화와 학술이 맥을 못추게 되었다고 믿으려 한다. 곧 그들은 남송 이후의 자기들 문화의 저질화를 외면하고 있기 때문에 자기들의 진정한 훌륭한 전통문화가 어떤 것인지조차 잘 알지 못하고 있다. 이 때문에 자기들의 전통문화를 현대에 되살려 보려고 애쓰기도 하지만 모두 성공을 거두지는 못하고 있음이다.

그러나 필자는 '문화와 사상'에 대한 강의를 해오면서 이에 대한 견해도 크게 달라졌다. 경극을 놓고 볼 적에 확실히 그 음악이나 미술의식 같은 것은 저질화한 것은 사실이지만, 이 저질화의 다른 한 면으로는 대중화가 크게 진행되었음을 인정해야 한다. 경극은 여러 지방의 지방희(地方戱)도 이끌면서 지금 13억 중국 인구의 최고 지도자들로부터 맨 아래층의 노동자들에 이르기까지, 그리고 한족뿐만 아니라 50여 소수민족들까지도 모두가 좋아하는 연극으로 발전하고 있는 것이다. 이 면에서 본다면 경극은 세계에 달리 유례가 없는 가장 위대한 대중예술이라고 할 만하다. 이들에게는 13억 인구가 함께 즐길 수 있는 연예가 있어 감정이 하나로 통하고 민족이 한데 어우러지고 있는 것이다.

실상 남송 이전의 중국전통문화는 세계에서 가장 우수한 것이었는지 모르지만 그것은 일부 지배계층인 사대부들만이 누리던 문화였다. 대부분의 백성들은 글도 모르는 문맹이었고, 세련된 음악이나 미술과는 관계가 멀었다. 따라서 한 집단의 일부만이 향유한 그 문화나 예술은 실상 그다지 값진 것이 되지 못한다. 그러나 그들의 문화가 이질적인 방향으로 가기 시작하면서 전통을 잃고 저질화하기는 하였지만 이전에 비하여 더욱 대중화하는 경향을 보여주었다. 그 시대의 문학 창작을 주도한 소설과 희곡에는 처음부터 지배계급을 넘어선 시정적

(市井的)인 성격이 보태어지기 시작하였고, 크게 대중화하는 경향을 보여준다. 보기를 들면, 『삼국지』나 『수호전』 같은 소설 얘기는 중국 사람이라면 모르는 이가 없을 정도로 크게 보급된 것이다. 중국의 전통문학의 중심을 이루는 시는 어느 지역의 예술 못지 않게 아름답고 세련된 발전을 이루었지만 그것은 일부 지배계급의 전유물이었다. 오히려 저질화한 문화나 문학이 보다 폭넓은 많은 사람들의 생활을 바탕으로 한 것이어서 그보다는 훨씬 값진 것이다.

이제껏 이전의 중국 전통문화, 곧 한문화는 엄청난 발전을 이루어오다가 이질화하여 형편없는 수준의 것으로 전락하였다고 믿어 왔다. 그러나 중화인민공화국에 이르러서는 그들 문화의 이질화를 새로운 방향으로 이끌어 문화를 지배계급인 사대부들의 독점으로부터 벗어나게 하려고 노력하고 있다. 곧 이전에는 중국의 전통문화와 아무런 관계도 없었던 10여 억의 인민과 50여 소수민족까지도 모두 그들의 전통문화 속으로 끌어들여 함께 새로운 중화문화를 발전시키려는 것이다. 지금 와서는 오히려 문화의 이질화가 중국을 지난 날 열강들로부터 당한 치욕을 극복하고 13억 민족의 위아래 계층을 하나로 모아들여 진실한 대국으로 굴기(崛起)하게 만들고 있다.

특히 이 중국문화의 이질화 문제는 학기마다 학생들에게 리포트를 써서 제출하도록 한 중요한 부분이다. 곧 학생들과 리포트를 통하여 진지한 토론을 전개해온 문제인 것이다. 필자가 이 문제를 정리하는 데 있어서 학생들의 의견이 많은 참고가 되어주었다. 필자가 제시한 이 문제에 대하여 진지하게 검토하고 토론해준 학생들이 무척 고맙다.

아직도 중국의 문화와 사상에 걸친 여러 가지 문제를 보는 시각이 어설프다. 그러나 이 책이 중국의 문화와 사상에 대한 우리 젊은이들의 관심을 자극하고 현대 중국을 올바로 보고 중국과 중국 사람들에게 보다 가까이 갈 수 있는 계기를 마련하게 되기를 간절히 바란다.

2009. 7. 9

14

『한·중 두 나라의 가무와 잡희』 책머리에

이 책에 실린 논문들은 필자가 1960년대에 '중국의 가무(歌舞)와 잡희(雜戱)' 에 관하여 쓴 것들을 주로 모은 것이다. 최근에 쓴 것(1993-4)은 제1부의 끝머리에 한 편, 제2부의 끝머리에 두 편이 실려 있을 따름이다. 그리고 책의 제명에는 '한·중 두 나라' 의 것을 다룬 것으로 되어 있으나, 한국의 것은 다른 학자들의 연구 성과를 얼마간 인용한 수준을 넘지 못하는 정도이다. 여기의 '가무와 잡희' 는 가무희(歌舞戱)와 가면놀이(假面戱)가 관심의 중심을 이루는 것으로, 1960년대의 중국학자들은 이에 대하여는 관심조차도 없는 상태여서, 이에 관한 연구를 하기 위한 핑계로 한국을 끌어들였던 것도 같다. 필자는 홀로 북송(北宋) 이전의 중국의 정통희극(正統戱劇)이란 바로 이 가무희와 가면놀이라는 신념 아래 이에 관한 작업을 진행하였다. 1970년대로 들어와서는 다른 분야의 일이 더 시급하게 느껴져 희극에 관한 관심은 뒤로 밀어두고 다른 방면의 일을 하여 왔다.

그러나 1980년대로 들어서면서 중국에서도 각 지방에서 가면놀이인 이른바 나희(儺戱)가 발굴되어, 1985년 무렵부터는 중국을 비롯하여 온 세계의 중국문학계에 나희(儺戱) 또는 나문화(儺文化) 연구열이 붐을 일으키고 있다. 1987년 가을, 중국문련(中國文聯)의 주석(主席)이었던 대표적인 중국 현대의 희곡작가 조우(曹?, 1910-?)가 귀주민족민간나희면구전(貴州民族民間儺戱面具展)을 보고 나서 이런 말을 하였다.

"기적이다! 장성(長城)이 우리의 기적이라면 나희(儺戱)도 우리의 기적이니, 중국에 또 한 가지 기적이 늘어난 것이다. 이 전람회를 보고 나서 나는 중국의 희극사(戱劇史)는 다시 고쳐 써야만 한다고 생각하게 되었다."(庚修明「中國儺文化發掘 · 展覽與研究成果及意向」에서 인용)

이 말의 자극을 받아 비로소 중국의 나희 연구는 열기를 띠기 시작하였다.

중국학자들이 나희 또는 나문화의 연구에 열을 올리면서 새삼 발견한 것이 1960년대에 쓴 이 책에 실린 필자의 논문들이다. 특히 여기에 실린 첫 번째 논문 「나례(儺禮)와 잡희(雜戲)」는 일찍이 일본과 대만 학술지에 번역되어 있어 중국 희곡 학자들이 쉽사리 이 논문을 접할 수 있었던 듯하다. 그 사이 여러 번 해외 학술회의에 참석할 때마다, 중국 학사들로부터 “어떻게 당신은 1960년대 초에 나희에 대하여 관심을 가질 수 있었느냐?”는 질문을 받아왔다. 그때마다 “한국 전통문화의 실정에 비추어 가무희 또는 가면놀이야말로 진정한 중국의 정통문화(正統文化)를 대표하는 연극이라고 일찍부터 믿어왔기 때문”이라는 요지의 답변을 하여왔다. 중국 희곡연구를 대표하는 학술지 『중화희곡(中華戲曲)』에서는 지난해 필자의 논문을 다시 전재할 것을 제의해 왔다. 그 당시엔 이미 중국어로 번역되어 발표된 논문이라고 거절하였으나, 다시 자세히 본문과 번역을 대조해 보니 번역이 잘못된 곳도 많고 본래의 오자(誤字)들도 그대로 인용되고 있어 번역을 다시 하여 전재하기로 하였다. 올해 안에 다시 실릴 것으로 믿는다.

이 ‘가무와 잡희’의 연구를 통하여 얻어진 중국 문학 또는 중국 문화발전에 관한 새로운 이해는 무엇보다도 큰 소득이라 할 수 있다. 가장 중요한 문제를 보기로 하나 들자. 가무희 또는 가면놀이가 중국의 전통문화를 대표하는 희극이라는 말은, 곧 중국문학자들이 일반적으로 진정한 중국의 희극이라 생각하는 남송(南宋)의 희문(戲文), 원(元)대의 잡극(雜劇), 명(明)대의 전기(傳奇), 청(淸)대의 화부희(花部戱) 등은 중국의 전통문화로부터 약간 벗어난, 그것을 대표하지 못하는 희극이란 말이 된다. 중국의 고전희극은 처음부터 시가(詩歌)와 음악과 무용을 그 미학적인 기초로 삼는 종합예술이기 때문에 어느 시대건 중국의 희극은 그 시대 문화를 대표하는 연예라 할 수 있다. 따라서 북송(北宋) 말(1127) 무렵을 경계로 하여 중국의 희극이 이전의 가무희를 중심으로 하는 소희(小戱)로부터 갑자기 희문 · 전기 같은 대희(大戱)로 변했다는 것은 바로 그 무렵 중국 문화 전반에 걸쳐 일대변전이 있었음을 뜻하게 된다. 곧 북송 말을 계기로 하여 중국의 문학이나 음악 · 무용 등 중국의 전통문화며 예술이 전반적으로 크게 변혁되었다는 것이다. 문학만을 두고 보면 북송 말을 전후로 하여 그 앞쪽은 시문(詩文)을 중심으로 하는 중국의 전통문학이 발전하여 왔던 시대이고, 그 뒤쪽은 전통문학의 발전은 끝이고 소설과 희곡을 중심으로 하는 새로운 문학이 발전하였던 시대이다. 음악 · 무용은 말할 것도 없고 미술이나 중국 문화 전반에 걸쳐 변화가 일어나, 이전까지는 세계에서 최고수준을 유지하여 오던 중국 문화가 이후로부터는 다른 지역의 문화에 뒤지기 시작했다고 보는 것이다.

맨 끝머리에 붙인 「두아원(竇娥冤)과 답요낭(踏搖娘)」 및 「중국 희극(戱劇)의 변화를 통해 본 중국 문화의 전변(轉變)」이란 두 편은 그러한 필자의 혁신적인 견해를 확인하고자 하여 국제학술회의에 나가서 발표한 논문요지(論文要旨)의 한국어역이다. 모두 큰 반향을 일으키고 있다.

이 책과 거의 동시에 출간될『중국 고대의 가무희(歌舞戲)』(民音社刊)는 이 책에 실린 논문들을 바탕으로 삼고, 중국의 고대 희극사를 새로이 쓴다는 큰 포부 아래 쓴 책이다. 함께 읽으면 매우 큰 보탬이 되리라 여겨진다. 그리고 이 두 권의 책은 필자의『중국문학사(中國文學史)』(新雅社 刊)와 중국문학의 전체적인 개설서인『중국문학의 이해』(新雅社 刊)에서 발휘되고 있는 독특한 중국 문학 발전에 관한 견해와 작품 평가의 기준 등을 이해하는데 큰 도움이 될 것으로 믿는다.

여기에서 큰 문제들을 제시하고는 있지만 아직도 설익은 학문이라 적지 않은 문제가 있을 줄로 믿는다. 독자 여러분들의 거리낌 없는 고견과 가르침이 있기를 간절히 빈다. 끝으로 원고들을 정리하는 데 협력해 준 이정재 군을 비롯한 서울대 중문과 대학원 학생들에게 고마운 뜻을 전한다.

1994. 정월 초엿새

15

『중국 고대의 가무희』 초판 서문

이 책은 중국희극사(中國戲劇史)를 새로 쓴다는 입장에서 이룩한 것이다. 책 제명을 『중국 고대의 '가무희'』라 한 것은 대부분의 학자들이 본격적인 연극이 존재하지 않았다고 생각하는, 상고시대로부터 송(宋)대에 이르는 '중국 고대'의 연극발전사를 '가무희'를 중심으로 추구해 보고자 하였기 때문이다. 따라서 원(元)·명(明)·청(淸)의 '가무희'와 현재의 '나희(儺戲)'에 관한 논술은, 그것들을 소개하는 성격을 크게 넘어서지 못한 '부록'과 같은 내용의 것들이다. 곧 '새로 쓰고자' 한 『중국희극사』의 중요 부분이 상고시대로부터 송대에 이르는 시기의 '고대'임을 강조하려는 것이다.

중국의 희극(戲劇)은 크게 '소희(小戲)'와 '대희(大戲)'로 나누어진다. '소희'는 옛날 중국에 유행하던 '산악(散樂)' 이하 여러 가지의 간단한 놀이 또는 연극 등을 가리키는데, '가무희'가 그 중심을 이룬다. '대희'는 북송(北宋) 말년(1127) 무렵에 생겨난 '희문(戲文)'을 비롯하여, 원대의 '잡극(雜劇)' · 명대의 '전기(傳奇)' · 청대의 '화부희(花部戲)' 등을 가리킨다. 그런데 중국의 학자들은 거의 모두가 '소희'는 성숙되지 못하고 아직 제대로 발전하지 못한 불완전한 희극이고, '대희'야말로 성숙되고 제대로 발전된 완전한 희극이라 믿고 있다. 그 때문에 이제까지 나온 중국희극사들은 왕궈웨이(王國維, 1877-1927)의 『송원희곡사(宋元戲曲史)』를 비롯하여 거의 모든 희곡사가 '대희'를 위주로 하여 쓴 것이다.

서한(西漢) 때의 백희를 공연하는 도합 21명으로 이루어진 흙 인형 : 산둥 지난(濟南)시 무영산(無影山) 옛 묘에서 1964년 발굴하였음.

그것은 모든 학자들이 중국의 희극을 연구하면서도 근대 희극의 개념 또는 서양 희극의 개념에서 벗어나지 못하였기 때문이다. 연극뿐만 아니라 중국의 모든 전통적인 예술은 상징적이고 함축적인 미의 표현을 추구하는 시적인 기법을 존중해왔다. 그중에서도 연극은 특히 '소희'에서 '대희'에 이르기까지 모두 시가와 음악과 무용을 그 미학적인 기초로 삼아 연출되는 것이었다. 게다가 '소희'는 민간의 종교나 계절제 등과 관련이 깊고, 민중의 생활에서 우러난 것이기 때문에 연출자와 관중이 한데 어울리어 즐기는 오락적인 놀이로서의 성격도 두드러졌다. 곧 '소희'는 제의(祭儀)와 더불어 연출되는 경우가 많았고, 또 '가무희'를 중심으로 하여 단순한 가무와 여러 가지 잡희(雜戲)가 뒤섞여 연출되는 것이 보통이었다. 따라서 근대연극의 개념에서 보면 중국의 '가무희'는 연극이라고 보기는 어려운 성격의 것이었다.

그러나 '소희' 중에서도 '노래와 춤으로 간단한 고사(故事)를 연출하는' '가무희'는 중국의 정통문화를 대표하는 중국의 희극인 것이다. 왕꿔웨이가 『희곡고원(戲曲考原)』에서 '대희'를 중심으로 하는 중국희극을 정의하여 "노래와 춤으로 고사를 연출하는 것"이라 말하고 있는 것은 '가무희'의 중국 희극 사상의 의의를 확인시켜준다. 치루샨(齊如山, 1875-1962)은 그의 『국극예술휘고(國劇藝術彙考)』의 전언(前言)에서 지금 중국에 연출되고 있는 '대희'의 대표적인 극종인 경희(京戲)의 특징을 대략 다음과 같이 네 가지로 요약하고 있다.

첫째, 유성필가(有聲必歌), 모든 연극에서의 소리는 가창의 성격을 띤다는 것이다.

둘째, 무동불무(無動不舞), 모든 출연자의 움직임은 무용의 성격을 띤다는 것이다.

셋째, 진짜 물건이나 그릇은 무대 위에 올려놓지 못한다. 소도구도 모두 상징적인 물건을 쓴다.

넷째, 사실적이어서는 안 된다. 조금이라도 사실적인 동작이 있어서는 안 된다.

이상의 특징은 경희뿐만 아니라 원 잡극(雜劇) · 명 전기(傳奇)는 물론 중국의 모든 고전희극에 적용되는 특징이다. 그리고 그것 모두 옛 '가무희'에서 나온 것임을 누구나 쉽사리 알 수 있다. 이 때문에 '가무희'야말로 중국의 정통문화를 대표하는 연극이라고 할 수 있는 것이다.

이 '가무희'는 은(殷)나라(B.C. 16세기–B.C. 1027) 이전부터 무습(巫習)이나 민간신앙에 의하여 계절 따라 신에게 풍년을 기원하거나 여러 가지 소망을 빌고, 또 신의 힘을 빌어 불행이나 역귀(疫鬼)를 쫓아낼 때, 또는 신에게 빈 소원이 이루어져 감사하는 의식을 행할 때 생겨난 것이었다. 이때 신을 상징하기 위하여 가면을 만들어 썼기 때문에 일찍부터 '가무희'는 가면놀이가 그 중심을 이루었다. 후세에 신과의 관계는 멀어지고 사람들을 즐겁게 하는 '가무희'로 발전하기도 하고, 도교와 불교의 영향을 받기도 하였다.

한편 평소에는 점잖던 사람이 남 앞에서 마음껏 춤추고 노래 부르기 위해서도 가면이 필요했던 듯하다. 은나라 때의 가면이 여러 개 출토되었고, 주(周)나라 때(B.C. 1027–B.C. 256) 나(儺)에서는 방상씨(方相氏)를 비롯한 수많은 가무를 하던 주역들이 가면을 썼으며, 『초사(楚辭)』 구가(九歌)에서 신에게 제사를 지내는 노래를 부르며 춤을 추었을 적에도 무당들이 가면을 썼을 것으로 여겨진다. 이후 한(漢, B.C. 206–A.D. 220) · 위(魏, 220–285) · 진(晉, 265–420) · 남북조(南北朝, 420–581) · 수(隋, 581–613) · 당(唐, 618–907) · 송(宋, 960–1279)을 통하여 '가무희'는 계속 발전하여 중국의 전통적인 연극으로 자리를 잡게 된다.

다만 중당(中唐)시대(756–835)에 와서는 '가무희'에서 가면이 사라지는 한편 후세의 '대희'에서 두드러지는 여러 가지 정식(程式)이 그 연출방식이나 구성에 생겨난다. 그렇게 변화하는 '소희'는 결국 송(宋) 잡극(雜劇)과 금(金, 1115–1234) 원본(院本)을 이룩하게 된다.

'가무희'가 중국의 정통문화를 대표하는 연극이라는 말은, 곧 남송(南宋, 1127–1279) 이후에 발전하기 시작하여 이루어진 원(元, 1206-1368)대의 잡극(雜劇)과 명(明, 1368-1661) 전기(傳奇) 및 청(淸) 화부희(花部戲) 등의 이른바 '대희'가 중국의 정통문화라는 개념으로부터 벗어난 성격의 것임을 뜻하기도 한다. 중국의 고전희극은 시가와 음악과 무용을 그 미학적인 기초로 삼는 종합예술이기 때문에, 북송 말년(1126년) 무렵을 경계로 하여 중국희극이 '소희'로부터 '대희'로 급변하였다는 것은 바로 중국문화 전반에 걸친 일대 변전을 뜻하게도 된다. 곧 북송 말을 계기로 하여 중국의 문학이나 음악, 무용 등 중국의 전통문화나 예술이 전반적으로 크게 변화하였다는 것이다. '가무희'의 연구를 통해서 확인된 중당시대의 변화와 북송 말엽의 일대 급변은 연극뿐만 아니라 중국문화사나 중국사상사 등 여러 각도에서 그 원인이나 성격 등을 더 깊이 연구해야만 할 큰 과제로 남게 되었다.

이 책과 거의 동시에 서울대 출판부에서 『한 · 중 두 나라의 가무(歌舞)와 잡희(雜戲)』가 출간되었다. 그 책에 실린 논문들이 이 책의 중요한 이론적 근거가 되고 있으니 참고하기 바라며, 이 책 끝머리의 '제7장 현 중국의 나희(儺戲)'는 고대의 '가무희'를 이해하는 데 도움이 될 것으로 여겨져 참고삼아 덧붙인 것이다.

'가무희'에 관하여는 연구자료나 기록이 매우 적어 그 발전의 맥락을 파악하기가 어려웠다. 따라서 『중국희극사』를 새로운 입장에서 쓴다는 거창한 의욕을 앞세워 착수한 것이기는 하나, 결과를 놓고 볼 때 그에 관한 문제라도 올바로 제기한 것인가 하는 두려운 마음조차 갖게 된다. 독자 여러분들의 거리낌없는 고견과 가르침이 있기를 간절히 빈다.

1994. 6. 12

16

『중국고대의 가무희』 개정판 서문

중국의 전통연극은 대희(大戱)가 아니라 가무희라는 생각에는 조금도 변함이 없다. 오히려 근래에는 중국 무석(無錫)에서 열렸던 한중희극연토회(韓中戱劇硏討會)에서 발표한 논문 『서한 학자들의 시경 해설에 대한 새로운 이해(對西漢學者說詩的新的了解)』(졸저 『중국문학사론』 2001. 11. 서울대출판부 소재)에서 구체화하고 있듯이, 상고시대부터 중국의 민간에는 고사(故事)나 전설이 설서(說書)나 희극(戱劇) 형식으로 연출되고 있었다고 믿게 되었다.

그중에서도 연희(演戱)의 가장 대표적인 형식이 가무희였음은 더 말할 것도 없다. 따라서 『시경』에 실려있는 시의 대부분이 민간에서 고사를 연출할 적에 창사(唱詞)로 쓰이던 노래의 가사들을 뽑아놓은 것이라고 볼 수 있다는 것이다. 물론 많은 시들이 청창(淸唱)인 단순한 노래의 형식으로 먼저 생겨났을 것이다. 그러나 그것들도 뒤에는 설서나 희극에 뽑히어 쓰이게 된 것들이 많고, 처음부터 고사를 연출할 적에 부르는 노래로 생겨난 것들도 있을 것이다.

이상과 같은 변화로 말미암은 개정도 있지만 그 뒤에 얻어진 자료를 바탕으로 내용을 보충한 부분도 있고, 잘못된 곳을 바로잡기도 하였다. 끝으로 그 사이 보여준 독자들의 격려에 감사드리며, 더욱 적극적으로 좋은 의견을 알려주시고 잘못을 지적해 주시길 간절히 빈다.

2001. 7. 20

설창(說唱)하는 도용(陶俑) : 동한(東漢) 때의 것으로서 사천성(四川省) 천회산(天回山) 무덤에서 출토한 것이다.

17
『중국 희곡과 민간연예』 책머리에

이 책에 실린 글들은 졸저 『중국 고대의 가무희』(수정본, 명문당, 2001. 10)와 『한 · 중 두 나라의 가무와 잡희』(서울대출판부, 1994. 7) 두 책에 빠진 부분의 글들을 모아놓은 것이다.

필자는 중국 희곡학자들의 자기네 전통연극에 대한 개념에 문제가 있다고 생각하여 처음부터 중국 고대 연희의 성격을 올바로 규명하는 일에 진력해 왔다. 중국학자들은 그 방면에 전혀 관심도 없었던 1960년대 초에 「나례(儺禮)와 잡희(雜戲)」 · 「종규(鍾馗)의 변화 발전과 처용(處容)」(이상 『한 · 중 두 나라의 가무와 잡희』에 실림) 등 나희(儺戲)에 관한 논문을 여러 편 발표하여 뒤에 와서 1985년 무렵부터 그에 관한 연구를 시작한 중국학자들을 놀라게 하였다.

지금까지도 필자는 중국의 전통연극은 원(元) 잡극(雜劇)이나 명(明) 전기(傳奇) 같은 대희(大戲)가 아니라 나희(儺戲) 또는 잡희(雜戲)를 비롯한 민간 연예(演藝)인 소희(小戲)라 믿고 있다. 따라서 『중국 고대의 가무희』 같은 것은 소희(小戲)인 중국의 옛 가무희(歌舞戲)를 중심으로 하여 중국의 희곡사를 올바르게 다시 써보자는 의욕에서 이루어진 성과이고, 『한 · 중 두 나라의 가무와 잡희』는 중국을 중심으로 하여 우리나라의 경우도 가끔 돌아다보면서 옛 소희(小戲)들을 연구해본 결과물이다.

이 책의 제목도 『중국의 희곡과 민간연예』라 했지만, 중국학자들이 본격적인 희곡이라 생각하는 대희(大戲)와 관계되는 글은 단 세 편뿐이다. 여기에서 연토(硏討)되고 있는 내용은 나희와 잡희 및 민간연예 등에 중심이 두어지고 있다.

희곡에 대한 기본 개념에 문제가 있다면 올바른 희곡사가 이루어질 수는 없는 것이다. 중국학자들도 스스로 이제껏 나온 자기네 희곡사에 문제점이 있음을 깨닫고 이를 바로잡기 위하여 후지(胡忌) · 츤둬(陳多) 등의 학자들이 중심이 되어 『희사변(戲史辨)』을 내고 있지만(1999년 제1호, 2001년 제2호), 자기네 전통희곡에 대한 올바른 개념부터 정립하지 않으면 소기의 목적을 이루기 어려울 것으로 믿는다.

이런 중국 희곡학계의 실정을 직시하면서 중국 희곡연구의 올바른 길을 제시하게 되기를 바라면서 이 책을 엮는다. 끝으로 이 자리를 빌어 출판계의 어려운 여건에도 불구하고 이러한 학술서 출간을 승낙한 명문당 김동구 사장의 사명의식에 경의를 표한다.

2002. 2. 3

18
『위대한 대중예술 경극』 책머리에

지난해에 『경극(京劇)이란 어떤 연극인가?』(2009. 1. 명문당 발행)라는 책을 내었다. 경극이란 연극은 13억 중국인구의 위 지도층으로부터 아래 서민들에게 이르기까지 모두가 함께 즐기고 있는 세계 다른 고장에는 유례가 없는 위대한 대중예술이다. 그리고 중국의 전통연극은 노래와 춤으로 일정한 얘기를 무대 위에 공연하는 것이어서 그 연출에는 중국 사람들의 전통 음악, 무용은 말할 것도 없고 그들의 문학, 미술 의식까지도 모두 동원되고 있다. 따라서 경극은 중국 전통문화를 가장 잘 대표하는 연극의 하나이다.

중국은 우리와는 역사적으로나 지리적으로나 불가분의 관계에 있는 큰 이웃나라임은 두말할 필요도 없다. 그리고 우리

메이란팡(梅蘭芳)이 출연한 경극(京劇) 「백사전(白蛇傳)」의 한 장면.

는 오랫동안 같은 문화권 안에서 살아왔기 때문에 그 영향은 매우 크다. 우리는 아직도 그들의 문자인 한자를 쓰고 있다. 그럼에도 불구하고 지금에 와서 한국 사람들은 이러한 중국의 전통문화에 대하여 냉담하다. 뮤지컬을 무척이나 좋아하면서도 중국의 경극은 거들떠보지도 않을뿐더러 그것이 어떤 연극인가, 왜 중국 사람들은 그것을 좋아하는가 이해하려 들지도 않는다. 작년 4월 중국영화계의 명감독 중의 한 사람인 츤카이꺼(陳凱歌)가 만든 영화 「메이란팡(梅蘭芳)」이 들어왔었는데 관객의 반응이 시원찮아 며칠도 견디지 못하고 상연을 접어버린 일이 있다. 메이란팡은 남자이면서도 경극의 여자주인공인

청의(靑衣) 역을 맡아 중국 역대 미인으로 분장하여 요염한 몸놀림과 매력적인 목소리로 온 세상 사람들을 매료시켰던 세계적인 배우이다. 이 명배우의 생애를 바탕으로 한 영화는 내가 보기에는 상당히 볼만한 작품이었는데 한국 사람들은 모두 등을 돌린 것이다. 경극에도 관심이 없고 메이란팡에 대하여도 잘 모르기 때문이다.

우리는 이웃 큰 나라와 잘 지내야 하고 그러기 위하여 그들의 문화를 어느 정도 이해하여야 한다. 이처럼 경극을 모르고는 중국을 안다고 할 수가 없다. 이렇게 무관심해가지고는 중국 사람들과 가까워질 수가 없다. 그래서 한국 사람들에게 경극을 알리자는 뜻에서 『경극이란 어떤 연극인가?』라는 책을 썼다. 이 책을 쓰고 난 뒤 여기에서 얘기하지 못한 한국 사람들에게 꼭 알리고 싶은 두 가지 문제에 대한 생각이 더욱 절실해졌다. 그것은 중국 사람들이 이전부터 어떻게 얼마나 경극을 좋아했느냐는 문제와 현 사회주의 중국에서는 봉건 유산이라고 여겨지는 경극을 무엇 때문에 어떻게 다루고 있는가라고 하는 문제이다.

물론 앞의 책에서도 그러한 문제를 다루기는 하였다. 그러나 이 책에서는 그 문제를 좀 더 집중적으로 다루어 많은 사람들을 깨우쳐 주고자 하는 목표를 세웠다. 다만 걱정이 되는 것은 필자 자신도 경극에 대하여는 잘 모르는 부분이 너무나 많기 때문에 불충분한 곳이 적지 않을 것이다. 그러나 많은 사람들을 경극에 가까이 끌어들이는 유도역할만은 제대로 하게 되기를 간절히 바란다.

끝으로 이 자리를 빌어 어려운 우리의 출판 여건에도 불구하고 좋은 책을 내는 것을 자신의 사명으로 알고 불철주야 애쓰고 있는 명문당 김동구 사장에게 감사의 뜻을 표하면서 회사의 무궁한 발전을 빈다.

2010. 4. 15

19
『중국의 경전과 유학』 머리말

이 책의 내용은 제Ⅰ부와 제Ⅱ부가 유학(儒學)의 경전(經傳)을 해설 소개한 글과 그에 관한 문제들을 논한 글들이고, 제Ⅲ부는 유학의 학문 성격을 논한 글로 이루어졌다. 그 중 Ⅱ부는 모두가 『시경(詩經)』과 『서경(書經)』에 관한 글이며, 다시 『시경』에 관한 글이 더 많은 것은 중국 문학을 전공하는 입장에서 유학과 그 경전에 접근한 까닭에 그렇게 된 특징이라 할 수 있다.

옛날부터 중국의 학문은 문학(文)·역사(史)·철학(哲)의 구분조차도 없었다. 따라서 유학과 유학의 경전은 바로 중국 학문의 바탕이 되는 것이다. 유학과 그 경전을 공부하지 않고는 중국의 전통 학문을 공부할 수가 없다. 오경(五經)에 대한 기초

없이는 중국의 사상은 물론 역사도 공부할 수 없고 문학도 공부할 수가 없다. 중국의 사상사는 말할 것도 없고 중국의 사학사나 중국의 문학사도 모두 유가의 경전을 바탕으로 하여 시작되고 있기 때문이다. 그것은 곧 유학의 경전을 모르고는 중국의 전통문화 전반에 걸쳐 어떤 부분이고 올바른 이해가 불가능함을 뜻하는 것이다.

우리의 선인들이 공부를 한다면 언제나 유가의 경전에 관한 공부부터 시작했던 것은 그 때문이다. 그러나 학문이 분화하여 발전한 현대에 있어서는 많은 사람들이 중국에 대하여 관심을 가지고 공부를 하면서도 유학이나 그 경전을 옛 유산쯤으로 생각하고 가벼이 보는 경향이 많다. 심지어 중국의 옛날 역사나 문학을 연구하면서도 유가의 경전은 역사나 문학과 관계가 없는 것으로 치부하고 가벼이 보는 경향이 많다. 그러나 유학이나 그 경전을 모르고는 어떤 분야의 중국학문도 제대로 연구하기 어렵다는 점을 거듭 강조한다.

이 책은 중국문학자로서 유학과 그 경전을 공부한 노트라 할 수 있다. 아직도 경학(經學)의 바탕이 두텁지 못함이 드러나 부끄럽기도 하다. 그러나 문학자의 시각에서 유학을 보고 이해하려 한 노력은 나름대로 새로운 견해를 제시할 것으로 안다. 어떻든 후학들이 이를 통해서 보다 넓고 튼튼한 학문의 기초를 닦게 되기를 바라는 것이 책을 펴내는 가장 큰 목표이다.

잘못된 점이나 부족한 곳도 적지 않으리라 여겨진다. 독자 여러분의 거리낌 없는 고견(高見)과 가르침이 전해지기를 간절히 빈다.

1995. 10. 10

20

『중국의 경전과 유학』 수정본 앞머리에

이 책에 본시 들어있던 「소설사 자료로서의 『서경(書經)』」(Ⅱ. 제15장)을 졸저 『중국고대문학사』(2003, 明文堂 刊)의 '제5장 여론(餘論)' 으로 옮기고, 「청말(淸末)의 공양학(公羊學)과 개혁운동(改革運動)」(Ⅲ. 제21장)을 졸저 『중국문학사론』(2001. 서울대출판부 간) 'Ⅴ. 근대의 개혁과 혁명' 으로 옮기다 보니, 이 책의 내용을 크게 다시 엮지 않으면 안되게 되었다. 이에 그 사이 써놓은 글 중에서 이 책에 넣는 것이 적합하겠다고 여겨지는 몇 편의 글을 새로이 여기에 더 보태게 된 것이다.

곧 'Ⅰ. 경전(經傳) 이야기' 에는 「제3장 『논어(論語)』에 대하여」, 'Ⅱ. 『시경(詩經)』과 『서경(書經)』' 에는 「제10장 『시경』이란 어떤 책인가?」, 「제15장 『서경』에 대하여」, 'Ⅲ. 유학(儒學)

의 이모저모'에는 「제23장 현 산동(山東) 곡부(曲阜)의 공자 관련 유적」을 더 보태었다. 지나치게 전문적인 두 논문을 빼고 새로이 일반적으로 유가의 경전(經傳)과 공자에 관련된 몇 편의 글들을 넣게 된 것이다.

이 책의 편찬 목적이 전문가가 아닌 입장에서 중국의 유가 경전과 유학(儒學)에 관한 일반적인 상황을 비교적 쉽게 해설하는 데 있었으므로, 결과적으로 본시 목적에 진일보 더 다가서게 된 것이다.

이 책을 통하여 보다 많은 사람들이 유학(儒學)에 올바로 접근하게 되기를 간절히 빌 따름이다. 끝으로 어려운 출판여건에도 불구하고 양서 출판에 전념하는 명문당 김동구 사장에게 경의를 표한다.

2003. 3.

21
『공자의 생애와 사상』 앞머리에

공자는 세계 역사상 예수 · 석가모니와 함께 3대 성인(三大聖人)의 한 사람으로 알려져 있다. 그것은 공자의 유교(儒敎)가 서양의 기독교와 인도의 불교와 함께 세계 문화의 형성과 발전에 큰 영향을 끼쳤음을 뜻한다. 지금까지도 중국뿐만 아니라 우리나라의 사회생활 전반에 걸쳐 발견되는 유교문화의 흔적은 동양 사회에 끼친 그 영향의 크기를 웅변적으로 실증해 준다.

따라서 공자의 생애와 사상을 이해한다는 것은 중국을 비롯한 동양문화를 연구하고 이해하는 기본이 된다. 공자의 사상에 대한 올바른 이해 없이 유교를 알 수가 없을 것이고, 유교에 대한 이해 없이 중국문화나 동양문화를 얘기할 수가 없을 것이다. 더욱이 한(漢)나라 무제(武帝, B.C. 140~B.C. 87 재위)가 유학을 자기네 정치의 기본원리를 설명해 주는 학문으로 정립한 이후, 중국의 정치 사회는 2000여 년의 역사를 통하여 유교의 윤리에 바탕을 두고 발전하여 왔다. 따라서 중국의 정치·사회는 물론 문학·예술 등 중국문화 전반에 걸쳐 공자의 사상에 대한 이해 없이는 아무것도 손댈 수가 없다. 공자를 모르고는 중국의 정치나 사회를 얘기할 수 없고, 중국의 사상이나 문학 예술을 이해할 수 없다. 그리고 그것은 중국문화의 영향을 받았던 동양의 여러 나라들에 대하여도 그렇게 말할 수가 있다. 이 때문에 필자는 오래 전부터 공자의 생애와 사상을 정리해 보고 싶었다.

공자에 관한 책은 중국어를 비롯하여 세계 각국어로 쓰인 많은 종류가 이미 출간되었다. 우리나라에도 이미 몇 가지 우수한 저작이 나와 있다. 다만 대부분의 저서들이 공자는 위대한 성인이라는 선입관(先入觀)을 가지고 그 생애와 사상을 다루고 있기 때문에 공자의 참다운 인간으로서의 모습은 잘 드러나지 않고 있는 듯한 불만이 있었다. 뿐만 아니라 중국에 전해 내려온 역대의 공자의 생애와 사상에 관한 자료 자체가 이미 그런 선입관 아래 쓰여지고 정리된 것들이라는 느낌도 든다.

이러한 선입관은 오히려 공자의 위대한 성인으로서의 면모와 위대한 사상을 잘못 전달하는 결과가 된다. 그러기에 이 책에서는 인간으로서의 공자의 생애와 사상을 올바로 쓴다는 데 역점을 두었다. 그러나 앞에서 이미 지적했듯이 여기에 활용한 거의 모든 자료가 공자는 하늘이 낸 지극한 성인이라는 선입관을 바탕으로 한 것이기 때문에 생생하게 참된 공자의 생애를 되살려 놓는다는 것은 거의 불가능에 가까운 일이었다. 다만 얼마간 인간 공자의 순수한 모습과 사상을 추구하는 데 성과가 있기를 바랄 따름이다.

책의 체제상 공자의 생애와 사상을 뒤섞어 가면서 서술을 하였는데, 그 생애에 관한 기록과 사상에 관한 기록 내용을 서로 연결시키면서 균형을 유지하는 데 무척 고심하였다. 생애에 관한 얘기와 사상을 보통 다른 책들처럼 따로 떼어 놓으면, 그의 사상을 쓴 부분은 너무 딱딱하고 읽기에 따분할뿐더러, 그 사상의 형성과 발전 과정을 이해하는 데 불편할 것이라 생각되어 이와 같은 체제로 썼다. 혹 무리가 있다면 독자 여러분의 거침없는 가르침이 있기를 빌 따름이다.

본문에 인용된 원문의 경우 『논어(論語)』를 비롯한 주요한 어구의 경우에는 원문을 번역문 뒤에 붙였다. 원문을 붙이지 않은 번역문으로만 쓰인 인용문은 내용이 길고 그다지 중요하지 않다고 생각되는 것들이다. 그리고 독자들의 이해를 돕기 위하여 춘추시대(春秋時代) 지도와 참고도를 삽입하였으니 참고하기 바란다.

끝으로 이 책의 간행을 위하여 애써 주신 태양문화사의 직원 여러분께 감사를 드리며 회사의 무궁한 발전을 아울러 빈다.

1977. 10. 4

공자상(孔子像)

22

서민들 편에 섰던 묵자(墨子)의 생애와 사상 및 묵가(墨家)

이 책은 1988년 대우학술총서 제32책으로 민음사에서 펴냈던 『묵자(墨子)』에 약간의 수정보충을 가한 것이다. 이 책은 옛 중국의 춘추전국(春秋戰國)시대 사상가인 묵적(墨翟, B.C. 479?~B.C. 381?)의 생애와 사상 및 그를 중심으로 하여 이루어졌던 묵가집단에 대한 종합적인 연구를 정리한 것이다.

흔히 묵자라 불리는 묵적의 생애와 사상을 이해함에 있어서 무엇보다도 두드러지는 특징은, 그 시대의 대표적인 학파인 유가나 법가는 봉건 지배계급인 사대부들의 입장을 대변한 학파였던 데 비하여, 묵자는 피지배계급인 서민의 입장을 대변하는 사상가였다는 것이다. 그 위에 묵가(墨家)란 다른 제자(諸子)들과는 달리 자기 희생을 무릅쓰고 묵자의 가르침을 믿고 실천하려고 애쓰던 일종의 종교 집단이었다고 할 수 있다.

묵자상(墨子像)

묵자의 사상은 흔히 '겸애(兼愛)'를 그 특징으로 내세운다. '겸애'란 하늘에 대한 신앙을 바탕으로 하여, 너와 나의 구별 없이 모든 사람들이 서로 사랑하며 서로 돕는 것을 뜻한다. 그밖에 그의 모든 사람이 부지런히 일하고 검소하게 절약하며 살아가야 한다는 '근검(勤儉)'과 어떤 나라도 다른 나라를 공격하는 전쟁을 일으켜서는 안 된다는 '비공(非攻)'의 주장 등도 아울러 생각해 볼 때, 태어나면서 신분이 정해지는 사회계급이 엄격히 구분되던 봉건시대에 있어서 그의 사상은 사회계급과 봉건체제를 근본적으로 부정하는 서민들의 입장을 대변하는 것임이 분명하다.

묵자의 사상은 심지어 근대의 박애와 평등의 개념에 가까운 것이었다고도 말할 수 있다. 전국시대 말엽까지도 묵가는 유가와 겨룰 만한 가장 두드러진 학파였다. 그러나 진시황(秦始皇)이 천하를 통일하자 바로 묵가가 세상에서 자취를 감추고 말았던 것도, 묵가는 지배계급의 입장에서 볼 적에는 눈엣가시와 같은 위험한 존재라서 봉건통치자들이 적극적인 탄압을 가했기 때문이었다고도 할 수 있다. 그리고 『묵자』라는 그의 저서를 읽어보더라도 그 문장 자체가 그 시대 다른 사상가들의 글과는 달리, 논리 전개 방식이 천근(淺近)하고 표현이 평이하여 서민적인 체취를 느끼게 하는 것이다.

너와 나의 구별 없이 모든 사람들이 서로 사랑하고 네 것과 내 것의 분별 없이 모든 사람들이 서로 돕는다는 '겸애'의 주장은 보통 사람으로서는 실천할 수 없는 사상이다. 그러나 묵자와 묵가의 사람들은 그처럼 행하기 어렵고 힘든 자기네 주장을 실천함에 있어서 자기를 희생하는 것도 두려워하지 않았던 사람들이다.

예를 들면, 묵자는 노(魯)나라에 있으면서 먼 남쪽의 초(楚)나라가 성을 공격하는 무기를 개발해 가지고 송(宋)나라를 치려 하고 있다는 말을 전해 듣는다. 묵자는 자신의 전쟁반대론인 '비공(非攻)'의 실천을 위하여 곧장 열흘 밤, 열흘 낮을 쉬지 않고 달려가 위험을 무릅쓰며 초나라 임금을 찾아가 설복하여 전쟁을 막고 있다.

또 묵가의 지도자였던 맹승(孟勝)은 친구인 양성군(陽城君)으로부터 자신이 여행하는 동안에 자기 나라를 돌보아 달라는 부탁을 받는다. 그런데 양성군은 밖에 나가 반란에 가담한 탓으로 초나라 임금이 그의 나라를 빼앗아 버린다. 맹승은 곧 친구와의 약속을 지키지 못한 자책으로 자결을 하는데, 지도자의 죽음을 뒤쫓아 그와 함께 죽은 묵가의 제자들이 183명이나 되었다 한다.

이와 비슷한 묵자와 묵가에 관한 기록은 이밖에도 여러 가지가 전한다. 그래서 『회남자(淮南子)』 같은 책에서는 묵가의 사람들 수백 명은 모두 '불에 뛰어들게 하고, 칼날이라도 밟게 할 수 있고, 죽는다 하더라도 발길을 돌리지 않는' 인물들이라 설명하고 있다. 이 모두 종교적인 신앙심이 아니고는 행할 수 없는 일들이다. 묵가를 종교집단으로 본 까닭은 이런 데 있다.

제1장 '묵자의 생애'에서는, 묵자는 천한 계급 출신이 분명하며, 심지어는 묵형(墨刑)을 받은 사람이라거나 또는 외국인이었다고 주장하는 학자들도 있음을 소개하면서, 묵자가 봉건사회에 있어서 서민을 대변하는 사상을 발전시키게 된 바탕을 밝히려 힘썼다. 그리고 묵자 일생의 행적 추구를 통하여 그와 여러 나라들과의 관계를 밝히는 한편, 그의 사상적인 특징과 묵가의 종교집단으로서의 성격이 이루어지는 계기를 밝혀보려 하였다. 묵자에 관한 기록이 매우 적기 때문에 이는 쉽지 않은 작업이었다.

제2장 '묵자의 시대배경'에서는 묵자가 살았던 주(周)나라(B.C. 1027~B.C. 256)가 문왕(文王) · 무왕(武王)에 의하여 세워진 이래로 발전하고 멸망해 간 과정을 약술하였다. 그리고 다시

범위를 좁혀 춘추(春秋)시대(B.C. 770~B.C. 453)와 전국(戰國)시대(B.C. 452~B.C. 256)의 시대적 특징을 개술하였다. 그리고 다시 묵자가 태어난 송(宋)나라와 그가 오랫동안 머물러 산 노(魯)나라의 특수성을 설명하였다.

노나라는 무왕이 주공(周公)을 봉한 나라여서, 주나라 황실이 쇠미해진 뒤로 다른 어떤 지역보다도 주나라 문물을 많이 보전하고 있던 나라였다. 또 송나라는 주나라 무왕이 은(殷)나라를 멸망시킨 뒤에 그 자손들을 봉하여 자기네 선조들 제사를 받들도록 한 나라여서 옛 은나라 문화가 가장 잘 보존되어 있었다. 따라서 노나라와 송나라는 각각 그 시대의 한 문화 중심지였다고 할 수 있다. 이상과 같은 시대적인 특징을 배경으로 하여 제자(諸子)라 불리는 여러 사상가들이 나왔음을 설명하였다. 모두 묵자의 사상과 행적을 잘 이해할 수 있도록 하기 위한 기초적인 작업이었다.

제3장 '『묵자』란 책의 성격' 에서는 묵가사상을 대표하는 묵적의 저술인 『묵자』가 이루어져 전래된 경과와 지금 우리가 보는 53편의 책으로 이루어지는 경과를 설명하였다. 특히 서한(西漢)의 유향(劉向, B.C. 77~B.C. 6)에 의하여 『묵자』가 71편으로 정리되었던 전후 사정과 진(秦)나라 이후 중국 학자들이 거의 『묵자』를 잊고 있다가 2000년이 지나 청 말에 이르러서야 다시 이를 연구하고 교주(校註)했던 사정을 논술하였다. 그리

고 『묵자』 각 편의 내용상의 특징 및 『묵자』에 대한 여러 학자들의 교주의 특징 등도 설명하였다.

제4장 '묵자의 사상'은 이 책의 중심을 이루는 부분이다. 묵자의 사상을, 첫째 그 바탕이 되고 있는 종교적인 성격의 규명과, 둘째 그의 교리인 여러 가지 그의 사상의 특징이란 두 부분으로 크게 나누어 서술하였다.

첫째, 그의 종교적인 성격을 규명하기 위하여, 먼저 묵가의 규율과 조직 및 묵가에 속하는 여러 인물들의 행적을 조사하였다. 결과적으로 묵가는 다른 그 시대의 학파들과는 달리 종교집단이었음이 증명되었다. 그리고 『묵자』 천지(天志)편의 기록을 중심으로 묵자의 하늘에 대한 신앙의 성격을 밝히었다. 그는 사람이란 언제나 하늘을 본받고 하늘의 뜻을 따라야만 한다고 역설하고 있다. 그의 '겸애'의 사상도 하늘이 모든 사람에게 똑같이 햇빛을 비춰주고 비와 이슬을 내려주는 것을 본받은 것이며, 그처럼 모든 사람들을 사랑하고 모든 사람들을 이롭게 해주려는 하늘의 뜻을 따른 것이라는 것이다.

다시 '명귀(明鬼)' 편을 중심으로 하여 그가 인정하는 귀신의 성격을 설명하였다. 귀신이란 눈에는 보이지 않지만 어디에서나 모든 사람들의 행동을 살피어 착한 사람들에게 복을 갖다주고, 악한 자들에게는 벌을 내리는 존재라 하였다.

끝으로 유가와 도가의 운명론에 대한 묵자의 비판을 소개하였다. 그는 미리 정해진 운명이란 있을 수가 없는 것이며, 다만 사람들이 어느 정도 힘써 하늘의 뜻을 실천하는가에 따라 앞날의 일들이 결정된다는 것이다.

이상과 같은 종교적인 신앙을 바탕으로 묵자의 교리라고도 할 수 있는, 사람들 모두가 지키고 실천하여야만 할 여러 가지 구체적인 사상이 전개되는 것이다.

첫째, 그는 '법의(法儀)' 편에서 사람에게는 사고와 행동의 기준이 되는 법의가 있어야 하는데, 그것은 바로 '의(義)' 와 '이(利)' 이며, 바로 하늘의 뜻이기도 하다고 주장하였다. '의' 란 하늘의 뜻에 따른 올바른 길을 뜻하고, '이' 란 모든 사람에게 이익이 되는 것으로 '의' 의 성격이기도 하다는 것이다. 특히 '이' 의 주장은 묵자가 실리적이며 현실적인 사상가였음을 뜻한다.

둘째, '겸애' 편을 중심으로 그의 사상을 대표하는 '겸애' 의 뜻을 논하였다. '겸애' 란 모든 사람들이 너와 나의 구별 없이 서로 사랑하고 서로를 이롭게 해줌을 뜻한다. 이는 바로 하늘의 뜻이기도 하다. 계급이 엄격한 봉건사회에 있어서는 바로 그 시대 제도에 대한 정면 도전이기도 한 것이다.

셋째, 그의 '비공' 편을 중심으로 그의 전쟁반대론을 소개하였다. 그는 철저한 전쟁반대론자였을 뿐 아니라 그 적극적인 실천자이기도 하였다. 그리고 이는 '겸애' 사상의 연장이라고도 할 수 있다.

넷째, 그의 '절용(節用)' · '절장(節葬)' · '비악(非樂)' 편 등을 중심으로 그의 근검사상을 논술하였다. 특히 그는 유가에서 존중하는 화려한 장례절차를 형식적이고 사치스러운 낭비라 반대하고, 음악을 귀족적인 허식에 불과하다고 반대하고 있는 점이 두드러진다.

다섯째, 그의 '상현(尙賢)' · '상동(尙同)' 편 등을 중심으로 묵가 정치론의 내용을 설명하였다. 그는 하늘의 뜻에 맞는 정치로 '의정(義政)' 을 행하여 '겸애' 의 뜻을 온 세상에 구현하려 하였다. 그러기 위하여는 현명한 사람들을 골라 일할 자리에 앉혀야 하며, 그렇게 하여 이루어지는 정치질서를 따라 위아래 자리의 사람들이 모두가 화합하는 '상동' 의 정치를 이룩하여야 한다는 것이다.

여섯째, '비유(非儒)' 편을 중심으로 그의 유가 비판을 소개하였다. 유가란 철저한 비생산적인 계급으로 사회를 위하여 아무런 공헌도 못하면서 봉건사회의 지배윤리만을 분식하여 사회에 기생하는 존재라 하였다. 뒤이어 제자(諸子)들의 책에 보이는 다양한 묵자평을 소개함으로써, 위에 설명한 묵자사상에 대한 이해를 뒷받침하려 하였다.

끝으로 양계초(梁啓超, 1873~1929) 이후 묵자를 연구하는 중국학자들이 중시하는 '묵변(墨辯)' 의 허상을 벗기었다. '묵변'

이란 『묵자』의 '경(經)' 상 · 하편과 '경설(經說)' 상 · 하편 및 '대취(大取)' · '소취(小取)'의 여섯 편을 말한다. 이것들이 논리학과 관계되는 글임은 분명하나 중국학자들이 내세우듯 『묵자』의 기본을 이루는 내용이거나 서양의 기하학 · 물리학 · 천문학 · 광학 · 역학 등의 내용이 실린 것일 수는 없는 것임을 밝히었다.

제5장 '묵학(墨學)의 성쇠와 묵자의 제자'는 이 책의 부록이나 같은 부분이다. 특히 전국 말엽까지도 유가와 거의 대등한 두드러진 학파였으나, 진(秦)나라 이후 갑자기 자취를 감추었다가 청말에 이르러야 다시 학자들이 중시하게 된 경과를 썼다. 그리고 옛 전적에 보이는 묵자의 제자들과 묵가의 지도자들인 거자(巨子)에 관한 기록 및 후세 묵가의 별파(別派) 등도 소개하였다.

다시 한 번 끝으로 강조해야 할 것은, 묵자는 사회계급이 엄존하던 봉건시대에 피지배계급인 서민들의 입장을 대변한 독특한 사상가였다는 것이다.

2002. 4. 20

*이 글은 『묵자, 그 생애 · 사상과 묵가(墨家)』 앞머리에 써 붙인 글이다. 이 책은 2014년 8월에 다시 개정한 수정판이 출판되었다.

23

『서재에 흘린 글』 앞머리에

−이불(二不) 잡문집(雜文集) 제1집−

서실여적(書室餘滴)이란 말을 풀어 어색한대로 책 제목을 『서재에 흘린 글』이라 하였다. 그리고 이를 필자 이불(二不)의 『잡문집(雜文集)』이라 하였는데, 말 그대로 여러 가지 잡된 글을 모아놓은 것이다. 우선 글을 쓴 시기가 1970년대에서 시작하여 최근에 이르는 것까지 뒤섞여 있다. 따라서 글을 쓴 배경이며 조건이 다른 것들이 함께 있게 된 것이다. 남의 청탁을 받아 쓴 것도 있고 한가할 적에 내 생각이나 느낌을 적어 둔 것도 있다. 앞으로 다시 연이어 나올 제2집 · 제3집 등의 실릴 글의 성격도 모두 이와 크게 다를 것이다.

글의 내용은 세 부분으로 나누어져 있는데 첫째, 「수고로움에 익혀져」는 특히 내가 공부하다가 발견하고 깨닫고 한 일들이 나에게 영향을 준 사항들에 대하여 쓴 글들이라 할 수 있다. 나라는 개인으로서는 매우 중요하다고 여겨지는 대목들이다. 둘째, 「사랑을 모르던 사람들」은 내가 중국문학을 공부하면서 중국 사람들에 대하여 느낀 여러 가지 그들의 특성이나 성격 같은 데 관하여 쓴 글이다. 여기에는 중국 사람들을 보는 나의 개인적인 견해도 섞여 있으리라 여겨진다. 지나친 착시나 없었으면 하는 바램을 갖고 있다. 셋째, 「강과 바다」는 내 주위의 자연을 바라보면서 느끼고 생각한 것 같은 것을 적은 글을 모은 수상집(隨想集)이다. 가장 수필에 가까운 글들이다.

필자는 평소에 관심이 다른 곳에 쏠려 있어 이런 글을 별로 쓰지 않은 셈이다. 그러나 오랜 세월이 흐르고 보니 이런 잡된 글도 적지 않은 양이 쌓였다. 이제는 직장에서 정년퇴직을 한 지도 여러 해 되고 보니 이를 정리할 시간 여유도 생기어 이처럼 책자로 엮어보게 된 것이다. 끝으로 어려운 실정에도 굴하지 않고 양서 출판에 힘쓰고 있는 명문당 김동구 사장에게 감사를 드린다.

2013. 12. 5

24

『서재에 흘린 글』 앞머리에

-이불(二不) 잡문집(雜文集) 제2집-

중국의 학자나 작가들은 루신(魯迅)처럼 수필보다도 잡문을 더 많이 썼다. 필자도 그 영향을 받은 탓일까? 책을 쓰거나 번역을 한 글 이외에 쓴 글은 모두 잡문들이다. 책의 제목을 『서재에 흘린 글』이라 하였지만 모두가 서재에서 공부하는 중에 남겨진 여러 가지 잡다한 글이다.

잡문집의 첫 번째 「나의 고전 번역」은 공부하다가 깨닫게 된 간단한 사항들을 적어놓은 것이다. 따라서 거기에는 글 내용의 가볍고 무거운 차이가 없을 수가 없다. 두 번째 「선비 정신의 자기 반성」은 공부하는 중에 느끼고 생각하게 된 여러 가지 일들을 적어놓은 것이다. 세 번째 「사람들의 만남과 나눔」은 특히 공자(孔子)를 중심으로 하는 유가사상을 접하면서 여러 가지로 깨닫고 느낀 점들을 적어놓은 글들이다. 공자의 유가사상을 이해하는 데에 도움이 되리라고 믿는다. 네 번째 「먼저 가신 분들 생각하며」는 이미 작고하신 선생님에 관하여 얘기하거나 그분들을 추모하는 글이 중심을 이루지만 나의 후배들을 추도하는 글도 섞여 있다. 먼저 가신 분들 모두가 필자에게는 무척 소중한 분들이기에 이런 글들이 남게 된 것이다.

외람되게도 중국의 루신의 것과 같은 종류의 잡문이라 생각하면서 독자들이 이 잡문집을 대해주길 간절히 빈다. 그리고 어려운 여건에도 양서 출판에 전념하고 있는 출판사 명문당의 무궁한 발전을 아울러 빈다.

2013. 12. 25

V.

역서 서문의 글

1
『서경(書經)』 번역 주석 수정본 서문

이 『서경』은 필자의 중국 경전 번역 중 최초로 번역하여 출간한 것이다. 그리고 우리나라 최초의 현대적 완역본이었을 것으로 믿는다. 1967년 초판이 간행되었지만, 필자의 번역은 1964년부터 시작하게 되었다. 그 당시 우리나라에는 초등학생부터 시작하여 대학생에 이르는 전국 학생 및 일반인들을 상대로 고전 독서운동을 크게 펼쳤던 한국자유교육협회라는 단체가 있어서 필자도 그 협회의 독서운동에 적극 참여하였다. 자연히 그 단체에서는 필자에게 중국고전의 번역을 요구하게 되었고, 필자 자신도 젊은이들이 읽을 만한 중국고전의 충실한 번역의 필요성을 절감하고 있는 터였다.

이에 심사숙고 끝에 중국의 고전을 번역하자면 유가(儒家)의 경전이나 제자서(諸子書) 가운데에서 가장 어려운 것부터 착수해야겠다는 생각이 들었다. 만약 가장 어려운 고전을 성공적으로 번역하기만 한다면 여타의 것들은 번역에 별 어려움이 없을 것이라 여겨졌기 때문이다. 그래서 첫 번째 번역감으로 고른 것이 『서경』이다.

근세의 석학 왕국유(王國維 : 1877~1927년)도 "『서경』에는 풀이할 수 없는 글이 태반이다.(於書所不能解者, 殆十之五.)"라고 하였고(『觀堂集林』 卷一 與友人論詩書成語書), 주희(朱熹)의 제자 채침(蔡沈)도 『서집전(書集傳)』의 여러 곳에서 "무슨 뜻인지 모르겠다."고 손들고 있는 책이다. 그러나 필자는 대만대학(臺灣大學)에 유학하여 『상서석의(尙書釋義)』(臺灣 中華文化出版事業委員會 刊 現代國民基本知識叢書 第4輯 : 1956년)란 근세의 명저를 낸 취완리(屈萬里 : 1906~1979년) 교수의 『서경』과 『시경』에 대한(『시

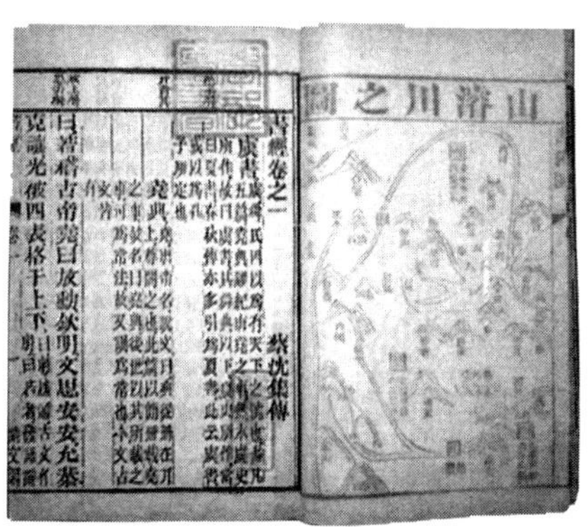

채침(蔡沈)의 『서경집전(書經集傳)』 첫머리

경』에 관하여는 『詩經釋義』란 명저가 같은 곳에서 나와 있음. 1952년) 강의를 듣고 귀국한 지 얼마 되지 않는 터이라(1961년 귀국) 감히 『서경』을 1차 번역목표로 삼을 수가 있었다. 따라서 뒤에는 『시경』 번역도 냈지만(明文堂, 1971년) 이 어려운 두 책의 번역에는 취완리 교수의 교도와 영향이 무척 크다.

이 『서경』의 번역이 읽을 만하다는 평들이기에 그 뒤로 용기를 내어 계속 작업을 하여 중요하다고 생각되는 중국의 경서(經書)와 자서(子書) 10여 종을 번역 출간하게 되었다. 그 덕에 우리나라에 중국 고전들을 소개하고, 한때 출판계에 중국 고전 간행 붐이 일어나게 한 데에도 일조(一助)하였다고 자부한다.

흔히 유가의 기본 경전을 삼경(三經)이라 하지만 그 중 『역경(易經)』은 본시 점책이어서, 뒤에 역리(易理)를 해설한 십익(十翼)이 보태어진 덕분에 철학서라 받아들여지기도 한다. 그러나 그 영향은 중국사상 발전에 적극적인 작용을 하기도 하였지만 그에 못지 않게 좋지 않은 영향도 끼쳤다고 여긴다.

그러나 『서경』과 『시경』만은 이미 선진(先秦)시대부터 맹자(孟子)나 순자(荀子) 같은 유가뿐만이 아니라 공부하는 모든 사람들이 읽고 존중해온 책이다. 보기를 들면, 유가를 그의 저서 여러 편에서 신랄하게 공격하고 있는 묵자(墨子) 같은 사상가도 자기 사상을 내세우는 이론의 근거로 늘 『서경』과 『시경』

의 구절들을 인용하고 있다.

그뿐 아니라 중국문학사에 있어서는 『서경』은 '산문지조(散文之祖)' 이고, 『시경』은 '운문지조(韻文之祖)' 라고 떠받들어지고 있다. 따라서 후세 중국문화 전반에 끼친 영향을 말할 적에는 이 이경(二經)을 들어야 할 것이다. 『논어(論語)』를 보면, "공자께서 늘 말씀하신 것은 『시경』, 『서경』과 예를 지키는 일이었다."(述而편)고 말하고 있고, 옛사람들은 늘 '시서(詩書)' 란 말로 학문을 강조하였다. 그것은 이 두 가지 경서가 중국문화 발전의 가장 중요한 기초가 되고 있음을 뜻하는 것이다. 따라서 『서경』과 함께 『시경』도 읽어주기 바라는 마음 간절하다.

특히 『서경』은 옛날의 사관(史官)들이 역대 임금들의 언동(言動)을 중심으로 하여 정치에 관한 일들을 기록해놓았던 것을 공자가 다시 편찬한 것이라 한다. 반고(班固 : 32~92년)의 『한서(漢書)』 예문지(藝文志)를 보면, 옛날 사관에는 좌사(左史)와 우사(右史)가 있었는데, 좌사는 말을 기록하고 우사는 일을 기록하였다고 하였다. 지금 『서경』을 보면, 요(堯)임금과 순(舜)임금에 관한 일에서 시작하여 흔히 삼대(三代)라 부르는 하(夏) · 은(殷) · 주(周) 세 왕조에 관한 기록들이 실려 있다.

대체로 공자의 견해를 따르면 요 · 순시대는 이상적인 덕치(德治)가 행해진 전설적인 시대요, 하 · 은 · 주의 초기 일부 시대는 실제로 덕치가 잘 시행되었던 성군(聖君)의 시대이다. 따라서 공자의 정치 이상은 주나라 초기의 봉건주의(封建主義)를 재건하는 데에 목표가 있었다고까지 말할 수도 있다. 따라서 『서경』은 어떤 경전보다도 유가(儒家) 또는 중국 고대의 정치 이상을 추구할 수 있는 자료가 된다.

취완리 교수는 『상서석의(尙書釋義)』를 낸 뒤 다시 1983년에는 『상서집석(尙書集釋)』(『屈萬里先生全集』 ②), 1984년에는 『상서금주금역(尙書今註今譯)』(『屈萬里先生全集』 ⑨)을 냈다. 50년대라면 국민당 정부가 타이완(臺灣)으로 옮겨와 아직도 경황이 없던 때라, 그 시절에 출판된 책에는 오자(誤字)와 오식(誤植) 등이 많아 책을 읽고 공부하는 데 어려움이 있었다. 그 뒤로도 취완리 교수는 꾸준히 시서(詩書)에 관한 연구를 쌓아 새로운 학설이 나 견해도 많아져 그러한 책을 다시 쓰게 된 것이다.

이번 『서경』을 개정함에 있어서는 주로 여기에 든 굴만리 교수의 뒤에 나온 두 책을 참고하였다. 다만 시간이 없다는 핑계로 이 두 책의 내용도 제대로 소화해내지 못한 채 졸저(拙著)의 정정(訂正)을 마치게 되는 것이 한스러울 따름이다.

이번 수정에 있어서 번역 자체에까지도 가장 많이 손을 댄 부분은 뒤의 주서(周書)이다. 주서는 문장 자체가 읽기 어렵기 때문에 본시 잘못된 번역이 퍽 많았다는 이유도 있지만, 그 사이 상고시대 왕조 중에서 주(周)나라에 대한 이해에 변화가 가장 많은 때문이기도 하다. 어떻든 경전 중에서도 『서경』의 글은 해석하기가 가장 어렵다. 최선을 다하였으나 미흡한 점이 아직도 많을 것이라 믿고 독자 여러분의 고견과 가르침이 있기를 빈다.

끝으로 이 자리를 빌어 어려운 여건 속에서도 이 책의 간행을 맡아준 명문당 김동구(金東求) 사장의 문화사업에 대한 열정과 사명감에 경의를 표한다.

2002. 3.

2
『시경』 서문

유가(儒家)의 경전(經典)들 중에서도 삼경(三經)을 들거나 오경(五經)·육경(六經)·구경(九經) 또는 십삼경(十三經)을 들거나를 막론하고 대개의 경우 『시경(詩經)』은 첫머리에 꼽혀 왔다. 수많은 경전들 가운데에서도 『시경』을 첫째로 내세웠다는 것은, 『시경』이 수많은 경전들 가운데에서도 가장 유가(儒家)들의 존중을 받았음을 뜻한다.

이와 같이 유가에서 가장 존중하여 온 『시경』은 다른 어떤 경전들보다도 중국 문화에 큰 영향을 끼치고 있다고 보아야 할 것이다. 한 걸음 더 나아가 이웃인 우리나라를 비롯하여 일본·베트남 같은 동양의 나라들은 중국의 문화적인 영향권 안에 있어 왔으므로 『시경』은 동양문화 또는 동양사상에 가장 크게 기여한 고전의 하나라고 보아야만 할 것이다.

또한 『시경』은 중국에서도 가장 오래된 시가집(詩歌集)이어서 '중국문학(中國文學)의 조(祖)'라 일컬어진다. 따라서 중국문학을 이해하거나 공부하려는 사람이면 『시경』은 반드시 읽어야만 하는 책이다. 그리고 우리 고전문학(古典文學) 또한 중국문학의 많은 영향을 받았었다면, 우리 고전문학을 올바로 이해하기 위해서도 『시경』은 꼭 읽어야만 할 책이다.

『시경』은 이처럼 동양문화 또는 동양문학에 중대한 영향을 끼친 가장 중요한 고전의 하나이다. 따라서 동양의 지성인은 물론 동양문화 또는 동양문학을 이해하려는 사람이라면 꼭 읽어야만 할 책이다.

『시경』이 여러 경서(經書)들 가운데에서도 가장 존중되어 온 것은 중국인들이 시(詩)의 공용성(功用性)을 크게 평가하였기 때문이다. 즉 시는 이를 읽는 사람들의 성정(性情)을 순화(純化)시키어 이 세상을 살기 좋은 평화세계로 이룩할 수 있다고 믿었다.

덕(德)으로써 세상을 다스리려는 왕도정치(王道政治)에서는 이러한 시야말로 덕을 통한 교화(敎化)를 이룩하는 가장 좋은 통치 수단이라고 인식되었다. 덕으로써 세상을 다스리는 데에는 권력을 바탕으로 한 강요나 인위적인 법령 같은 것은 모두 배제된다.

시라고 해서 모든 시가 왕도정치를 행하는 데 효용(效用)이 있다는 것은 아니다. 그 시는 사람들의 성정을 순화시킬 수 있는 훌륭한 작품이 아니면 안된다. 『시경』에는 지금으로부터 2500 내지 3천 년 전의 옛사람들이 노래했던 시가(詩歌)들이 실려 있다. 순박한 옛사람들의 생활과 감정을 노래한 시들은 후인들의 마음과 감정에 훌륭한 영향을 끼친다.

그래서 공자(孔子)도 『논어(論語)』 위정(爲政)편에서 '시경 3백 편은 한마디로 표현하면 생각에 사악(邪惡)함이 없는 것이다.' 라고 하였고, 또 팔일(八佾)편에서는 '관저(關雎)는 즐거우면서도 음란(淫亂)하지 않고 슬프면서도 마음을 상(傷)케 하지 않는다.' 고 하였다. 다시 말하면, 『시경』의 시들이야말로 덕으로써 세상을 다스리는 데 가장 효용이 크다는 것이다. 『시경』은 이처럼 왕도정치의 가장 효과적인 용구(用具)로 인정되었기 때문에 수많은 경서들 중에서도 가장 존중되어 온 것이다.

옛사람들이나 마찬가지로 지금 사람들도 순박한 옛사람들의 서정(敍情)이나 생활습성을 통하여 어지러운 성정을 순화시킬 수 있다. 현대인이란 개인적으로 볼 때에는 지나친 이해관계를 앞세우는 공리적(功利的)인 경향이 옛날보다 훨씬 뚜렷하고, 세계적으로 볼 적에는 지나치게 자기본위(自己本位)의 집단이나 종족(種族)의 이익만을 중시하는 경향이 두드러지고 있다.

아무리 발전한 나라라 하더라도 서양화한 근대국가에는 남의 나라나 남의 종족, 남의 종교를 자기 나라나 자기 종족, 자기 종교와 평등하게 본 나라나 민족은 찾아보기 어렵다. 자기 나라와 경제적으로나 정치적으로나 어떤 이해관계의 충돌이 생기기만 하면 평소에 주장하던 평등이나 박애(博愛)는 아랑곳없이 대포를 앞세우고 서슴치 않고 남의 나라를 짓밟았다.

그 결과 현대 국가들은 가상(假想)의 적(敵)에 대비하기 위하여 인류복지(人類福祉)에 쓰여지는 몇십 몇백 배의 노력과 경비를 들여가며 무비에 힘쓰게 되었다. 이렇게 발단된 무비(武備)의 경쟁은 극도로 발전하여 몇몇 강국(强國)들의 공격(攻擊) 수단은 하루아침에 전 인류를 멸망시킬 수 있는 능력을 보유(保有)하기에 이르렀다. 여기에 이른바 현대의 위기의식이 조성된 것이다. 현대의 위기의식이 절실하면 절실할수록 『시경』을 비롯한 동양의 고전들은 그 의의가 더욱 두드러질 것이다.

그것은 『시경』이 보여주는 옛사람들의 서정이나 생활 또는 『시경』을 존중하던 옛사람들의 태도는 현대의 위기를 극복할 수 있는 유일한 길을 보여주고 있기 때문이다. 옛사람들의 순박한 생활감정이나 인간과 자연에 대한 무한한 사랑은 우선 현대인의 공리적(功利的)인 개인주의를 초극(超克)할 수 있게 만들 것이다.

그리고 이러한 시를 통하여 사람들의 성정을 순화하고 치자

(治者)의 덕을 자연스럽게 확충시켜 나가려던 덕치주의(德治主義)의 이상은 새로운 세계주의의 가능성을 보여준다. 현대 중국의 국부(國父)로 받들어지는 손문(孫文)이 지적했듯이 세계평화의 진정한 길은 이러한 왕도정치(王道政治)가 있을 따름인 것이다. 이렇게 본다면 『시경』은 현대에 있어서 더욱 존중되어야만 할 경서라 할 것이다.

우리는 한국인으로서 또는 동양인으로서의 자세를 오랫동안 저버려온 듯하다. 근래에 와서 자주의식(自主意識)이란 말이 흔히 얘기되는 것도 이 때문일 것이다. 동양을 모르고 동양의 지성인으로 행세할 수 없고, 한국을 모르고 한국의 지성인으로 행세할 수 없다. 서양문화나 서양문학을 전공(專攻)하는 사람이라 하더라도 튼튼한 자아(自我)에 대한 인식을 바탕으로 하여야만 비로소 보람 있는 성과를 이룩할 수 있을 것이다.

여기서 자아를 얘기하면서 동양을 얘기하게 되는 것은 중국을 중심으로 한 동양의 여러 나라들은 같은 문화권 안에서 생활하여 왔기 때문이다. 따라서 진정한 한국의 것을 알기 위하여는 적어도 동양의 단위로 시야를 넓힌 다음 거기에서 어느 것이 한국인가를 가려내어야만 진정한 우리 것을 찾을 수 있겠기 때문이다.

따라서 『시경』을 읽는다는 것은 동양의 문학이나 사상을 이해하는 길잡이도 되지만, 올바른 우리 문학이나 사상을 파악케 하는 역할도 하는 것이다. 현대 지성인들에게 『시경』을 강력히 권하는 또 한 가지 이유가 여기에 있다.

『시경』은 수천 년 전의 중국의 가요(歌謠)이므로 자구(字句)의 해석에서부터 대의(大意)의 파악에 이르기까지 여러 가지 문제가 많다. 역대로 수많은 학자들이 시경 자구의 훈고(訓詁) 또는 주석(註釋)에 종사하여 왔으나 아직도 해석상의 여러 가지 문제들은 수없이 해결되지 않은 채로 쌓여 있다.

평생을 『시경(詩經)』 연구에 바친 대학자(大學者)들이 그러하거늘 아직 미숙한 필자로서는 심혈을 기울였다 해도 불완전한 곳이 적지않으리라 믿는다. 그러나 적어도 근거없는 망해(妄解)만은 피하려고 애썼다. 강호제현(江湖諸賢)의 편달(鞭韃)을 빌 따름이다.

1971. 5. 1

3
『시경(詩經)』 번역 주석 수정본 서문

필자의 『시경』 번역(明文堂 刊)은 1960년대 후반에 시작하여 1971년에야 완성되어 발간된 것이다. 어떻든 그것은 우리나라 최초의 현대적인 완역본이라고 여겨진다. 그리고 그것은 우리나라에 『시경』을 널리 읽히는 데에 적지 않은 공헌을 했을 것으로 믿는다.

본시 이 책은 대만대학(臺灣大學)에서 공부할 적의 취완리(屈萬里, 1906-1979) 교수의 『시경』 강의를 바탕으로 하고, 그분의 명저인 『시경석의(詩經釋義)』(中華文化出版事業委員會 刊, 1952)를 주로 참고하며 번역했던 것이다. 그러나 그 책이 나올 무렵은 국민당(國民黨) 정부가 대만으로 옮겨 온 지(1949) 얼마 되지 않아 출판사정이 좋지 못했음으로 잘못 인쇄된 글자가 많았고, 학자들도 아직 학문연구를 위한 안정된 생활을 하지 못하고 있던 때여서 굴선생님 스스로도 소홀한 점이 적지 않았던 듯하다. 굴선생님은 강의시간이면 잘못 인쇄된 글자를 고쳐주느라 애쓰셨고 또 달라진 자신의 견해를 설명하는 데에도 적지 않은 시간을 소비하셨다.

굴만리 교수는 1983년에는 다시 『시경석의』를 수정하고 정리하여 『시경전석(詩經詮釋)』(『屈萬里全集』⑤)을 내셨다. 그 책을 보면서 필자 자신도 『시경』 번역의 수정판을 내어야겠다고 다짐하면서도 영 기회를 찾지 못하고 있었다. 그 사이 필자의 『시경』에 대한 관심은 『시경』의 시들의 정확한 해석이나 그 의의 같은 것보다도, 그것들이 옛날에는 실제로 어떤 양식으로 노래되었을까 하는 데 있었다. 「서한(西漢) 학자들의 시경(詩經) 해설에 대한 새로운 이해」·「중국 고적(古籍)의 또 다른 성격에 대하여」(이상 『중국문학사론』 서울대학출판부, 2001 所載)·「선진(先秦) 중국문학의 정전(正典)의 성격」(이대 중문과 창설 20주년 기념 학술대회 발제논문, 2001) 등의 논문은 그러한 관심을 바탕으로 이루어진 업적이다.

때문에 이제 와서 기왕의 『시경』 번역과 주석에 대한 수정본을 내면서도 『시경전석』의 새로운 시에 대한 해석도 충분히 반영하지 못하고 말았다. 얼마든지 다른 의견은 있을 수 있겠으나 시 본문의 이해를 위한 것이라면 이 정도의 번역으로도 충분하다는 생각이 계속 머릿속에 맴돌고 있었기 때문이다. 그래도 오랫동안 서울대학에서 『시경』 강의를 담당해온지라 본문의 번역과 주석에도 많은 수정이 가해졌다. 대체로 소아(小雅)와 대아(大雅)에 가장 많은 수정이 가해졌다.

끝으로 어려운 우리나라 출판계의 사정에도 불구하고 이런 번잡한 책의 출판을 흔쾌히 맡아준 명문당 김동구 사장의 출판에 대한 열의에 경의를 표한다.

2001. 8. 30

4

『대학』 초판 머리말

사서(四書) 가운데의 『대학』과 『중용』은 본시 각각 『예기(禮記)』의 한 편으로 단행본이 아니었다. 뒤에 송(宋)대에 와서야 단행본으로 독립하여 사서(四書) 가운데의 『논어(論語)』와 『맹자(孟子)』의 중간 자리에 끼게 됨으로써, 공자(孔子, 『논어』)로부터 증자(曾子, 『대학』) · 자사(子思, 『중용』)를 거쳐 맹자(孟子, 『맹자』)에게까지 이어지고 있던 유학(儒學)의 도통(道統)을 드러내고 있는 중요한 경전으로 격이 크게 높여졌다. 그리고 이 유학의 도통론(道統論)과 이들 사서에 대한 새로운 경전의 해석은 바로 그 시대에 유학이 새로운 신유학(新儒學)으로 발전하는 이론적 바탕이 되었다.

그중에서도 『대학』과 『중용』은 신유학의 형성에 가장 큰 영향을 주게 된다. 이 두 책은 간단하면서도 다른 유가의 경전에서는 볼 수 없는 특수한 내용이 담겨 있기 때문이다. 『대학』에서는 학문의 이상 또는 교육의 이념이라 할 수 있는 '자신의 올바르고 밝은 덕을 밝히고[明明德]', '사람들을 올바로 이끌어 새롭게 하고[新民]', '이런 노력이 지극히 훌륭한 경지에 놓이도록 처신한다[止於至善]' 고 하는 삼강령(三綱領)과 그 학문을 닦는 순서와 방법을 논한 '사물에 대하여 그 이치를 연구하고[格物]', '자기의 앎을 지극히 발전시키고[致知]', '자기 뜻을 정성스럽게 하고[誠意]', '자기의 마음을 바르게 하고[正心]', '자기 자신을 닦고[修身]', '자기 집안을 질서 있게 가지런히 하고[齊家]', '나라를 올바로 다스리고[治國]', '천하를 태평케 한다[平天下]' 고 하는 팔조목(八條目)이 그 중심을 이룬다. 따라서 자신을 먼저 닦고 남들을 올바로 이끌고 위해 주는 수기치인(修己治人)의 학문이상을 논한 이 『대학』의 새로운 해석은, 바로 새로운 유학의 이상과 학문 방법의 기초가 되었던 것이다. 그러기에 엄청난 저술을 남긴 대학자 주희(朱熹)가 이 얄팍한 『대학』의 해석에 자기 평생의 심혈을 기울였다고 스스로 말하고 있는 것이다(『朱子語類』 14권).

『중용』에서도 첫머리부터 만물의 주재자로서의 하늘(天), 모든 사람들이 타고난 본성(性), 사람들이 살아가면서 지켜야만 할 올바른 도리(道), 올바른 도리를 지키기 위한 노력과 수련인 교육(敎) 등에 대하여 논하고 있다. 그리고 이 모든 것은 언제 어디에서나 어느 편으로도 치우치지 않고 언제나 적절한 중용의 도(中庸之道)를 통해서 제대로 구현되어야 한다는 것이다. 이러한 철학적인 사유방법은 이전 유학에서는 별로 중시되지 않던 것들이다.

따라서 『대학』과 『중용』이 새로운 경전으로 독립하여 격이 높아졌다는 것은 바로 유학의 큰 변화를 뜻하는 것이다. 그뿐만이 아니라 신유학(新儒學)에서도 정주학(程朱學) 이외에 육구연(陸九淵) · 왕양명(王陽明) 등의 서로 다른 여러 학파가 생겨나는데, 그 학파들의 가장 두드러진 특징은 다른 어떤 경전보다도 바로 이 『대학』과 『중용』의 해석 차이에서 이루어지는 것이다. 따라서 『대학』과 『중용』은 바로 신유학을 올바로 이해하는 열쇠라고도 할 수 있다.

필자는 일찍이 1960년대에 이 두 가지 책의 중요성을 절실히 느끼고 우리말로 주석을 단 뒤에 본문을 번역한 일이 있다. 『대학』의 수기치인(修己治人)의 이상과 학문이념 및 『중용』의 철학과 심법(心法)을 현대인들에게 되도록 쉽고 정확하게 전달하려는 욕심에서였다. 『대학』과 『중용』을 통해서 신유학의 학문적인 특징을 이해하도록 하고, 그 지나치게 향내적(向內的)인 개인의 수신을 강조하는 학문 경향을 초극함으로써 유학의 윤리가 현대사회에 크게 이바지할 수 있게 하는 경전이 될 수 있다고 믿었던 것이다.

그러나 옛날의 그 번역은 필자의 목표에 반 정도도 미치지 못하는 수준의 매우 불만족스러운 것이었다. 늘 모자라는 점을 보충하고 잘못된 곳을 바로잡아야겠다고 생각하면서도 그럴 기회가 없었다. 그런 중에 지난 여름방학에는 주위의 권유로 다시 이 『대학』과 『중용』의 번역에 손을 대게 되었다. 시간이 부족하고 다른 바쁜 일에도 몰리고 있어서 차분히 일할 수가 없었다는 시원찮은 결과에 대한 변명은 미리부터 마련되어 있었다. 그러나 옛날 것에 비하면 많은 부분이 보충되고 바로잡히었다. 다만 아는 게 모자라 아직도 부족한 점이 많음을 알고 있다. 독자 여러분의 거리낌 없는 비판과 가르침이 있기를 간절히 바란다. 재판 때라도 좀 더 손질을 할 마음가짐이 되어 있다.

1995. 10. 1

5
『대학』 개정판 머리말

정년퇴직을 한 뒤에 이전에 본인이 번역한 중국의 옛 책들을 다시 손질하고 정리하면서 많은 점에 대하여 반성하게 되었다. 그중에서도 자신을 가장 부끄럽게 느끼게 하는 것은 대부분의 이전 번역이 제대로 되지 못하였다는 점이다.

『대학』을 놓고 보더라도 그 첫 구절 "大學之道, 在明明德, 在親民, 在止於至善."을 전의 번역본에서는 다음과 같이 옮기고 있다.

"『대학』의 도는 밝은 덕을 밝힘에 있으며, 백성을 친근히 함에 있으며, 지극한 선에 처신함에 있다."

그런데 지금 읽어보면 이건 번역이 아니라는 생각조차 든다. 우선 '대학' 이란 무엇인가? 옛날에는 지금과 같은 대학이란 존재하지도 않았지 않은가? 그렇다면 그것은 지금 우리가 쓰는 다른 말로 옮겨져야만 한다. 그 뒤의 '도'는 또 무엇을 뜻하는가? 도리인가, 길인가? 그렇지 않으면 원리 · 목표 · 방법이나 이상 같은 말 중의 하나를 번역 말로 선택하여야만 할 것이다. '명덕'이란 '밝은 덕'은 어디에 있는 누구의 것인가? 밝힌다면 그것을 어디에 밝힌다는 말인가? 이 구절의 주어는? '백성을 친근히 한다'면 누가 어떻게 하는 것인가? '지극한 선'이란 어디에 있는 어떤 것인가? 그 밖에도 모두가 분명치 않다.

이에 이런 여러 가지 의문을 분명히 하기에 애쓴 끝에 이 구절을 다음과 같이 새로이 번역하게 되었다.

"위대한 사람이 되려는 학문의 이상은 자신의 올바르고 밝은 덕을 밝히는 데 있으며, 사람들을 올바로 이끌어 새롭게 함에 있으며, 이러한 노력이 지극히 훌륭한 경지에 놓이도록 처신함에 있다."

'대학'은 주희(朱熹)의 해설을 따라 '위대한 사람이 되기 위한 학문'이라 옮겼고, 그렇게 볼 때 '도'는 도리나 원리보다도 '이상'의 뜻으로 보는 것이 더 적절하다고 여겨졌다. '백성을 친근히 한다'는 말은 『대학』의 앞뒤 글을 통해 볼 적에 적절한 번역이 못된다고 여겨졌다. 주희처럼 그것을 '신민(新民)'으로 읽고, 우선 자기 자신이 하늘로부터 타고난 밝은 덕을 분명히 밝히어 자기 자신을 닦은 다음 그것을 바탕으로 사람들을 올바로 이끌어 주고 잘 교화하여 새롭게 함으로써 자기 집안을 질서 있게 가지런히 하고 그의 나라가 잘 다스려지도록 하고 온 천하를 평화롭게 하는 데에 이바지하는 것으로 이해하였다. 끝머리 '지극한 선'이란 '지극히 훌륭한 경지'를 뜻하며, 공부하는 사람이 자신의 올바르고 밝은 덕을 밝히려고 애쓸 때나 사람들을 올바로 이끌어 새롭게 하는 노력을 할 때나 언제나 그 자신이 '지극히 훌륭한 경지에 놓이도록 처신하여야 한다.'라는 것이다.

이렇게 하고 보니 완전히 새로운 번역이 되었다. 다만 이렇게 번역하려면 원전에 대한 이해가 투철해야 하고 우리말을 잘 다룰 줄 알아야 한다. 그리고 어떤 경우에는 현대의 우리말 중에 적절한 번역어를 찾을 수 없는 경우도 있었다. 보기를 들면, 『중용(中庸)』의 첫머리 "솔성지위도(率性之謂道)"의 '도'의 경우 다른 말을 찾을 수가 없었다. 원전에 대한 이해도 부족한데다가 우리말도 잘 다룬다고 할 수가 없는 형편이라 이 새로운 시도의 결과가 걱정된다.

그러나 이것이 보다 옳은 번역 방법이라는 신념에는 변함이 없다. 앞으로 힘이 자라는 대로 내가 손을 대어 번역한 다른 중국의 고전들도 모두 새로운 번역 방식으로 개역을 시도할 작정이다. 독자 여러분의 고견과 가르침을 간절히 빈다.

2006. 6. 11

6
『중용』 초판 머리말

『대학』과 『중용』은 본시 각각 『예기(禮記)』의 한 편이었는데, 송(宋)대에 들어와 단행본으로 독립하여 사서(四書) 중에서 『논어(論語)』와 『맹자(孟子)』의 중간에 끼게 됨으로써, 공자(孔子, 『논어』)로부터 증자(曾子, 『대학』), 자사(子思, 『중용』)를 거쳐 맹자(孟子, 『맹자』)에게까지 이어지고 있던 유학(儒學)의 올바른 전승(傳承)을 뜻하는 도통(道統)을 드러내고 있는 중요한 경전으로 격이 크게 높아졌다. 그리고 이 도통론(道統論)과 새로운 경전의 해석은 바로 그 시대 신유학(新儒學) 발전의 바탕이 되었다.

그중에서도 『대학』과 『중용』은 신유학의 형성에 결정적인 영향을 주게 된다. 이 두 책은 간단하면서도 다른 유가의 경전에서는 볼 수 없는 특수한 내용이 담겨 있기 때문이다. 『대학』에서는 학문의 이상 또는 대학 교육의 이념이라 할 수 있는 삼강령(三綱領)과 그 학문을 닦는 순서와 방법을 논한 팔조목(八條目)이 그 중심을 이루고 있다. 따라서 수기치인(修己治人)의 학문이상을 논한 이 『대학』의 새로운 해석은, 바로 새로운 유학(儒學)의 이상과 학문 방법의 기초가 되었던 것이다. 그러기에 주희(朱熹)는 이 얇은 『대학』의 해석에 자기 평생의 심혈을 기울였다고 스스로 말하고 있는 것이다(「朱子語類」 14권).

『중용』에서도 첫머리부터 만물의 주재자로서의 하늘[天], 모든 사람들이 타고난 본성[性], 사람들이 살아가면서 지켜야만 할 올바른 도리[道], 올바른 도리를 지키기 위한 노력과 수련(修練)인 교육[教] 등에 대하여 논하고 있다. 그리고 이 모든 것은 언제 어디에서나 어느 편으로도 치우치지 않고 언제나 적절한 중용의 도[中庸之道]를 통해서 제대로 구현(具現)된다는 것이다. 이러한 철학적인 사유(思惟)는 이전 유학에서는 별로 중시되지 않던 것들이다. 따라서 『대학』과 『중용』이 새로운 경전으로 독립하여 격이 높아졌다는 것은 바로 유학 자체의 큰 변화를 뜻하는 것이다. 그뿐만이 아니라 신유학(新儒學)에서도 정주학(程朱學) 이외에 육구연(陸九淵) · 왕양명(王陽明) 등의 서로 다른 여러 학파가 생겨나는데, 그 학파들의 가장 두드러진 특징은 다른 어떤 경전보다도 바로 이 『대학』과 『중용』의 해석 차이에서 이루어진 것이다. 따라서 『대학』과 『중용』은 바로 신유학을 올바로 이해하는 열쇠라고도 할 수 있다.

필자는 일찍이 1960년대에 이 두 가지 책의 중요성을 절실히 느끼고 우리말로 주석을 단 뒤에 본문을 번역한 일이 있다. 『대학』의 수기치인(修己治人)의 이상과 학문이념 및 『중용』의 철학과 심법(心法)을 현대인들에게 되도록 쉽고 정확하게 전달하려는 욕심에서였다. 『대학』과 『중용』을 통해서 신유학의 학문적인 특징을 이해하도록 하고, 그 지나치게 향내적(向內的)인 학문 경향을 초극(超克)케 함으로써 현대사회에 크게 이바지할 수 있는 경전이 될 수 있다고 믿었던 것이다.

그러나 옛날의 그 번역은 필자의 목표에 반 정도도 미치지 못하는 듯한 불만스러운 것이었다. 늘 모자라는 점을 보충하고 잘못된 곳을 바로잡아야겠다고 생각하면서도 그럴 기회가 없었다. 그런 중에 지난 여름방학에는 주위의 권유로 다시 이 『대학』과 『중용』의 번역에 손을 대게 되었다. 시간이 부족하고 다른 바쁜 일에도 몰리고 있어서 차분히 일할 수가 없었다는, 시원찮은 결과에 대한 변명은 미리부터 마련되어 있었다. 그러나 옛날 것에 비하면 많은 부분이 보충되고 바로 잡히었다. 다만 아는 게 모자라 아직도 부족한 점이 많음을 알고 있다. 독자 여러분의 거리낌 없는 비판과 가르침이 있기를 간절히 바란다. 재판 때라도 좀더 손질을 할 마음가짐이 되어 있다.

1995. 10. 1

7
『중용』 개정판 머리말

정년퇴직을 한 뒤에 이전에 본인이 번역한 중국의 옛 책들을 다시 손질하고 정리하면서 여러 가지 점에 대하여 반성하게 되었다. 그중에서도 특히 자신을 가장 부끄럽게 느끼게 하는 것은 대부분의 이전의 번역이 제대로 되지 못하였다는 점이다.

이전에 『중용』을 번역하면서 첫 구절 "천명지위성(天命之謂性)"을 "하늘이 명해준 것을 성이라 한다."라고 번역하였다. 그러나 근래 다시 읽으면서 생각해 보니, 이는 제대로 된 번역이 아니라는 생각이 들었다. '하늘'은 그대로 두어도 될 듯하지만 '명한다'는 것은 '내려준다' 또는 '타고나게 해 준다'는 말로 바꾸어야 하고, '성'은 '성질'인가, '성격'인가, '본성'

인가 분명히 해야 할 필요가 있다고 여겨졌다. 이것은 이제껏 내가 번역한 중국의 고전 전반에 걸친 문제이다.

이에 보다 철저한 번역을 해 보려는 작업에 착수하였다. 그러나 막상 손을 대고 보니 전혀 쉬운 일이 아니었다. 여러 곳에서 바로 한계에 부닥쳤다. 『중용』의 둘째 구절에 바로 "솔성지위도(率性之謂道)"하고 '도'라는 말이 나오는데, 아무리 도와 관련된 말을 찾아보아도 여기서는 그대로 두는 편이 좋을 것만 같았다. '도리'·'원리'·'정도' 등 어떤 말도 여기에 적절하게 여겨지지 않았다. 이처럼 막히는 곳이 더러 나온다 하더라도 그대로 최선을 다하는 것이 우리말 번역을 발전시키는 길임에는 틀림이 없을 성싶다.

앞으로 힘이 닿는 대로 다른 경전이나 제자서 번역도 이런 방식으로 보다 완전한 번역이 되도록 개정할 작정이다. 본인의 우리말을 쓰는 능력이 부족한 점이 한이 된다. 독자 여러분의 가르침과 고견을 간절히 빈다.

2006. 6. 12

8
『맹자』 책머리에

공자를 지극한 성인이라는 뜻에서 지성(至聖)이라 부르는 데 대하여 맹자는 두 번째 성인이라는 뜻의 아성(亞聖)이라 부른다. 그는 공자의 제자인 증자(曾子)와 공자의 손자인 자사(子思)에 이어 유학의 올바른 전승을 이어 받은 학자로 공인되고 있다. 그뿐만이 아니라 그의 문장에는 넓고 한없는 기운(浩氣)이 넘치고 그 글을 읽는 이에게도 힘을 보태어 준다. 사회가 극도로 어지러운 전국(戰國)시대임에도 불구하고 그는 시종 어짊과 의로움(仁義)을 강조하고 덕으로 올바르게 세상을 다스리는 왕도(王道)정치를 주장한 의기가 있는 학자이다.

그 때문에 필자도 옛날 중국의 사상가들인 제자백가(諸子百家) 중에서도 맹자에 대하여는 각별한 관심을 지니어 왔다. 맹자는 전국시대 사상가들 중에서도 가장 존경할 만한 학자라 생각하여 왔던 것이다.

그런데 정년이 되어 교직에서 물러나와 기왕에 쓴 책들과 번역한 책들을 정리하다 보니, 어찌된 셈인지 유가의 사서삼경(四書三經) 중 본인이 가장 중시하여 온 맹자의 책만이 번역 목록에서 빠져있었다. 어째서 그렇게 되었는지는 잘 알 수 없지만 '사서삼경' 중에서 『맹자』만을 빠뜨릴 수는 없다는 생각이 들었다. 이에 부랴부랴 『맹자』 번역에 착수하여 이 책을 이루게 된 것이다.

『맹자』는 그 글을 올바로 읽어 그의 사상을 올바로 이해하여야 할 것은 말할 것도 없지만, 유학의 정통적인 전승을 뜻하는 도통(道統)을 제대로 파악한다는 점에 있어서도 매우 중요하다. 그러자면 공자의 『논어(論語)』에서 시작하여 증자의 『대학(大學)』과 자사의 『중용(中庸)』을 거쳐 『맹자』로 이어지는 유학사상의 흐름과 발전을 파악할 수 있어야만 한다.

그런데 앞의 책들은 오래 전에 번역한 것들이고 보니 아무래도 이들 사이의 사상적인 흐름의 연결이 소홀히 되지 않았을까 걱정이 앞선다. 책을 이루어놓고는 격식을 채우려는 욕심에 너무 서두른 것이 아닌가 하는 불안을 지울 길이 없다. 독자 여러분들의 거리낌 없는 가르침이 있기를 빈다.

2012. 봄

9

『노자』 번역 앞머리에

최근 동양 고전에 대한 관심이 갈수록 커지고 있다. 특히 노자는 장자와 함께 동양사상을 대표하는 도가(道家)의 창시자로 유명하다. 서양 문명이 사람의 이성과 과학적인 논리를 바탕으로 하여 발전한 것임에 비하여 노자는 철저히 그 이성과 논리를 부정한다. 『노자』를 보면 처음부터 '도'에 대하여 논하면서 사람들이 "이것이 도이다"하고 알 수 있는 것이거나, "이런 것이 도이다"하고 설명할 수 있는 것이라면 그것은 이미 진정한 '도'가 아니라고 말하고 있다. 그리고 사람들이 어떤 일이나 물건의 '명칭'을 붙여 말한다면 이미 그 '명칭'은 진정한 그 일이나 물건을 가리키는 명칭이 아니라고 말하고 있다. 노자에게는 이성과 논리가 아무것도 아님으로 사람들의 감정은 말할 것도 없고 사람들의 생각이나 판단도 모두가 그릇된 것이다. 이렇게 사람들의 생각이나 감정을 모두 부정하고 나면 아무것도 남는 것이 없게 된다. 때문에 모든 것의 근원이 되는 참된 것은 텅 비고[虛] 아무것도 없는 것[無]이며, 인간의 참모습을 위하여 우리가 추구하는 '도'나 진리의 실상도 텅 비고 아무것도 없는 것이라는 것이다. 텅 비고 아무것도 없지만 여기에서 하늘과 땅이 이루어지고 만물과 사람도 만들어졌다는 것이다.

사람이 이러한 '도'를 터득하고 살아간다면 전혀 거리끼는 일이 없게 되고 하지 못하는 일이 없게 된다. 만능의 절대로 자유로운 참사람이 되는 것이다. 이 때문에 후세에는 신선이 되기를 추구하는 도교(道敎)에서도 노자사상을 내세우게 되었던 것이다.

필자는 이전에 낸 『노자』(을유문화사)의 서문에서 내 마음속에 살아 계신 성인으로 모시고 있다고 한 나의 대만대학 은사이신 왕슈민(王叔岷) 선생님을 통해서 일찍이 노자와 장자(莊子)를 가까이 하게 되었다. 그런데 왕 선생님께서 백수(百壽)를 3년 앞두고 작년에 작고하셨다. 필자의 『장자』(연암서가)와 『노자』 번역에는 직접 힘을 보태어 주시던 선생님이라서 더욱 가슴이 허전하다. 그러나 선생님은 여전히 내 마음속에 생존해 계시다. 선생님의 시 제목인 「습로(習勞)」, 곧 "수고로움에 익혀진다"는 것은 지금도 나의 생활 모토가 되어 이 『노자』를 새로 고쳐 쓰는 일을 도와주셨다. 선생님의 시 「수고로움에 익혀져서(習勞)」(王叔岷, 『舊莊新詠』, 1984)는 이러하다.

사십 년 교육자 생활에 아직 재산 없으나
온 방안에 향기로운 책 있어 행복하네.
내 사랑하는 학문 세계는 추구해도 다함이 없고
수고로움에 익혀져서 아직 차마 한가한 삶은 읊지 못하네.

卌年敎學猶無產, 一室芬芳幸有書.
십 년 교 학 유 무 산 일 실 분 방 행 유 서

自愛硯田耕不盡, 習勞未忍賦閒居.
자 애 연 전 경 불 진 습 로 미 인 부 한 거

이 시의 제목 밑에는 선생님 자신이 시를 짓게 된 연유를 설명한 다음과 같은 말이 붙어 있다. "딸 국영(國瓔)이가 나보고 수십 년 동안 교육자 생활을 해 왔는데 지금껏 재산이 없다고 비웃기에 깊이 느끼는 바가 있어 이 시를 지었었다." 선생님은 수십 년 동안 대학교수로 재직하며 세계적인 대학자로 이름을 날렸는데도 나이 70여 세(이 시를 쓸 당시)가 되도록 집 한 칸 없이 국립중앙연구원(國立中央研究院)의 연구실을 하나 빌려 그곳에서 공부하면서 생활까지 모두 해결하고 계셨다.

이 시는 수십 년 교직 생활을 하고도 재산 하나 없다는 따님의 말에 대한 선생님의 생각을 읊은 것이다.

나는 선생님의 이 시를 읽고 바로 제목인 「습로」, 곧 "수고로움에 익혀진 생활을 한다."는 것을 내 생활 모토로 삼았다. "수고로움에 익혀진다."는 것은 책 읽고 공부하는 수고로움이 자기 생활의 습성 또는 습관이 되는 것을 뜻한다. 선생님은 이 수고로운 일이 습성이 되는 생활을 해 오시다 보니 늙도록 재산이 하나도 없는 상태이다. 돈이나 재산 같은 데에는 관심을 둘 여유가 없었기 때문이다. 재산은 없어도 방 가득히 쌓여 있는 책에서 향기를 느끼며 매우 행복한 나날을 보내고 있다. 셋째 구절의 연전(硯田)은 '벼루 밭'이란 뜻인데, 글을 다루는 '학문 세계'를 가리키는 말이다. 선생님은 한이 없는 이 학문 세계를 스스로 사랑한다. 그 때문에 공부하는 수고로움에 익혀져 있어서 다른 일에는 손을 댈 여가가 없다. 당나라 때의 현실주의적인 시인 백거이(白居易, 772~846) 같은 이도 세상일을 노래하는 풍유(諷

노자상(老子像)

論)에 자기 시를 쓰는 목표를 두었으면서도 한편 적지 않은 양의 한적(閒適) 시도 읊었다. 그러나 선생님 자신은 전혀 그러한 한가한 삶을 노래할 겨를도 없다는 것이다.

선생님 시를 바탕으로 '습로'를 생활 모토로 삼자 나도 책 읽고 글 쓰고 공부하는 수고로움이 어느 정도 내 생활에 녹아들어 차츰 내 공부방에 가득한 책들이 향기롭게 여겨지고 공부하는 생활이 무척 행복하게 느껴지게 되었다. 그리고 한 걸음 더 나아가 수고로움뿐만이 아니라 '어려움〔習難〕'이나 '괴로움〔習苦〕'과 '늙음〔習老〕'까지도 내 생활 속에 익혀지도록 하는 것이 뜻있는 일을 이루고 행복한 삶을 추구하는 길임도 깨닫게 되었다. 덕분에 행복 속에 이 『노자』도 다시 읽으면서 교정에 전념할 수가 있었다. 선생님께 힘입어 나는 지금도 이런 일을 즐거움 속에 할 수 있기에 책머리에 선생님의 얘기를 좀 장황하게 썼다. 삼가 선생님의 명복을 빈다.

2011. 2. 16

10
『장자』 완역본 앞머리에

1983년 을유문화사에서 간행된 졸역(拙譯) 『장자』는 우리나라 최초의 완역본(完譯本)이란 평가는 받았으나 아직도 부족한 점과 잘못된 곳이 적지 않았다. 필자는 꾸준히 수정을 가하여 언제인가는 보다 완전하고 훌륭한 『장자』의 주해서를 내리라고 마음먹고 있던 차에 출판사의 수정본 출판 제의가 있어 이에 응하게 되었다.

졸역 『장자』는 그 일러두기에서 밝히고 있듯이, 대만대학(臺灣大學) 교수인 왕슈민(王叔岷) 선생님의 『장자교석(莊子校釋)』과 그분의 대만대학에서의 『장자』 강의 노트가 주역(註譯)의 가장 중요한 참고 자료였다. 주역의 대본으로 썼다고 한 첸무(錢穆)의 『장자찬전(莊子纂箋)』도 왕 선생님이 강의 교재로 쓰셨기에 필자와 특히 가까워질 수가 있었던 것이다.

왕슈민 교수는 1959년 내가 대만대학에 유학하여 공부할 때 배웠던 스승 중 유일하게 생존해 계신 분이다. 그리고 그 분은 살아 있는 사람 중에서 내가 가장 존경하는 「살아 계신 성인(聖人)」이라 믿고 있는 분이다. 나는 오래 전부터 공부하는 태도뿐만이 아니라 이 세상을 살아가는 방법에 있어서까지도 선생님을 규범으로 삼아 본뜨려 노력해 왔다. 아직도 선생님의 수준에는 모든 면에서 미치지 못하고 있어서 안타까울 뿐이다.

장자상(莊子像)

졸역 『장자』가 나온 지 몇 년 뒤, 왕슈민 교수께서는 상 · 중 · 하 세 책으로 된 『장자교전(莊子校詮)』(1988. 3)이란 대작을 다시 내셨다. 따라서 언젠가는 이 『장자교전』을 바탕으로 하여 내 『장자』의 주역을 수정하겠다는 바람을 품어 왔다. 그러나 이번에 내놓는 수정본의 원고는 거의 모두가 이 대저를 입수하기 이전에 이루어 놓은 것이라서, 겨우 출판 원고 교정을 하면서 『장자』의 원문을 확정짓는 데 그 대작을 참고했을 따름이다. 그러나 본문의 문장도 간혹 글자가 같지 않은 곳이 있고, 구절을 끊는 방법도 서로 다른 곳이 있다. 이는 대부분이 선생님의 『장자』 이해의 뜻을 제대로 파악하지 못한 탓이라 송구하기 이를 데가 없다.

1999년 여름(7월)에는 선생님께서 아마도 선생님 생전의 마지막 논문이 될 거라 하면서 인편에 「사마천이 이해한 노자를 논함(論司馬遷所了解之老子)」(1999. 3)이란 논문의 추인본(抽印本)을 보내 오셨다. 사마천이 『사기』 열전에서 「노자심원(老子深遠)」이라고 한 말의 뜻을 고구(考究)하는 것이 논문의 중심 과제인데, 특히 많은 부분을 『장자』와 대비시키며 논술을 진행시키고 있어 『장자』 이해를 위해서도 많은 도움이 되는 글이었다. 이 논문 추인본을 받아들일 때 가슴은 저려 왔지만 한편 더위를 견디며 일할 수 있는 힘도 보태어졌다. 선생님이 계시기에 지금 이 『수정본』이 나온 다음에도 다시 완선(完善)한

『장자』의 주역서를 만들기 위하여 분발할 수가 있을 것 같다. 독자 여러분께서도 거리낌 없이 잘못에 대한 깨우침을 주시길 간절히 빈다.

끝으로 어려운 출판 여건에도 불구하고 좋은 책을 내는 일에 심혈을 기울이는 을유문화사 정진숙 사장님과 직원 일동의 노고에 감사를 드리며, 을유문화사의 무궁한 발전을 아울러 빈다.

2000. 1. 3

11
『열자』 앞머리에

『노자(老子)』와 『장자(莊子)』의 번역을 새로 손질해 내면서 이른바 도가삼서(道家三書)라 부르는 세 가지 도가 책의 구색을 맞추기 위해, 이 『열자』의 번역과 주석 등에 다시 손을 대었다. 도가 사상은 중국인의 정신생활의 중요한 일면을 지탱해 오는 한편 넓게는 동양 사상의 형성에도 매우 큰 영향을 끼쳐 왔기 때문에 『열자』도 『노자』·『장자』와 함께 동양의 지성인이라면 꼭 읽어 두어야 할 책이라 믿기 때문이다. 특히 노자와 장자 이후, 진한(秦漢)대에 신선 사상이 보태어져 이른바 도교(道敎)가 이룩되기 이전의 순수한 도가 사상의 성격 변화를 이해하는 데에는 무엇보다도 귀중한 자료가 되는 책이다.

치열한 현대 생활 경쟁 속에서 사람들은 극심하게 감정이

메말라 가고 있다. 우리는 자신의 이성이 불완전하다는 사실도 깨닫지 못한 채 자기 생각을 따른 그릇된 판단을 좇아 쓸데없는 일에 몰려 허덕이기 일쑤이다. 우리의 좋다 나쁘다, 또는 아름답다 추하다, 행복하다, 불행하다는 등의 판단은 모두가 절대적인 가치가 못되는 것임을 잊고 있다. 그럼에도 불구하고 사람들은 자기가 좋다 또는 아름답다고 생각하는 것들을 뒤쫓느라고 한평생을 그르치고 있다. 여기에서 우리는 이러한 발버둥을 잠시 멈추고, 진실한 인간의 다른 일면의 가치를 추구한 열자의 목소리에 귀를 기울일 필요가 있는 것이다. 사람들이 세상을 살면서 중히 여기는 명예와 치욕, 부유함과 가난함 같은 여러 가지 이해관계를 초월하여 참된 자연의 상태로 돌아갈 것을 역설하는 그의 말은, 메마른 현대인의 마음을 살찌우고 기름지게 해줄 것이다.

『열자』는 『노자』나 『장자』에 비해 논하고 있는 사상 내용이 보다 허술하고 의심스러운 곳도 더러 있다. 그러나 이는 전국시대라는 급변하는 사회 속에서 일반적인 사람들의 습속의 맹점을 추구하려고 좌충우돌하다가 생겨나는 결과라고 보아 넘기면 될 것이다. 그러나 책 속의 이야기에는 우리 귀에 익은 교훈이 되는 것들이 많이 있어 읽기에 매우 재미가 있을 것이다. 이 책이 많은 사람들에게 동양 사상의 일면을 이해하고 참된 인생에 대한 깨달음을 가져오게 해주기를 바란다.

다만 번역문이나 주해에 아직도 부족한 점이 적지 않을 것이다. 독자 여러분의 거리낌 없는 비평과 가르침을 간절히 빈다.

2011. 6. 15

12

『순자(荀子)』 완역본 앞머리에

1970년 대양출판사에서 간행한 『세계사상전집』 속에 끼어 나왔던 졸역 『순자』는 그 일부를 뽑아 초역(抄譯)한 것이다.

본인은 정년퇴직을 한 다음, 기왕에 나온 본인의 저서와 역서를 수정(修訂) 보완(補完)하는 일을 앞으로 추진해야 할 중요한 작업의 하나로 정하고 그 일을 열심히 하여왔다. 일을 하는 중에 실은 번역서의 수정 보완 작업이 그처럼 어렵고 힘든 일일 줄은 미처 몰랐던 일이다. 그 어려움이란 다음과 같은 두 가지 면에서 가하여진 것이다.

첫째는 『시경(詩經)』이나 『서경(書經)』의 번역서처럼 본시부터 그 글의 번역이 쉽지 않은 것인데다가, 여러 해를 두고 공부해 오면서 그 책에 대한 이해와 그 글의 해석에 견해가 많이 달라진 것들이다. 거의 600쪽에 달하는 이들 책의 수정원고는 수정에 사용한 빨간 글씨로 온 책이 빨갛게 변한 느낌을 줄 정도이다.

둘째는 『순자(荀子)』나 『묵자(墨子)』처럼 초역을 한 책들이다. 특히 『순자』는 유가의 가장 중요한 사상가라 여기고 먼저 완역을 하려고 손을 댔다가 크게 혼이 난 경우이다. 아무리 초역이라 하더라도 그 원문의 반쯤은 번역했으리라 생각하고 가장 먼저 달려들었는데, 본디 그 원문의 분량이 무척 많을뿐더러 초역에서 뽑았던 것은 그 3분의 1 정도였다. 기왕의 번역도 수정을 하면서 나머지도 전부 번역하여 완역본을 이루다보니, 처음부터 완전히 새로 번역하는 것 못지 않게 힘이 들었다.

순자는 송(宋)대 이후 유가의 도통(道統)에서 제외되고 마치 이단 같은 취급을 받는 경향도 있으나, 경학(經學)과 경전(經傳)의 전수 면에서는 맹자(孟子)보다도 그 공이 훨씬 크다. 그렇게 된 것은 순자가 맹자처럼 시종 인의(仁義)와 왕도(王道)만을 철저히 떠받들지 않고 예의(禮儀)와 법도(法度)도 중시하고 패도(覇道)도 어느 정도 인정한 때문이다. 그것은 순자가 약육강식(弱肉强食)의 싸움으로 어지러웠던 전국(戰國)의 현실을 그대로 받아들였기 때문이었다.

그러한 순자의 현실감각은 지금 흔히 논의되고 있는 유교의 현대화는 순자에 대한 재인식으로부터 출발하지 않으면 안될 것 같은 생각을 갖게 한다. 때문에 힘은 들었지만 끝내놓은 『순자』의 완역본이 무척 대견스럽기만 하다. 이 작업에 퇴직하자마자 착수하여 이제 완성하였으니 거의 2년 반의 세월을 바친 셈이다. 아직도 미진한 점이 많을 것이라 특히 독자 여러분의 거리낌없는 고견과 가르침을 빈다.

끝으로 어려운 여건 속에서도 계속 양서출판에 힘을 쏟고 있는 을유문화사 사장님 이하 여러 직원들의 노고에 경의를 표한다.

2001. 10. 15

13
『근사록』 책머리에

『근사록』은 신유학(新儒學) 공부를 하면서 오래 전부터 읽으며 조금씩 번역해 온 것이다. 주돈이(周敦頤, 1017-1073)와 정호(程顥, 1032-1085)·정이(程頤, 1033-1107) 및 장재(張載, 1020-1077)를 모르고는 주희(朱熹, 1130-1200)에 대하여도 알 수 없는 일이라 여겼기 때문이다. 그 중 약 3분의 1은 이미 70년대에 번역해 놓았던 것이다. 최근에 와서 신유학에 대한 관심이 더욱 커져 완역(完譯)을 하면서 전체적으로 정리를 해보게 되었다.

이처럼 오랜 세월을 두고 번역을 하였다는 것은 문장이나 그 체재에 통일성이 결여됨을 피할 수가 없는 일이다. 전체적으로 마무리 작업을 하면서 손질을 하기는 하였으나 아무래도 일시에 이루어놓은 결과와는 큰 차이가 남을 스스로 느끼고 있다. 심지어 성(性)이나 명(命) 같은 용어의 번역에도 일관성이 없는 경우가 있을 것이다.

게다가 신유학은 이전의 유학과는 달리 관념론적인 경향이 짙어 그들의 문장에서 쓰고 있는 용어의 올바른 뜻이나 글에서 논하고 있는 요지를 파악하기도 쉽지 않다. 다른 어떤 글보다도 번역에 적지 않은 문제가 있을 것임을 각오하고 있다. 그렇다 하더라도 앞으로 성리학(性理學)을 공부하는 사람들에게 큰 도움이 될 것이라는 믿음 아래 번역작업을 완수하였다.

『근사록』을 대할 때마다 이른바 도서선천상수지학(圖書先天象數之學)을 앞세웠던 소옹(邵雍, 1011~1077)이 완전히 배제되고 있는 점이 무척 아쉬웠으나, 이 점도 주자학(朱子學)의 특성을 이해하는 한 가지 조건이 된다 생각하고 위안을 삼고 있다. 어떻든 『근사록』은 북송의 성리학(性理學)뿐만이 아니라 주희의 학문을 공부하는 데 있어서도 그 바탕이 되는 것임을 절실히 느끼고 있다.

번역의 잘못된 점은 물론 다른 의견들까지도 독자 여러분께서 거리낌 없이 알려주며 편달해 주시길 간절히 빈다. 끝으로 어려움을 무릅쓰고 이 책의 간행을 맡아준 명문당 김동구 사장에게 감사의 뜻을 표한다.

2004. 정월 초사흘

14
『전습록』 책머리에

1960년대 후반 무렵에 『대학(大學)』을 읽고 번역하면서 양명학에 관심을 갖게 되어 『전습록』의 일부를 번역까지 하였다.

그러나 뒤에 와서 그 일부의 번역은 읽는 사람들에게 양명학에 대한 그릇된 인식을 심어줄 가능성도 있다고 생각하게 되었다. 따라서 『전습록』을 나름대로 완역해야겠다고 벼르면서도 시간이 없다는 핑계로 이제껏 그 일을 미루어왔다. 그러나 정년 퇴직을 한 지금에 와서는 그 핑계로 더 이상 버틸 수가 없어서 결국 이전의 번역 부분에도 다시 손을 댄 위에 나머지 부분도 마저 번역을 하였다.

그러나 옛날의 번역을 수정한 부분과 이번에 새로 번역한 부분은 문장이나 해석면에서 일치하지 않는 점도 그대로 남아

있는 듯하다. 그리고 번역이나 주석에도 잘못된 곳이 있지 않을까 걱정도 된다. 독자 여러분들의 거리낌 없는 고견과 가르침이 있기를 바랄 따름이다.

끝으로 어려운 여건 속에서도 출판사업을 자신의 사명으로 알고 언제나 좋은 책을 내기에만 힘쓰고 있는 명문당 김동구 사장에게 감사의 뜻을 표한다.

2004. 7. 7

15
『격몽요결』 책머리에

지난 해에 지방에 살고 있는 큰며느리로부터 "자기 부부가 아이들과 함께 내가 옮긴 『논어(論語)』(서울대 출판부)를 읽기로 했으니 그 책을 두 권만 더 보내달라"는 부탁이 왔다. 나는 기뻐서 그 책과 함께 영역본 『논어』도 한 권 구하여 함께 읽으라고 하며 보내주었다. 손자 두 녀석은 그때 하나는 중학교 2학년, 다른 하나는 소학교 6학년생이었다. 나는 『논어』를 최소한 고등학생이 읽는다고 생각하고 옮겼기 때문에 아무래도 이 녀석들에게는 부모와 함께 읽는다 하더라도 좀 어려울 것 같이 느껴졌다. 이때 마침내 책을 몇 권 낸 출판사 연암서가의 권 사장이 전에 율곡의 『격몽요결(擊蒙要訣)』을 옮겨줄 수 없겠느냐고 했던 말이 떠올랐다. 이 녀석들을 위하여 『논어』보다는 간편하고 기본적인 『격몽요결』을 옮겨야겠다는 생각이 떠올랐다.

소학생들에게는 좀 어려울 것이 아닌가 생각할 분도 있을 것이다. 그러나 우리 아들 가족이 지금까지 『논어』를 읽은 결과를 보면 소학교 다니는 진형이는 읽으면서 연필로 노트에 앞뒤로 빽빽하게 100페이지가 넘도록 중요한 사항들을 기록하면서 철저히 읽었고, 중학생인 진경이와 부모들은 오히려 대충대충 읽은 것 같다. 소학생이 이렇게 『논어』를 읽는다면 『격몽요결』 옮긴 것을 읽는 것 정도는 문제가 되지 않을 것으로 믿게 되었다.

각별히 이 책을 손자와 같은 젊은이들에게 읽히고 싶었던 것은 율곡 선생이 처음부터 공부하는 목적은 올바른 사람, 곧 훌륭한 성인(聖人)이 되는 데 있다고 강조하고 있기 때문이다. 지금 학생들은 자기가 다닐 학교를 고르거나 공부를 함에 있어서도 너무 취직이나 돈벌이 출세 같은 데 관심을 갖는 것 같다. 이런 것들은 율곡 선생의 시대와 현대는 공부의 개념이나 목적이 달라졌다 하더라도 실은 공부와 관계가 없는 것이다. 율곡 선생은 이 책의 첫머리에 "처음 공부를 하려는 사람은 먼저 반드시 어떻게 공부를 하겠는가 뜻을 세워야만 한다. 반드시 스스로 성인이 되겠다는 목표를 세우고, 한 가닥 터럭만큼도 자신의 능력을 낮게 보고 그 목표로부터 물러서거나 다른 일로 미루려는 생각을 지녀서는 안 된다."고 당부하고 있다. 율곡 선생이 말하는 '성인'이란 올바르게 생각하고 행동하는 사람, 이 세상을 위하여 일하는 사람, 다른 사람을 사랑하고 먼저 배려하는 사람이다.

내 손자들을 비롯하여 모든 젊은이들이 이 책을 읽고 올바르게 생각하고 행동하는 사람, 이 세상을 위하여 일하는 사람, 다른 사람을 사랑하고 먼저 배려하는 사람이 되기를 간절히 바란다. 한편 이 책은 조선시대 우리 조상의 사상과 생활의 바탕이 되는 공부에 대한 생각을 간결히 잘 드러내 보여주고 있는 책이기도 하다. 우리 조상이 추구했던 높은 이상도 아울러 함께 가슴에 품어주기 바란다. 그래서 이 책 이름도 『올바른 공부의 길잡이』라고 옮겨 놓았다.

끝으로 좋은 책을 내기에 힘쓰고 있는 출판사 연암서가의 무궁한 발전을 빈다.

2013. 3. 5

16

『고문진보』 전집(前集) 개정판 서문

『고문진보』 전집은 송(宋)대 이전의 중국시 선집(選集)이다. 이 책을 번역한 지도 오래 되었고, 또 『고문진보』라는 책 이름은 아무래도 젊은 세대들에게는 생소하게 느껴지리라 여겨져 약간의 손을 본 다음 『중국시선집』이란 이름으로 바꾸어낼까 하고 생각하였다.

얼마 전에 이 책을 출판한 명문당 김동구 사장을 만나 그러한 뜻을 전하였더니, 김 사장은 펄쩍 뛰면서 명문당의 『고문진보』 전집과 후집은 우리나라에서 최초로 발간된 우리나라 판본의 유일한 완역본(完譯本)이어서 출판사로서도 자랑거리의 하나이니 절대로 그렇게 해서는 안 된다는 것이었다. 꼭 중국고시선을 내고 싶으면 『고문진보』를 바탕으로 하여 『당시선

(唐詩選)』과 『송시선(宋詩選)』을 따로 내달라는 것이었다.

『고문진보』 전집의 선시(選詩) 기준은 내 뜻과 꼭 같은 것은 아니지만 그 시대를 반영하는 작품들을 많이 뽑고 있어서 김 사장의 제의에 마음이 끌리었다. 그래서 『고문진보』를 바탕으로 하여 『당시선』과 『송시선』을 새로 편찬하는 한편 손이 닿는 대로 이를 전반적으로 교정하게 되었다.

다만 이 책의 개정에 전념할 시간을 갖지도 못하고 또 출판사의 새로 횡서로 조판하여 내려고 하는 시간에도 쫓기어 제대로 교정을 하지 못한 것이 못내 아쉽다. 번역뿐만이 아니라 써놓은 글을 보면 언제나 다시 고치고 싶은 부분이 꼭 발견되게 마련이다. 충분한 시간이 주어졌다 하더라도 여전히 만족스럽지는 못할 것이다. 뒷날의 재개정에 기대하는 수밖에 없는 일이다.

우리 선인들이 가장 많이 시 공부의 교과서로 사용한 이 『고문진보』 전집이 새로운 세대에게도 더 많이 읽히어 옛 시와 함께 옛 분들의 뜻과 마음까지도 이해하는 계기가 되어주기를 바랄 뿐이다. 바로 이것이 김동구 사장이 이 책을 아끼는 뜻일 것이다.

오직 독자 여러분들의 거리낌없는 고견과 격려를 빌 따름이다.

2004. 5. 1

17
『시경선』 책머리에

『논어(論語)』를 보면 공자가 아들 백어(伯魚)에게 이런 말을 하고 있다.

"너는 「주남(周南)」과 「소남(召南)」을 공부하였느냐? 사람이 되어가지고 주남과 소남을 공부하지 않으면, 그는 마치 담 벽을 마주 대하고 서 있는 것이나 같을 것이다."(陽貨篇)

「주남」과 「소남」은 15국풍(國風) 중의 첫 두 지방의 작품을 모아놓은 것인데, 『시경』 전체를 대표하는 것이라 보아도 된다. '담벽을 마주 대하고 서 있다' 는 것은 사람이 모든 면에서 콱 막혀있음을 뜻한다. 따라서 『시경』을 공부하지 않은 사람은 앞이 콱 막히어 사람노릇을 제대로 할 수가 없는 사람이라는 것이다.

『시경』을 공부하지 않으면 사람노릇을 제대로 하지 못한다는 것은 현대에는 그다지 적절한 말이 아닌지도 모른다. 그러나 지금에 있어서도 중국의 문학이나 문화를 이해하려는 사람이라면 무엇보다도 『시경』 정도는 읽고 이해하여야만 할 것이다.

그러나 『시경』은 지금으로부터 3천 년 전의 노래를 360수나 모아놓은 시가집이어서 그것을 읽는다는 것은 쉬운 일이 아니다. 문장도 어렵거니와 그 분량도 적지 않다. 이에 보다 쉽사리 『시경』을 읽고 이해할 수 있도록 하기 위하여 이 선집(選集)을 편찬하게 된 것이다.

이는 본시 탐구당(探求堂)에서 탐구신서(探求新書) 184로 나왔던 『시경』(1981)을 바탕으로 하였다. 그러나 일반사람들이 보다 쉽게 『시경』을 대할 수 있도록 현대인의 구미에 맞을 것으로 생각되는 작품을 중심으로 다시 편찬하였다. 따라서 완역판 『시경』(명문당, 2002. 개정판)보다는 역문도 쉽게 고쳤고, '주석' 과 '해설' 도 보다 알기 쉽고 간편하게 달았으며, '해제' 도 보다 평이한 수준에서 다시 썼다.

이 선집을 통하여 보다 많은 분들이 『시경』을 접하게 되기를 간절히 바랄 뿐이다. 끝으로 이 자리를 빌어 어려운 여건에도 불구하고 양서 출판에 전념하는 명문당 김동구 사장님께 경의를 표한다.

2003. 3.

18

『악부시선』 책머리에

이 책은 전에 내었던 『악부시선(樂府詩選)』(민음사, 1976)을 수정 증보(增補)한 것이다. 시의 분량만도 두 배 이상으로 늘였다.

중국의 전통문학은 시를 중심으로 하여 발전하고 있는데, 그 시의 창작은 한(漢)대의 악부시를 바탕으로 하여 시작되고 있다. 보통 『시경(詩經)』을 중국문학의 조종(祖宗)이라 받들고 있지만, 『시경』의 시들은 대체로 사언(四言)의 리듬을 기저로 한 것이다.

악부시는 민가(民歌)를 바탕으로 한 것이어서 자유형의 시들이 원칙인 듯하지만 서한(西漢, B.C. 206~A.D. 24년)을 거쳐 동한(東漢, 25~219년)으로 가면서 차츰 오언(五言)의 형식으로 발전하고 마침내는 오언고시(五言古詩)를 형성시킨다. 따라서 동한의 악부시는 고시와 전혀 구별이 되지 않는 것들이 많다. 그리고 건안(建安)시대(196~219년) 조조(曹操)의 위(魏)나라로부터 본격적으로 전개되기 시작한 시의 창작은 대체로 악부시의 의작(擬作)을 주조(主潮)로 하고 있다.

그리고 남북조(南北朝)시대(396~588년)는 중국문학사상 유미주의(唯美主義) 풍조가 주류를 이루는 형식주의(形式主義)적인 시대였으나, 그때에도 민간의 악부시가 대두하여 문단에 새로운 서정(抒情)을 일깨워주고 생기를 불어넣어 주었다.

이렇게 보면 악부시는 중국전통문학 발전의 밑받침이 되어준 것이다. 필자는 1960년 무렵부터 희곡연구에 몰두하다 1968년 무렵부터 학계의 필요에 따라 관심을 중국 전통문학으로 돌렸다. 그리고 1980년 무렵까지는 계속 중국 전통문학의 본격적인 발전이 시작되고 있는 한대의 문학 연구에 몰두하였다.

그 시절에 이룬 성과가 『한대시연구(漢代詩硏究)』(1975, 光文出版社. 2002, 修訂版) 『한대의 문인과 시』(明文堂) 및 『한대의 문학과 부(賦)』(2001, 明文堂)에 실린 글들이다. 여기에 실린 시들은 대체로 그 시절에 이들 글을 쓰기 위한 자료를 위하여 번역해 놓았던 것들이다.

중국시를 올바로 읽고 이해하는 길잡이가 되어주기 바랄 따름이다.

2002. 3.

19
『도연명』 책머리에

이 책은 1975년에 출간했던 『귀거래혜사(歸去來兮辭)』(陶淵明詩選, 民音社)에 시를 대폭 증보(增補)하고 수정을 가한 것이다. 『도정절집(陶靖節集)』을 완역할까 생각도 해 보았으나 오히려 일반 독자들에게는 번거로울 것 같아서 여전히 선집(選集)으로 남게 되었다.

오히려 그의 대표적인 시는 총망라된 위에 뽑은 시들을 내용에 따라 제1부 전원(田園)과 시 · 제2부 술과 시 · 제3부 가난과 시인 · 제4부 전원과 이상향의 네 부로 나누어 놓아 그의 시의 특징을 이해하기 쉬울 것으로 믿는다.

동한(東漢) 말 건안(196-219) 무렵 조조(曹操) 삼부자를 중심으로 하는 문인들에 의하여 중국문학사상 시의 창작이 본격적으로 전개된 이래, 도연명은 중국 시의 창작 차원을 한 단계 더 높여놓았던 작가이다. 특히 세속적인 명리(名利)를 멀리하고 전원(田園) 속에 자연과 술을 즐기며 시 쓰기에만 전념했던 그의 생활은, 당(唐) 이후 중국문인들의 존숭(尊崇)의 대상이 되어 중국문학 발전에 크게 공헌하게 된다.

고려 조선을 통하여 도연명은 우리 선인들에게도 누구보다도 많이 읽히고 숭앙(崇仰)을 받았던 시인이다. 많은 독자들이 그의 시를 통하여 참 인간의 서정을 느끼고 이해하기 바란다.

2001. 6. 12

도연명상(陶淵明像)

20
『당시선』 머리말

여기에 뽑힌 시들은 옛날에 시집인 『고문진보(古文眞寶)』 전집(前集)(1986, 明文堂 刊)을 번역하면서 모아놓았던 당시(唐詩)가 중심을 이루고 있다. 그 『고문진보』 전집의 선시(選詩) 기준은 본인의 시관(詩觀)과 매우 가까운 것이어서 자연스럽게 그렇게 된 것이다.

흔히들 중국시 또는 한시(漢詩)라면 풍류(風流)를 중시하는 경향이 많다. 그 때문에 본인이 뽑은 중국 역대의 한시들은 한시 같지 않은 한시들이라는 평을 많이 받아왔다. 그러나 시도 멋진 풍류보다도 문학적으로나 역사적으로나 그 시대를 대변할 수 있는 것이어야 한다는 소신에는 지금껏 변함이 없다. 그러한 선시(選詩)의 방향은 이 『당시선』 이외에도 『시경선(詩經

選)』을 비롯하여 『악부시선(樂府詩選)』·『도연명시선(陶淵明詩選)』·『송시선(宋詩選)』(이상 모두 明文堂 刊) 등에도 분명히 드러나고 있다.

때문에 당시(唐詩)에 있어서는 일반적으로 중국학자들이 당제국(唐帝國)의 발전과 전성의 시대인 초당(初唐)·성당(盛唐)을 중시하고 있지만 필자는 당제국이 혼란과 쇠퇴기로 접어든 중당(中唐)·만당(晩唐)의 시를 더 중시한다. 이 『당시선』에 실린 시들이 중당 시인들의 작품이 압도적으로 많은 것도 그 때문이다. 그 까닭은 다음의 「당시 해제」에 보다 자세히 밝혀질 것이다. 그리고 뽑힌 작가들을 보더라도 이백(李白)과 두보(杜甫)를 제외하고는 한유(韓愈)와 백거이(白居易) 시의 분량이 뛰어나게 많은 까닭도 같은 맥락에서 이해하여야 할 것이다.

다만 이 시들은 일시에 번역한 것이 아니라서 번역문이나 주해(註解)와 해설(解說) 등에 일관성이 결여되고 적지 않은 차이가 있을 것으로 생각된다. 그밖에도 잘못된 곳은 적지 않으리라 여겨진다. 독자 여러분의 거리낌없는 고견으로 잘못을 알려주시기 간절히 바란다. 끝으로 이 자리를 빌어 어려운 우리나라 출판계의 실정에도 불구하고 이 책의 출간을 허락하신 명문당 김동구 사장의 문화사업에 대한 열정과 사명감에 경의를 표한다.

2003. 2.

21
『송시선』 책머리에

필자가 번역한 『고문진보(古文眞寶)』 전집(前集 : 明文堂, 1986년 간행)을 다시 『중국역대시선(中國歷代詩選)』이란 제하에 간행하면 어떻겠느냐는 제의를 명문당 사장 김동구 씨에게 했다가, 이는 우리나라판 『고문진보』의 최초이며 유일한 완역본이니 그럴 수가 없다고 거절당하면서 오히려 『고문진보』 전집의 시들을 바탕으로 『당시선(唐詩選)』과 『송시선(宋詩選)』을 새로 편찬 번역해 달라는 부탁을 받았다.

필자는 『고문진보』의 선시(選詩) 기준을 좋아하고 있는 터이라 그것도 좋은 일이라 생각되어 곧 작업에 착수하였다. 당시는 이미 『고문진보』에도 상당히 많은 양이 실려 있어서 『당시선』의 편찬은 비교적 손쉬운 편이었다. 그러나 이 『송시선』은 거의 처음부터 새로 시작하는 작업이나 같을 정도로 힘이 들었다.

필자의 『중국문학사』(신아사, 1994년 수정판)에서는 일반 중국학자들의 견해와는 달리 북송(北宋)대를 중국전통문학의 발전이 정점에 달했던 시대로 다루고 있다. 중국의 전통문학은 시를 중심으로 발전해왔기 때문에, 그것은 중국 시의 발전이 북송대에 정점에 이르렀음을 뜻하게도 된다. 그것은 중국의 옛 시라면 당시(唐詩)가 대표하고, 당시는 또 성당(盛唐) 시기의 시가 대표한다고 보는 일반적인 견해와도 어긋나는 것이다.

필자의 『당시선』(명문당 간)을 통해서도 알 수 있듯이, 필자는 당대의 문학도 초당(初唐) · 성당(盛唐)보다도 중당(中唐) · 만당(晩唐)이 더욱 새로운 발전을 이룬 더 중요한 시대라고 보는 것이다. 그리고 중당 · 만당의 새로운 변화와 발전은 북송대로 이어져 더욱 큰 성과를 이루고 있는 것이다. 따라서 남송(南宋) 이후의 시대는 중국 전통문학의 침체 내지는 변질의 시대로 접어든다.

따라서 중국의 위대한 시인을 말할 적에도 일반적으로는 이백(李白, 701-762) · 두보(杜甫, 712-770) · 왕유(王維, 701-761)를 들지만, 필자는 북송의 구양수(歐陽修, 1007-1072) · 소식(蘇軾, 1036-1101) · 왕안석(王安石, 1021-1086) 등이 그들보다도 훨씬

위대한 문호(文豪)라고 생각하고 있다.

송시는 당시처럼 아름답고 멋진 것이나 격정(激情)만을 추구하지 않고, 자기 생활 주변의 모든 문제를 시로 다루어 내용이 훨씬 다양하다. 작가정신에도 보다 투철하여 그의 시대나 사회의 문제 등도 보다 진지하게 다루고 있고, 문장에도 개성이 있다.

작가들을 비교해 보더라도 이백은 술과 달을 좋아하며 호탕한 감정을 악부체(樂府體)와 절구(絕句)로 멋진 시를 짓고 있다. 그러나 시대의식이나 작가정신은 말할 것도 없고 그밖의 업적이란 별것이 없다. 두보는 중당(中唐) 시인으로 봄이 옳은 작가여서 다른 당대의 시인들보다는 시대를 반영하는 시를 쓰고 개성적인 작품을 추구하기도 하였다. 그러나 그도 율시와 고시에 뛰어날 뿐 그밖의 업적은 대단치 않다. 왕유는 백성들은 내란에 시달리어 고통을 받고 있을 적에 장안(長安) 교외에 별장이나 지어놓고 아름다운 자연이나 노래한 사람이며, 청(清)초의 고염무(顧炎武)가『일지록(日知錄)』권19 문사기인(文辭欺人) 조에서 '안록산(安祿山)의 난' 때 난적(亂賊) 안록산을 찬양하는 시를 지은 형편없는 위인임을 지적하고 있다.

이들에 비하여 송대의 문인들은 자기 주변의 온갖 문제들을 그 시제에 적절한 여러 가지 형식으로 자신의 개성을 살리어 시를 짓고 있다. 이들은 그 시대의 문제를 시로 읊을 뿐만이 아니라 모두 직접 정계로 나가 세상을 바로잡아보려고 노력도 하고 있다. 그리고 시뿐만이 아니라 사(詞)와 온갖 산문(散文)도 잘 지었고, 학문에 있어서도 모두 상당한 업적을 남기고 있다. 그리고 모두 품성이 바르고 세상을 위하여 공헌하려는 몸가짐이어서 후인들에게 모범이 될 만하다. 당대의 시인들은 이들에 비길 수도 없는 소인(小人)에 가까운 인물들이라 할 수 있다.

이 『송시선』에서는 이러한 필자의 생각을 선시(選詩)와 그 시의 번역 및 해설을 통하여 드러내 보이고자 하는 욕심을 가지고 편찬에 임하였다. 이러한 충심(衷心)을 이해하면서 이 책을 읽고, 읽은 여러분들의 고견을 거리낌없이 필자에게 전하여 준다면 정말 고마울 것이다. 끝으로 이 자리를 빌어 어려운 출판계의 여건 속에서도 양서의 출판과 문화사업에 대한 열의로 명문당을 운영하고 있는 김동구 사장에게 경의를 표한다.

2003. 2.

서재에 흘린 글 • 제3집

초판 인쇄 2014년 8월 14일
초판 발행 2014년 8월 21일

저 자 | 김학주
디자인 | 이명숙 · 양철민
발행자 | 김동구
발행처 | 명문당(1923. 10. 1 창립)
주 소 | 서울시 종로구 윤보선길 61(안국동)
우체국 010579-01-000682
전 화 | 02)733-3039, 734-4798(영), 733-4748(편)
팩 스 | 02)734-9209
Homepage | www.myungmundang.net
E-mail | mmdbook1@hanmail.net
등 록 | 1977. 11. 19. 제1~148호

ISBN 979-11-85704-09-8 (03810)
10,000원